Je viendrai ce soir à neuf heures...

Du même auteur

Éduquer pour l'éternité, Mame, 1993.
La tunique de Nessos, Moustier 1995.
Les Allumettes de la sacristie, Desclée De Brouwer, 1998; Seuil, Points, 2000.
Mystalogia, Desclée De Brouwer, 2000; Labor, Espace Nord, 2005.
Le Prix Atlantis, Desclée De Brouwer, 2001.
Le Manuscrit de Sainte-Catherine, Mols/Desclée De Brouwer, 2010.
Le Maître de la vigne, Mols/Desclée De Brouwer, 2011.
Indécence, Mols/Desclée De Brouwer, 2012.

Willy Deweert

Je viendrai ce soir à neuf heures…

éditions mols

Ce roman se passe dans un Sénégal imaginaire.
Toute ressemblance avec des personnes réelles est pure coïncidence.

Merci à Nathalie Dubois, alchimiste du verbe
dont l'écriture absorbe la banalité,
la transfigure et la réverbère dans l'âme du lecteur.

Collection Autres Sillons

www.editions-mols.eu

À Jacques-Emmanuel, moine trappiste,
un saint homme dont je suis fier d'être l'ami.

Il appelle Edmonde Charles-Roux, la présidente du jury. Elle tombe des nues.

— Vous vous retirez alors que vous êtes sûr de l'emporter. Je ne vous comprends pas, Fabrice.

— Moi, je me comprends, chère Edmonde.

En cet après-midi de décembre 2006, Julia Grangier, grand reporter au *Soir*, est concentrée sur un dossier que sa patronne, Béatrice Smets, lui a transmis ce matin. Belle, blonde, intelligente et obstinée, elle est un fleuron du journal. Ses chroniques ne passent jamais inaperçues et lui valent un abondant courrier. Le mot NATO, qui revient à plusieurs reprises sur son écran, lui rappelle une demande qu'elle a adressée, trois semaines auparavant, à son oncle et parrain, le colonel Martin Grangier qui occupe un poste important dans les Services Secrets de cette organisation.

Celui-ci avait promis de faire diligence, concernant un renseignement qui permettrait peut-être à Julia de résoudre un problème vieux de deux ans.

Elle perçoit une présence. Elle lève la tête. Un inconnu accompagné d'un vigile se tient en face d'elle. Il lui tend une enveloppe et repart aussitôt. Aucun mot n'est prononcé. Le cœur de Julia bat la chamade. Serait-ce la réponse de son colonel d'oncle?

mardi 12 décembre 2006

Ma chère Julia,

Nous avons mis un peu de temps à localiser ton homme, mais, réjouis-toi, nous y sommes parvenus. Je te passe les détails. Fabrice Monclar vit depuis deux ans à Dakar sous le nom de Jacques Berlière. Il apprend à lire à des jeunes analphabètes du Centre Yallah, une école technique de la capitale sénégalaise. Notre agent n'a recueilli que des éloges à son sujet. Il vit sur place et n'a pas le téléphone. Pour le contacter, il suffit d'appeler le directeur, Latif Moussa, un homme affable, paraît-il, au numéro 00 221 338 285 112. Bonne chance. Je t'embrasse. Parrain.

Il s'est donc réfugié au Sénégal, le bougre ! Elle consulte sa montre. Vérification faite, il y a une heure de différence entre Paris et Dakar où il est actuellement 14 heures 12. Elle repousse son siège. Elle réfléchit les mains derrière la nuque : « J'attaque Monclar ou ma patronne ? Si Monclar refuse, il ne sert à rien de me colleter avec elle, à moins d'y aller quand même et de tenter de le circonvenir sur place ». Sa décision est vite prise : « J'attaque Monclar ». Julia appelle Dakar.

*

En guise de plaisanterie, Jacques Berlière s'est présenté un jour à un nouveau coopérant comme professeur de belles lettres. Depuis, tout le monde l'appelle ainsi et ça lui plaît beaucoup. Il est bénévole. Il alphabétise une vingtaine d'ados des deux sexes. Il leur apprend à lire et à écrire, à compter, à s'exprimer, à se respecter les uns les autres. C'est un travail harassant parce qu'il faut s'adapter au rythme de chacun et de chacune, et que les locaux sont exigus et surchauffés. Quand sonne la fin des classes, la chemise trempée, la tête comme une soupière, il a hâte de se précipiter sous la douche avant de s'étendre sur son lit... Mais il ne lui est pas facile de s'arracher à l'essaim de jeunes qui a encore des questions à poser et des opinions à émettre. Pour rien au monde, malgré sa fatigue, il ne les repousserait. Bref, la fin des cours est un moment privilégié qui permet d'approfondir sa relation avec eux. Monsieur Jacques est leur héros et leur confident. Relation difficile entre deux mondes complètement différents. En deux ans, il a eu le temps de mesurer la distance qui le séparait de ces enfants pour qui chaque jour est un combat, au propre comme au figuré. Ils sont avides d'accéder à la connaissance qui leur donnera la liberté ; ils sont en manque d'une tendresse qui leur conférerait le sentiment d'exister. Toutefois, ils sont musulmans et il doit s'en tenir à une stricte neutralité. Derrière chaque enfant, il y a un imam qui a réponse à tout. Ce n'est pas la moindre difficulté de sa position. Être présent, enseigner et écouter.

Ce mardi 12 décembre, il a mal au dos à force de s'être penché pendant des heures sur les lettres tremblantes qu'ils tracent en tirant la langue. Leur zèle est touchant. Que de patience pour obtenir qu'ils parviennent à écrire : « Je vis au Sénégal » ! Il discipline leurs gestes pour leur apprendre à former les majuscules et les minuscules. Il admire le courage et la persévérance de ces ados qu'il prépare à entrer dans une première primaire subsidiée par l'ambassade de France, « la porte d'une vie décente ». En ce début d'après-midi, la secrétaire du directeur, Oulimata Boye, vient l'avertir qu'on le demande au téléphone. Comme les élèves de Yallah sont capables de rester sans surveillance, il se rend dans le bureau de Latif Moussa pour prendre l'appel :

— Jacques Berlière.

— Mon nom ne vous dit certainement rien. Je m'appelle Julia Grangier. Je vous téléphone de Bruxelles. Je travaille au journal *Le Soir*. Un vent favorable m'a appris que vous étiez Fabrice Monclar. Accepteriez-vous de m'accorder une interview ?

Un long silence succède à cette demande formulée sans préambules. Il finit par répondre.

— Fabrice Monclar, dites-vous? Je m'appelle Jacques Berlière. Pourquoi faire un si long voyage alors que je n'ai rien de particulier à vous apprendre? J'exerce une profession, très importante certes, mais des plus modestes. Nombre d'instituteurs plus chevronnés que moi répondront à vos questions sur l'austère bonheur de forger de jeunes esprits.

Il s'exprime d'une voix douce qui ne cadre pas avec l'idée qu'elle s'était faite du personnage, décrit par la presse de l'époque comme arrogant, amoral, aigri, prétentieux et colérique.

— Vous parlez de Jacques Berlière. C'est Fabrice Monclar qui m'intéresse.

Nouveau silence. Depuis deux ans qu'il est ici, il a cru s'être fait oublier. Impossible de nier qu'il est Fabrice Monclar.

— C'est de l'histoire ancienne.

— Peut-être, mais, dans la seconde partie de votre vie, vous avez rebondi en vous mettant au service d'une communauté scolaire. À 66 ans, un tel revirement n'est pas monnaie courante.

Sa voix reste égale. Seule perce la lassitude d'une journée de travail. Il ne s'irrite pas, comme s'il lui reconnaissait le droit d'une telle démarche.

— Vous m'avez retrouvé... Vous voulez savoir pourquoi j'ai renoncé au Goncourt?

— Tout le monde veut savoir parce que personne n'a compris.

Son rire la prend au dépourvu.

— Si je vous disais que je hais le Goncourt, que ma dérobade fut un pied de nez au jury, vous ne me croiriez pas?

— Effectivement je ne vous croirais pas.

Il s'esclaffe à nouveau.

— Rappelez-moi à 16 heures, heure locale, dans trois jours. Je vous donnerai ma réponse.

Il a raccroché. Elle est convaincue qu'il va accepter parce qu'il n'est plus le même homme. C'est le moment d'entreprendre Béa.

*

L'ovale parfait d'un visage éclairé par deux yeux mordorés, un corps admirablement proportionné font d'Oulimata Boye, dans la fleur de ses vingt-cinq ans, une merveille de la nature. Elle est la secrétaire du directeur Latif Moussa. Elle ne se souvient pas qu'on ait appelé Jacques de l'étranger.

— J'espère que ce ne sont pas des mauvaises nouvelles que tu as reçues.

Il sourit.

— Couci-couça.

Il n'en dit pas davantage et retourne en classe. Pendant l'après-midi, il n'est pas à son affaire. C'est à ce point qu'il libère ses élèves un quart-d'heure avant la sonnerie. Il s'enferme dans sa chambre. Il se douche longuement, allume sa pipe et se sert un whisky bien tassé. Il s'étend tout nu sur son lit. La chaleur moite et suffocante est annonciatrice d'un orage. Le ventilateur, à sa puissance maximale, fait s'envoler les papiers, brasse de l'air torride, mais ne le rafraîchit en rien. D'habitude, une température élevée ne le dérange pas. Cette fois, il sue à grosses gouttes.

Quelle décision prendre? S'il refuse, elle informera ses lecteurs de ce qu'est devenu Monclar, l'homme qui a disparu la veille de la proclamation du Goncourt 2004. Donc il dit la vérité. Le modeste Berlière d'aujourd'hui s'efface devant le célèbre Monclar d'autrefois, cet homme qui avait besoin comme d'une drogue qu'on parle de lui. Sa disparition sera interprétée de diverses manières. Peut-être est-il préférable qu'il fût aussi bien Jekyll que Hyde!

Il transpire de plus belle. Il faut être fort pour se regarder droit dans les yeux en présence d'un tiers. Aura-t-il cette force? Ses élèves ne manqueront pas de l'interroger. « Est-ce vrai ce qu'on raconte sur vous? » Il ne mentira pas. Avec quelles conséquences? Si les adultes, dont la conscience est lourde, comprendront plus facilement, les jeunes, pour qui les dieux sont infaillibles, ne le croiront plus.

Il a beau se convaincre qu'il ferait mieux de se taire, il sait déjà qu'il acceptera.

Il y a une demi-heure qu'il est dans sa chambre. On a déjà frappé deux fois à sa porte. Il accroche un écriteau à la poignée: « Ne pas déranger ». Encore un verre et il finit par s'endormir. Il se réveille en sursaut. Il fait noir. Il est 20 heures 10. L'heure du dîner est passée depuis longtemps. Il se confierait bien à Charles Gallois, le médecin du dispensaire, un sage, pour qu'il puisse le conseiller à bon escient, mais cela supposerait qu'il lui ait tout dit. Non, ce soir, il est seul face à son destin et le bon sens penche du côté du refus.

À 6 heures, le soleil lui caresse le bout du nez. Il tente de se soulever; comme s'il était lesté de plomb, il retombe lourdement sur son lit. Il a quatre heures de cours aujourd'hui. Son esprit embrumé, sa bouche pâteuse, son corps vacillant porteraient un coup fatal à son prestige. Ses élèves l'adorent, mais il y a quelques chipies qui n'ont pas leur langue en poche et ne manqueraient pas de le brocarder en wolof. Le musulman méprise le soiffard. Il parvient à se mettre debout. Les murs tanguent. Il se recouche, se relève, ouvre sa fenêtre, avise un élève et lui demande de faire venir le directeur. Pourquoi est-il dans un état pareil? Il n'a pourtant bu que deux whiskys hier. La bouteille vide, sur sa table de chevet, prouve le contraire. Il n'a même pas entendu l'orage. Par chance, Latif est pressé. Il lui accorde volontiers une journée de repos. Il doit quand même être étonné. D'habitude, Fabrice boit avec modération. Après avoir vomi, il se couche sur le dos. On frappe. Oulimata vient lui demander s'il n'a besoin de rien. « Pourquoi cette beuverie, Jacques? Ce n'est guère ton style. » Dans l'espoir d'une réponse, elle s'assied au bout du lit, mais Fabrice demeure muet. Elle se retire avec tristesse. Elle éprouve beaucoup d'affection et de respect à l'égard de ce blanc, venu de son pays de cocagne alphabétiser des jeunes auxquels il ne doit rien, alors que lui-même pourrait vivre dans l'opulence. Elle a vu les sommes qu'il a versées occasionnellement à Latif et comme tout le monde, elle suppose qu'il est retraité, mais, pas plus que les autres, elle ne sait rien de son passé.

« Nous sommes le deuxième jour », se remémore Fabrice. Oulimata a posé la bonne question: pourquoi me suis-je soûlé? Pourquoi se soûle-t-on si ce n'est pour anesthésier une douleur morale ou physique? pense-t-il avec anxiété après le départ de la secrétaire. Il a sans doute imaginé les questions de la Belge, et ses réponses l'ont terrorisé. Il a bu en état second. « Bon! Elle vient. Elle m'interroge comme une psy. Chaque jour, pendant des semaines, je m'enlise dans ces zones fangeuses de ma conscience qu'aucun disciple de Freud n'a draguées. Avec quel résultat? » Il a remis l'écriteau « Ne pas déranger ». Il boit beaucoup d'eau. Il se sent mieux. Il avale une pilule que le docteur Gallois lui a fait parvenir par l'intermédiaire d'Oulimata. Il s'endort. Lorsqu'il se réveille, il est 16 heures 50. Son mal de tête a disparu. Son esprit est lucide, mais toujours aussi irrésolu. D'un autre côté, s'il boit le calice jusqu'à la lie, ne pourra-t-il pas rompre définitivement avec son passé, même si la cicatrice de sa culpabilité ne disparaîtra jamais? Elle subsistera comme un avertissement permanent des dangers de l'absence de conscience... Il a déjà fait une petite révolution en renonçant au Goncourt et en s'installant à Dakar, mais il manque encore l'aveu. S'il était chrétien, il se confesserait, mais il ne l'est pas et considère d'ailleurs la confession comme une lâcheté. C'est trop facile de s'adresser à Dieu et non à tous ceux auxquels on a nui. À Dakar, jusqu'à aujourd'hui, il a fait figure de preux. Il a cru pouvoir compenser ses fautes par une générosité sans limites. Après en avoir délibéré pendant des heures, il lui reste une question : ses aveux engendreront-ils le mépris et devra-t-il s'exiler pour y échapper ? Au contraire, seront-ils perçus comme un acte de courage ? Impossible de prévoir son avenir qui dépend d'un oui ou d'un non.

Il va dormir avec ce dilemme. Il décidera, au réveil, en fonction de la manière dont son subconscient aura cheminé.

*

Comment cela se passe-t-il quand deux femmes d'une force de caractère égale s'affrontent ? Dès le début de l'entretien, Béa n'en démord pas, elle veut un rapport sur le dossier qu'elle a remis à Julia et qu'elle juge bien plus important que les révélations d'un scribouillard *hasbeen*.

— L'actualité est notre mission.

— La recherche de la vérité l'est également. Réfléchissez, Béa. Si je découvre la raison du désistement de Monclar, le dimanche 7 novembre 2004, il y a deux ans, à la veille du Goncourt, ce sera un scoop qui fera baver les Parisiens.

— Il a peut-être fui par peur panique.

— Il est richissime. Pourquoi serait-il allé dans une école où l'on apprend à lire aux analphabètes ? S'il avait paniqué, il se serait réfugié dans un paradis exotique. Son choix est intrigant. Tout ce que j'ai lu sur lui le contredit.

Julia sent qu'elle hésite. La discussion dure encore un quart d'heure. Béa capitule.

— Comme tu n'en feras qu'à ta tête et que tu m'embêteras avec ton Monclar jusqu'à ce que je cède, je t'accorde quinze jours pour me ramener un gros titre.

*

À l'aube du troisième jour, Fabrice est guéri. Sa décision est prise; il va passer aux aveux. Qu'il se soit soûlé signifie qu'il savait déjà au fond de lui-même qu'il accepterait, tout en le déplorant. Il a tranché en faveur de sa conscience au détriment de sa réputation. Ce n'est pas le choix le plus facile, mais c'est le plus humain.

À 16 heures, depuis le bureau d'Oulimata, il faxe sa réponse: « D'accord. Prévenez-moi de votre arrivée. Comme hôtel, je vous recommande La Croix du Sud. Le Centre Yallah se trouve à dix kilomètres. FM ».

La réponse ne se fait pas attendre:

« Arrivée à Dakar lundi 18 décembre à 15 heures 12. D'accord pour l'hôtel. Merci de votre complaisance. Julia ».

Ainsi, elle avait prévu qu'il accepterait. Elle avait déjà son billet d'avion.

— FM. C'est quoi ces initiales et qui est cette Julia? demande Oulimata d'un ton acidulé.

— Autant que tu le saches, FM sont les initiales de Fabrice Monclar, mon vrai nom. Quant à Julia, c'est une journaliste belge qui vient m'interviewer.

— Si je comprends bien, ton passé renferme des secrets, sinon tu n'userais pas d'un pseudonyme et cette journaliste ne ferait pas un si long voyage pour te rencontrer!

— Si tu veux des réponses, va la chercher à Sédar Senghor. Je m'occupe de l'hôtel et d'une voiture de location. Elle t'expliquera elle-même ce qu'elle vient faire à Dakar et qui est FM. Ce sera pour toi l'occasion d'ouvrir de grands yeux.

*

Fabrice invite la journaliste au restaurant de La Croix du Sud. Pour la circonstance, il s'est mis sur son trente-et-un. Julia est vêtue de l'emblématique saharienne de la femme blanche sous les tropiques. Pour le menu, il suit le conseil du maître d'hôtel : en entrée, des huîtres chaudes gratinées au four, auxquelles un Vouvray apporte sa plénitude ; ensuite, arrosés d'un Sauternes, des canapés aux avocats et des boulettes de poissons ; au dessert, le Monbazillac va à merveille avec les bananes flambées. Ils se régalent tout en s'épiant l'un l'autre. À la fin du repas, Fabrice suggère à Julia de commencer mercredi. Elle se récrie.

— Ma rédac' chef m'a donné quinze jours.

— Quinze jours ! Je crains que nous n'ayons pas assez de temps. Demandez plus, un mois, deux mois?

Le visage de Julia s'allonge.

— Des mois ! Vous perdez la tête. Jamais elle n'acceptera.

— Vous voulez cette interview?

— Oui, mais...

— Appelez-la demain. Jacques Berlière est un homme très occupé qui ne peut vous consacrer qu'une heure par jour. Je vous garantis que l'histoire qu'il a à vous raconter passionnera vos lecteurs.

— Qu'avez-vous donc à raconter qui vaille tout ce temps? Est-ce donc si terrible? J'essaierai de la convaincre, mais je ne garantis rien.

Mercredi 20 décembre 2006

— Béa était de bonne humeur ce matin, elle a accepté de considérer une demande exceptionnelle à propos d'une histoire qui le soit aussi. Mais elle s'arroge le droit de me rappeler à tout moment et me demande d'autres papiers sur la situation actuelle à Dakar.

Pendant la journée, Julia visite le Centre en compagnie d'Oulimata. La comparaison avec l'ancien appartement de Monclar, avenue Foch, que son nouveau propriétaire lui avait permis de visiter, et cette chambre monacale où Fabrice vit désormais l'impressionne vivement. Pendant le déjeuner, Latif l'a présentée au corps professoral comme une journaliste belge venue faire un reportage sur les expatriés qui enseignent dans les écoles africaines.

Leurs entretiens se déroulent après les classes, à l'hôtel, dans un salon climatisé dont les murs sont tendus de tentures de velours rouge. On y a disposé deux sièges confortables et une large table, l'endroit idéal pour des conversations privées. Julia enregistre à l'aide d'un magnétophone. Sur son portable, elle ouvre un fichier qui contient la liste des questions à poser, les témoignages qu'elle a recueillis ainsi qu'une compilation d'articles parus dans les médias. Au pied de la table, elle a déposé un sac contenant une dizaine de romans de Fabrice Monclar.

Fabrice lève le doigt comme un écolier.

— Ai-je le droit de poser la première question?

La beauté intérieure de Julia affleure sur ses traits sous la forme d'un sourire cordial qui fait miroiter l'espérance d'un monde meilleur.

— Bien sûr!

— Comment m'avez-vous retrouvé?

— Par hasard! Lors d'une réception organisée à l'occasion de l'inauguration du Salon du livre, j'ai fait la connaissance de l'éditeur Bernard Brunel. Pendant que nous parlons, un confrère l'apostrophe: « Toujours sans nouvelles de ton fugueur? » Le visage de Brunel vire au gris. Je l'interroge. Il cite un nom avec colère. Je me souviens alors de cette affaire rocambolesque qui a fait couler beaucoup d'encre. À l'époque, toutes les hypothèses avaient été envisagées à propos du grand favori du Goncourt, qui s'était désisté à la veille du scrutin et était demeuré introuvable. Aux environs de neuf heures trente, il avait téléphoné à Edmonde Charles-Roux, la Présidente du jury, pour lui dire qu'il se retirait. Aussitôt, celle-ci avait alerté son éditeur, qui s'était précipité chez lui. Trop tard. L'oiseau s'était envolé. Il n'avait commis aucun délit. La police ne s'en donc pas mêlée. Quelques journalistes firent de vaines recherches. Certains enquêtèrent même du côté de l'aéroport Charles De Gaulle, puis renoncèrent, happés par d'autres prix littéraires. Le temps passa. *Le Mythe d'Éson* fut emporté par le vent. J'ai conservé cette étrange disparition dans un tiroir de ma mémoire. Voilà un écrivain qui réalise le rêve de tous les autres et qui tire sa révérence au dernier moment. Pourquoi?

Je me mets en chasse d'informations. Elles se recoupent, elles se contredisent. Il y a une énigme Monclar. Béatrice Smets, ma rédactrice en chef, se montre sceptique. Je tiens bon. J'enquête. Mon dossier s'épaissit. Je mets mon oncle dans le coup et la lumière jaillit. Me voilà prête à vous écouter... toutefois à force de vous regarder, je me demande si vous êtes bien la bonne personne, si je ne me suis pas complètement trompée et si vous ne vous payez pas ma tête.

Fabrice rit d'un rire joyeux.

— Vous vous attendiez à trouver un atrabilaire revanchard?

— Quelque chose comme ça. Hier soir, je vous ai observé pendant le repas. Depuis, la question revient, obsédante : comment se fait-il que vous ne correspondiez en rien à tout ce que j'ai lu et entendu sur vous ? Vous étiez laid, vous êtes beau. Cela tient du miracle.

— On dit souvent que l'âge mûr convient à certains hommes. Voyez Belmondo. Nous allons nous rencontrer tous les jours pendant plusieurs semaines. Que nos rapports soient simples et cordiaux. Commençons par nous tutoyer. Une dernière chose : qu'a exigé de toi ta patronne en échange de sa mansuétude ?

— Un article hebdomadaire envoyé par agenda électronique.

— Quels sujets vas-tu aborder ?

— La réalité de l'Afrique, la condition féminine, l'islam…

Fabrice la coupe.

— As-tu songé à un congé sabbatique ? Au lieu d'être pressée par le temps, demande-lui une rallonge. Fais un peu d'esbroufe.

Haut-le-corps de Julia.

— Je suis incapable de feindre.

— Tu peux quand même lui dire que le Sénégal est le pouls de l'Afrique, et que tu reprendras le boulot à Bruxelles avec une manne pleine. Quant à tes frais et à ton salaire, j'y pourvoirai. *De l'audace*, Julia, *toujours de l'audace.*

Ils discutent encore dix minutes. Il finit par la convaincre. Elle n'est pas à l'aise, mais elle se rend à sa proposition.

— Je t'écoute.

« Julia Grangier. Depuis Dakar. Nous sommes le mercredi 20 décembre 2006. J'ai en face de moi Fabrice Monclar qui travaille et loge au Centre Yallah, en banlieue de Dakar, à la lisière d'un bidonville. Cet habitué du confort et du luxe s'est adapté au dénuement. Une chambre de quinze mètres carrés équipée d'un frigo, d'une douche, d'un ventilateur de plafond, d'une table, de deux chaises et d'un lit avec moustiquaire lui suffisent amplement. Il y a une télévision commune au réfectoire. Il ne la regarde jamais. Sa vie est austère et ses moments de détente rares. Il se consacre corps et âme à alphabétiser une vingtaine de jeunes. Outre sa transformation physique et morale, on est frappé et dérouté, dès les premiers contacts avec l'auteur du *Mythe d'Éson,* par ce changement radical de cadre de vie chez un homme fortuné. As-tu une explication, Fabrice?

— Oui, mais elle suppose tellement de préalables qu'il vaut mieux commencer par le commencement.

— Il est donc nécessaire de remonter le temps pour comprendre la raison de cette mutation. Bien. Revenons alors à ton appartement de l'avenue Foch à Paris, à ton réveil, ce fameux dimanche. La nuit s'est-elle bien passée ou au contraire fut-elle agitée?

— Il est vrai que la veille, je me suis couché, très nerveux, avec la hantise d'une nuit blanche.

— Tu vis seul. Tu es veuf, sans enfants et... sans fil à la patte.

Il éclate de rire.

— Une pléthore de maîtresses dont j'ai fait une telle consommation que je dois être saturé.

— Voilà, cher Fabrice, un de ces éléments biographiques qui rend immédiatement le personnage peu sympathique. Par définition, le cavaleur méprise les femmes. À notre époque, le sexisme est très mal vu. Donc pas de cauchemar, tu ne t'es pas réveillé à tout moment, angoissé à l'idée de perdre?

— Pas la moindre appréhension. De la prétention à revendre, du genre grenouille qui se fait plus grosse que le bœuf. Je ne me souviens plus, mais je crois que je n'éprouvais aucune susceptibilité aux émotions comme doivent en ressentir la plupart des personnes appelées à connaître des heures glorieuses dans un bref délai.

Il éclate soudain de rire.

— Comme je devais être ridicule ! J'ouvre les yeux. Il est 8 heures 18. Les cloches de Paris sonnent à toute volée. Je me sens bien. Tu devines comment cela se passe. Une légère euphorie et on est debout, plein d'entrain. Prouvost, mon médecin traitant, m'a prescrit toutes sortes de pilules contre toutes sortes de maux. En ce jour, je ne les prends pas. Ma gloire imminente est une potion magique. Donc, ma chère Julia, pas de fièvre, mais une bonne dose de vanité. Je me souviens m'être contemplé dans le grand miroir de ma salle de bain en beuglant : « Monclar, me voilà ». Tu ris. De fait, c'est plutôt risible, ce tonnelet, tout nu, prenant des poses comme une diva sur le point de monter en scène. Pauvre vieux Fabrice dont j'ai été le compagnon de route pendant soixante ans. Quelle déchéance ! Je fais ma toilette et je prépare mon petit déjeuner qui est toujours la grande affaire de mes débuts de journée. Tant pis pour mon diabète, je confectionne un *english breakfast*. Le rideau se lève sur une tragédie shakespearienne lorsque le téléphone sonne vers neuf heures.

Fabrice constate qu'il se fait tard. Demain, il doit être en forme. C'est désormais chez lui une habitude de vivre au rythme de l'Afrique en se couchant et en se levant tôt. Julia est déçue, mais elle s'incline. Sous une lune géante, à la fois satisfait et anxieux, il regagne Yallah, au volant de la vieille 404 de l'école.

Jeudi 21 décembre.

Les cours commencent à sept heures. Pendant un exercice d'écriture, Fabrice dévisage ses élèves l'un après l'autre. Comment réagiront-ils quand ils sauront que leur Clint Eastwood n'appartenait pas à la CIA dans sa vie active et qu'il n'a pas démantelé des tas de nids d'espions?

Le soir venu, pendant qu'on leur sert une collation de fruits de mer, il reprend son récit.

« Donc aux environs de neuf heures du matin, le téléphone sonne. Sans doute mon éditeur, le pauvre homme que tu as rencontré à Paris. Je lui ai fait un virement hier qui, je l'espère, sera de nature à lui permettre de remonter la pente. Je me suis contenté de signer sans autre commentaire. Une fois rentrée en Europe, tu seras mes yeux et mes oreilles et, si tu es d'accord, tu m'informeras sur l'évolution de sa situation financière. Je veux qu'il s'en sorte. Mais reprenons.

Depuis une semaine, Bernard Brunel m'appelle tous les jours avec l'opiniâtreté d'un entraîneur s'enquérant de la forme de son champion. Mais ce n'est pas Bernard. Ce timbre, légèrement fêlé, m'est inconnu.

— Fabrice Monclar?

— Lui-même.

— Nous nous sommes connus à Pierre-Fabre. Je viendrai ce soir à neuf heures...

La communication est brusquement interrompue. Mon correspondant ne s'est pas présenté, pas plus qu'il n'a énoncé le but de sa visite. Il doit s'agir d'un de ces innombrables quémandeurs littéraires qui escomptent des exclamations admiratives, l'assurance d'un grand talent et une promesse d'intervention. Au contraire de plusieurs confrères et d'éditeurs, je méprisais cette faune. Non seulement j'avais tort, mais je ne comprenais rien à la nature humaine. Écrire est le rêve de milliers d'hommes et de femmes. Pour s'en persuader, il suffit de voir les piles de manuscrits qui s'entassent sur les bureaux des lecteurs des maisons d'éditions. Beaucoup d'appelés et peu d'élus. Un à deux pour cent seront publiés. Ce désir intense de laisser une trace de soi-même est pourtant bien légitime et mérite d'être accueilli avec le plus grand respect. Par ailleurs, que de livres publiés, comme les miens, qui ne le méritent pas, que de Mozart assassinés... Le téléphone sonne à nouveau. Cette fois, c'est Bernard. Il m'encourage. Il a effectué un sondage d'où il ressort que je suis assuré de sept voix sur dix. Il ajoute qu'il n'aurait pas fait imprimer trois cent mille exemplaires si ce n'était pour les vendre.

— Qu'est-ce qui lui permettait une telle assurance?

— Les prix littéraires ressemblent à des matchs de foot truqués. Un arrangement entre petits copains. *Le Mythe d'Éson* n'aurait eu aucune chance s'il n'avait été coédité par Brunel et Brissac; tu ne l'ignores certainement pas, Brissac est une des trois maisons qui raflent les prix.

— Je peux rapporter ce que tu viens de dire?

— Non. C'est hors antenne. J'ai assez nui à Bernard.

Il se tait un instant.

— Son optimisme est fondé. J'ai connu l'épreuve douloureuse d'être recalé deux fois, mais demain, ce sera différent. Le Goncourt ne m'échappera pas. C'est du moins ce que je crois. Vers neuf heures trente, coup de téléphone de madame mère! Sidonie Bourrin de son nom de jeune fille. Tu aimes la tienne?

— Je l'adore.

— Ma mère et moi sommes deux morts-vivants. Notre relation manquée est sans doute le grand désastre de ma vie. Il est contre nature de haïr sa mère, mais c'est ce qui s'est passé. Elle voue un véritable culte à son premier enfant, victime d'une méningite, deux ans avant ma naissance. Tout au long de ma jeunesse, elle a crucifié mon insignifiance par l'éloge en boucle de ce parangon de vertu. À force d'enfoncer le clou, elle aurait fait de moi un autiste si je n'avais été aussi méchant et aussi retors qu'elle. Vu d'Afrique, cet affrontement est dérisoire et affligeant. Ma chance fut d'être extraverti, je me suis blindé contre elle. J'aurais été autre si un père avait servi de tampon. Hélas, j'avais dix ans lorsque Sébastien Monclar disparut de mon paysage. Il laissa une veuve non éplorée et immensément riche.

Au téléphone, elle me tutoie, je la voussoie. Sa voix est gutturale et sèche comme d'habitude :

— Il paraît que tu vas obtenir le Goncourt. J'espère que tu ne déshonoreras pas la famille une fois de plus.

En utilisant ce terme, c'est à elle qu'elle pense. Je lui demande en quoi je pourrais lui faire honte.

— Tu ne respectes rien. Ton frère n'aurait pas supporté tes romans de gare.

Cette fois, la coupe est pleine, j'explose. Un big-bang qui couve depuis cinquante ans, d'autant plus violent qu'elle dit la vérité. Des romans de gare !

— Voilà un demi-siècle que vous me faites chier avec ce sale con, que vous me reprochez de n'être pas lui, que j'endure votre méchanceté et votre bêtise. Votre place est à l'asile ou au cimetière. Désormais, je ne veux plus ni vous voir, ni vous entendre.

Bouillant de rage, je raccroche brutalement et je décroche aussitôt le téléphone. Qu'on me fiche la paix !

— Tu rapportes la scène sans guère t'en émouvoir. Tu n'as plus de colère ?

Julia lui fait remarquer qu'il part de très loin pour en arriver au fait. Il répond que la recherche du temps perdu est toujours une expédition dans la jungle des souvenirs, où il faut y aller à la machette.

— En réalité, c'est Pierre-Fabre qui a déclenché, ce jour-là, un phénomène de réminiscence. Jamais je ne m'étais retourné, ni bilan, ni examen de conscience. Tout au présent. Et voilà qu'en ce jour particulier, peut-être parce qu'il est particulier, un coup de téléphone interrompu que j'aurais ignoré en temps normal me renvoie aux confins de mon inconscient. *Je viendrai ce soir à neuf heures*. Cette phrase m'a servi de fil d'Ariane.

Ma mère m'avait emprisonné dans un bagne dirigé par les bons pères. Une discipline de fer, des retenues pour des broutilles, du latin et du grec à la pelle, des heures d'études, une nourriture exécrable, la messe quotidienne et la confession tous les samedis étaient censés forger notre caractère et faire de nous de bons chrétiens. Un souvenir remonte à la surface. J'avais écrit un quatrain en alexandrins raillant la religion des jésuites qui feraient mieux de jeter leur froc aux orties puisque Dieu n'existait pas. Il passa sous le manteau jusqu'à ce qu'un ami qui me voulait du bien le remît à Himmler, sobriquet du préfet, la terreur de Pierre-Fabre. Il me laissa le choix entre le séquestre, le cachot si tu veux, ou quinze jours de renvoi. N'importe quoi de préférence à Sidonie. Il m'aurait proposé les galères, j'optais pour les galères. J'écopai de huit jours, au pain sec et à l'eau, à copier en latin des pages et des pages du missel romain de six heures du matin à sept heures du soir. Je suppose que tu as rendu visite à madame mère?

— Elle a refusé de me recevoir sous prétexte qu'elle n'avait pas de fils.

— Elle a raison. Le seul qu'elle ait eu est mort avant la deuxième guerre mondiale.

20 heures 25. Il est éreinté. Il est temps pour lui de regagner ses pénates. Il rentre avec beaucoup de choses dans la tête et une sourde angoisse à l'estomac.

*

Vendredi 22 décembre

« Je suis étendu sur le divan de mon bureau. L'allusion à Pierre-Fabre ne me quitte pas. De ces années carcérales, je n'ai conservé que des photos. À l'époque, les classes restaient homogènes de la sixième à la terminale. Au fil des ans, des gamins en culottes courtes se métamorphosaient en petits messieurs. Moi-même, je suis aisément repérable. Au premier rang en raison de ma petite taille, l'air renfrogné, je suis assis le plus loin possible du jèze trônant au centre, en soutane noire, les mains jointes sur les genoux, figurant le Christ entre une quarantaine de larrons. Je m'attarde sur la terminale. Mon mystérieux correspondant est un de ces quarante-trois visages. Je ne suis resté en relation avec aucun d'entre eux. Je me le remémore à cet instant, lors des années qui suivirent notre levée d'écrou, je laissai sans réponse des invitations à se retrouver. En réalité, j'avais déjà largué les amarres avec les jésuites. Ma mère déménagea. Je déménageai. Ma trace se perdit. Quand parurent mes premières publications, nul, semble-t-il, ne fit le rapprochement entre le disgracieux du premier rang et l'adulte en vogue. Un demi-siècle plus tard, est-ce un ancien codétenu qui se manifeste? À l'aide d'une loupe, je scrute une physionomie, m'y attarde, passe à une autre; une balance, Brèche-dent, se détache. Au-dessus de lui, Biquette, un boulimique hilare. Voilà Balanchon, le bigleux, *primus perpetuus,* chouchou du titulaire.

— Le titulaire?

— Le père de Gerville, despote éclairé qui enseignait toutes les matières littéraires. Il était responsable de la bonne marche de la classe.

— À t'entendre, de ton temps, l'école n'était pas drôle.

— Certainement pas drôle, mais peut-être plus éducative que celle de l'enfant-roi contemporain. Habitude de milieu fermé, nous avions tous un sobriquet ; moi, c'était Pruneau. Là, au centre, j'identifie Patate, un gros cancre, grand ordonnateur de chahuts ; à sa gauche Nimbus, un lunatique qui se prenait pour Rimbaud. Au-dessus de lui, Caniche, Kopa, Planchet. J'avise celui qui se tient à l'extrémité gauche de la dernière rangée. Je tressaille. Son visage m'est plus familier que celui des autres. Est-il mon voisin en classe ? Avons-nous fumé en cachette, préparé le BAC ensemble ? Alors que mes anciens condisciples reprennent vie l'un après l'autre, pourquoi celui-là se dérobe-t-il ? Je braque ma loupe sur ses traits fins qu'un regard pénétrant ennoblit. Il se démarque des petits bourgeois en herbe dont on pressent les adultes qu'ils deviendront. Chaque fois que je le fixe, je me trouble. La photo à la main, je m'étends à nouveau sur le canapé. Je ferme les yeux.

Je suis à Pierre-Fabre. Le collège s'anime. Les cris des enfants en récréation. La cloche, les rangs, le réfectoire avec l'immense portrait de saint Ignace de Loyola émergent de ma mémoire ainsi que l'église de style néo-roman où six surveillants, tels des miradors, nous tenaient en respect pendant les offices, les longs corridors grouillant d'élèves, les classes, les bancs tailladés par des générations de potaches, les études, les dortoirs et les chambrettes à partir de la seconde. Je sens même l'odeur de choux et d'encaustique. Personnages, ambiance, décor arrivent à la surface de ma conscience à l'exception de l'inconnu du dernier rang.

Un serveur apporte un plat de crustacés et remplit leurs verres d'un Pinot blanc.

— Tu es tout pâle, Fabrice.

— Oui. Parce que je suis à nouveau dedans. Le nœud est à trouver à Pierre-Favre, du côté de l'inconnu sur lequel je n'arrive pas à mettre un nom. Depuis mon enfance, je souffre d'une amnésie innée. Je vis dans l'instant. Le passé meurt tous les jours. Si pour d'aucuns, c'est un lourd handicap, pour moi, vu ma relation avec ma mère, ce fut un avantage. J'oubliais et je ne ruminais donc pas. D'où cet inconnu avec lequel j'ai quelque chose en commun. Il détient la clé d'une porte fermée.

En désespoir de cause, parce que ce coup de fil me perturbe, malgré ce que j'en pensais tout à l'heure, j'appelle un journaliste de mes amis pour lui demander si Pierre-Fabre existe toujours. Il m'apprend, ce que je savais sans le savoir, que mon ancien collège a été vendu à un promoteur qui l'a rasé et remplacé par un centre commercial. Il me suggère que les archives du collège sont probablement à l'archevêché. Un coup de téléphone m'apprend qu'elles sont à la Maison provinciale des jésuites. « C'est exact, me répond le père Savary, secrétaire du père provincial, mais le bibliothécaire ne rentre que ce soir ». Qu'est-ce que je désire? La liste de mes corhétoriciens. Il promet de faire diligence. Quand je me nomme, il pousse de hauts cris: « Quel honneur pour la Compagnie d'avoir un Goncourt parmi ses anciens élèves! »

Après le BAC, réussi sans mention, j'entreprends des études de Droit par obéissance à ma mère. À vingt-quatre ans, grâce à l'intervention d'un ancien ami de mon père, je décroche un emploi rémunérateur dans une société d'import-export. Chose étonnante, le patron apprécie la qualité de mon travail et mon esprit « maison ». Dans les grosses boîtes, tu le sais aussi bien que moi, ce sont les intrigants qui prédominent. Il faut tracer son sillon à coups de Jarnac et d'encensoir.

Quelques mois plus tard, un dimanche midi, ma mère a fait des invitations. Je ne me souviens pas d'un précédent. Elle a donc une idée derrière la tête. Nous sommes cinq à table : Sidonie, les Marcillac, leur fille et moi qui sommes assis l'un en face de l'autre. Yolande n'est pas attirante, mais, en elle, quelque chose d'indéfinissable ne laisse pas indifférent. Je sens, posé sur moi, le regard maternel m'intimant d'être aimable, de ne pas commettre d'impair, de saisir l'occasion. Cette rencontre est un traquenard. En 1964, la mode n'est plus aux mariages de raison, mais dans l'esprit des grands bourgeois, certaines alliances prévalent sur les élans du cœur. La révolte gronde en moi. Pas question de mariage. Dès qu'ils sont partis, ma mère me demande comment je trouve Yolande. Je ne pipe mot. « Tu imagines la fille unique du patron de la banque Marcillac te pourvoyant d'une dot somptuaire ? » J'ai encore peur d'elle. Je n'ose rétorquer qu'elle-même est florissante et que, si elle se soucie de mon bien-être, elle n'a qu'à y aller de sa poche. Je connais sa réponse. Pire qu'Harpagon, elle se défendra d'avoir de l'argent caché.

Julia esquisse un léger sourire.

— J'en ai marre de l'import-export, mais j'ai besoin de sous. Avec les millions de la fille du banquier, je pourrais réaliser mon rêve : exploiter *L'Ombre de la nuit s'avance,* un manuscrit que je traîne avec moi depuis le collège.

— Tu épouses Yolande ?

— En grande pompe à La Madeleine.

— Tu ne l'aimes pas. C'est un mariage arrangé et tu dis oui !

— C'est à cause de l'argent. Mon plan : je démissionne d'un métier assommant, je me débarrasse de ma mère et je me consacre à l'écriture sans personne pour me le reprocher. Afin de donner le change, je ne quitte pas immédiatement mon emploi. Je m'aperçois rapidement que je me suis fourvoyé. Sitôt qu'elle m'a harponné, Yolande révèle sa vraie nature. Ce n'est pas la marionnette que j'imaginais actionner à ma guise. Elle sait ce qu'elle veut. Me voilà contraint de poursuivre dans l'import-export. En réalité, ma mère m'a vendu aux Marcillac. En m'humiliant de la sorte, elle m'a donné carte blanche. Désormais, tous les coups sont permis.

— Et Yolande?

— Quoi! Yolande?

— Elle rêvait d'un mariage d'amour, elle aussi a été vendue, mais c'est le cadet de tes soucis.

Cette remarque atteint Fabrice de plein fouet. Il n'y avait jamais songé. Julia poursuit sur sa lancée.

— Tout cela n'est pas joli, joli. Ta mère te refile aux Marcillac, enchantés de caser leur fille, et toi, l'insensible, tu acceptes par opportunisme. Ton histoire est déplaisante. Si tu n'étais pas ce que tu es devenu, je serais déjà en route pour la Belgique.

— Et c'est loin d'être fini. Toutefois, tu as raison. Renonce. Rentre chez toi. Tu éviteras peut-être de gros ennuis.

Elle le dévisage avec une mine butée. Elle restera à n'importe quel prix.

— L'exhibition du mal est stérile, Julia. Les gens d'aujourd'hui ont besoin de textes toniques, différents de ce qu'ils vivent au quotidien, de ce qu'on leur montre à la télé, de ce qu'on leur prédit. Si tu décides de rester, je m'efforcerai de faire la distinction entre les actes et les intentions d'un misérable, ce qu'il est réellement et s'il a des circonstances atténuantes. Il y a deux points de départ possible: Fabrice est un malheureux. On ne lui a pas appris à rire, mais à ricaner. On ne lui a pas appris à aimer, mais à obéir. On ne lui a pas appris à partager, mais à prendre. Ou Fabrice est un pervers, un menteur et un manipulateur dont les actes et les paroles n'ont d'autre but que lui-même. Si c'était le cas, même ce qu'il raconte sur sa mère et son enfance est sujet à caution. Tu commences peut-être à entrevoir la difficulté de pénétrer dans le brouillard épais qui dissimule Fabrice Monclar. Et toi, qui es-tu? J'ai besoin de savoir jusqu'à quel point je puis te faire confiance.

— Il n'y a pas grand-chose à dire de moi. Un père très sérieux, cadre supérieur dans une grosse boîte américaine. Toujours absent. Une mère psychologue avec laquelle les heurts sont fréquents, car elle ne supporte pas qu'on soit d'un autre avis que le sien. J'ai trente ans. Je suis l'aînée de cinq enfants. Bertrand est médecin, Erwan para-commando, Milène prof de math et la dernière, Anita, termine sa rhétorique. Milène et moi sommes célibataires. Mes parents ont cinq petits-enfants.

Une famille bourgeoise typique, songe-t-il.

— J'ajoute que nous sommes juifs. Mes parents sont même ultra-orthodoxes. En ce qui me concerne, on me voit de moins en moins à la synagogue.

— Ces précisions te situent. Elles ne me disent pas qui tu es, Julia Grangier.

— À toi de le découvrir, Fabrice Monclar.

Quand il se retrouve dans sa chambre, Fabrice se dit que cette interview tourne en rond, et qu'elle est sans intérêt à moins d'un élément nouveau, tapi dans un coin de sa mémoire, qui éclaterait et accélérerait soudain l'expansion de ses souvenirs.

*

Samedi 23 décembre

« Nous résidons dans une luxueuse demeure avec vue sur le Parc Monceau, don des parents de Yolande le jour de son mariage. L'endroit idéal pour satisfaire mes rêves d'écriture, mais Yolande ne l'entend pas de cette oreille. J'ai un travail que je ne puis abandonner. Je sens que je devrai attendre le moment opportun pour essayer de la convaincre de laisser son mari suivre sa vocation. C'est au cours de cette discussion que je comprends qu'elle est intelligente et que je dois renoncer à en faire ma chose. Fille de banquier, elle me voit, après une solide formation, seconder son père, président-directeur général de la banque Marcillac et, en temps voulu, le remplacer lorsqu'il sera trop âgé. En un mot, elle a vite perçu que je n'avais aucun talent. Ce n'était pas le moment de parler de *L'Ombre de la nuit s'avance,* ni catholique, ni apostolique.

— Tu évoquais l'absence de dialogue entre vous.

— Non seulement de dialogues, mais de relations intimes partagées. Tout ce qui touche au sexe la dégoutte. Elle subit mes assauts quotidiens parce qu'elle désire avoir des enfants, mais son ventre reste désespérément plat. Je ne supporte plus de chevaucher une morte. Pourtant, j'ai l'impression qu'il suffirait d'un rien. Bien sûr, sa mère, ma mère, m'imputent l'infécondité de notre couple.

— Pour une femme normale, la relation sexuelle est avant tout l'expression d'une relation de tendresse. L'as-tu prise dans tes bras, cajolée, valorisée? Tu te plains de sa froideur, mais qu'as-tu fait pour elle, si ce n'est la mépriser, la rejeter ou l'ignorer?

— Ne retourne pas le fer dans la plaie, chère Julia. Je vois aujourd'hui tout ce que j'aurais pu être pour elle. Le butor a compris trop tard. Puisqu'il s'agit d'une interview réalité, tout en buvant ma honte, je te narre un épisode choquant. Je suis à la cafétéria en compagnie d'un boute-en-train, grand consommateur de courtisanes. Il vante les mérites de ces prêtresses d'Aphrodite, toujours disponibles, jamais contrariantes, que la déesse a mises en circulation pour le bonheur des paternels cocufiés par leur progéniture. Je retiens la leçon. Chaque mardi, je prends mes habitudes chez madame Pauline.

— Au bordel! s'écrie Julia. Comment est-ce possible? Tu n'avais aucune pudeur?

— Ni pudeur, ni morale, ni religion. Prends ton mal en patience. Les occasions de te scandaliser ne manqueront pas. Pendant que je pratique l'amour vénal, l'humeur de Yolande s'aigrit. Elle se résigne à consulter. Le verdict du gynécologue est sans appel: malformation génitale des trompes. Elle n'a aucune chance d'être enceinte. Lorsque nous rentrons à la maison, son désespoir est tel que j'appelle un médecin qui lui fait une piqûre sédative. On est jeudi. Réjoui à la perspective de ne jamais être père, je vais célébrer l'événement chez madame Pauline. J'offre le champagne à la cantonade. Je me souviens de mes ignobles paroles: « C'est un grand jour, mes chéries, ma bourgeoise est stérile ». Silences consternés, regards courroucés. J'aurais été mieux avisé de me taire. Les prostituées manifestent leurs passions de commande en même temps qu'elles revêtent leurs perruques flamboyantes, leurs jupes moulantes, leurs cuissardes, mais sitôt ôtés ces oripeaux, elles sont des femmes comme les autres qui aspirent à fonder une famille et à être mamans. Elles me battent froid, me rabrouent, me congédient. Cela dit, ma vie est simplifiée. Nous faisons désormais chambre à part. Yolande sombre dans une profonde dépression qu'elle va soigner en Suisse, puis à Honfleur dans la villa familiale. Sous la contrainte de sa mère, pour qui un ménage chrétien se doit d'être uni, ne fût-ce qu'en apparences, après trois mois de séparation, elle réintègre le domicile conjugal avec une pathétique *gueule d'atmosphère.*

Ils sont dans le petit salon de l'hôtel.

— Elle est chouette, Yolande.

Il rit.

— À cause de la chouette qui ne voit rien pendant la journée?

— Tu veux dire qu'elle est aveugle sur tes pensées, tes intentions et tes comportements?

— Comme je suis aveugle sur tout ce qui la concerne. Je crois que c'est même plus fort que cela, elle n'existe que lors d'une confrontation. Viens, allons prendre l'air. Laisse ton matériel.

Elle le regarde avec étonnement. Il l'emmène au bord de la piscine. Ils s'asseyent sur un banc. Dans le ciel, la Croix du Sud scintille joyeusement.

Dimanche 24 décembre

C'est une tradition chez Latif Moussa: chaque année, à la veille de Noël, il invite ses collaborateurs célibataires non musulmans à dîner. Cette année, il s'est contenté de Fabrice, Jacques Gallois et Julia, en faisant une exception pour Oulimata, sa secrétaire particulière. Il cherche notamment à resserrer les liens entre ceux-là.

Tout à l'heure, Julia les conduira chez Latif. Ils ont donc du temps devant eux. Pendant que Julia installe son matériel, elle pose à Fabrice une question qui concerne son service militaire.

— À propos, je n'en vois aucune trace dans ta biographie?

— Un an dans les bureaux à Oran en 1960 avant d'être réformé pour cause de faiblesse pulmonaire. Où en étais-je?

Elle consulte son agenda électronique: « Elle réintègre le domicile conjugal avec une pathétique *gueule d'atmosphère.* »

Yolande est anéantie. Rien que d'en parler aujourd'hui, ses larmes, son visage douloureux me font mal, alors qu'à l'époque, ils m'exaspéraient. Je passe mes loisirs à faire semblant d'écrire alors qu'il n'y a rien à changer à *L'Ombre de la nuit s'avance.*

Chaque soir, nous dînons dans un silence sépulcral. Le spectacle de sa déchéance physique m'indiffère. Son œil droit est agité par un tic nerveux. Elle touche à peine à sa nourriture. Amaigrie, Yolande n'est plus que l'ombre d'elle-même.

Julia est hors d'elle.

— Quel monstre tu faisais ! Comment est-il possible de rester les bras croisés face à une telle détresse? Salaud ! Goujat !

— C'est le mot propre. Goujat ! Je profite de son hébétude pour lui proposer de mettre un terme à ces repas qui « nous » infligent une souffrance inutile. Elle accepte d'un signe de tête, se lève et quitte la table. Je suis aux anges.

La Belge est au bord de la crise de nerfs. Fabrice a pitié d'elle.

— Pardonne-moi de te soumettre à une si rude épreuve, mais une journaliste doit être vaccinée contre le malheur. Elle doit être capable de tout entendre et de tout voir en contrôlant ses émotions. Elle rapporte les événements et n'interfère pas. Imagine la présentatrice du JT éclatant en sanglots en commentant un accident d'avion.

Ils se changent pour se rendre avec la voiture de Julia chez Latif en compagnie d'Oulimata. Comme Fabrice, le docteur Gallois et Ramata, elle loge au Centre dont la sécurité est assurée par trois vigiles. L'épouse du directeur, une femme épanouie qui n'a d'yeux que pour son mari et leurs enfants, a confectionné le thiep bou dien, un plat traditionnel sénégalais à base de poisson farci, de légumes variés et de riz. Julia a apporté des jus de fruits. Oulimata a préparé un gâteau aux ananas. Fabrice offre une bande dessinée à chacun des trois enfants de la famille, du tabac à Latif et des fleurs à la maîtresse de maison. À la fin du repas, la conversation porte sur le mariage. Julia consacre toute sa vie à son métier.

Oulimata déclare avec emportement qu'elle préférerait se tuer plutôt que d'épouser le candidat de ses oncles, une fripouille maffieuse. Déchaînée, hors d'elle-même, elle dévoile un secret familial dont même Latif n'a pas connaissance.

— Que je vous parle de mes oncles Khadir et Taylor ; de mon refus catégorique de me marier avec un candidat de leur choix, de leur exaspération parce qu'ils comptent rembourser leurs dettes avec le bénéfice de l'opération.

Julia la regarde avec horreur.

— Ils veulent te vendre !

— Joueurs, tricheurs, voleurs, membres de la Triade, trafiquants d'armes, ils sont sous les ordres de l'impitoyable Li Pen dont le titre est la « Tête de dragon », l'équivalent du Parrain. Chaque fois qu'un prétendant se présente, ils font monter les enchères, oublieux, les imbéciles, qu'ils font partie d'une pègre, mélange détonnant de mafia et de salafisme, qui n'hésite jamais à faire parler la poudre. J'ai cru comprendre qu'ils ont placé la barre très haut et que ma valeur marchande était d'un million de dollars.

Latif et son épouse sont atterrés. Julia et Fabrice n'en reviennent pas. Qu'au XXIe siècle de telles pratiques soient tolérées dans un pays qui se veut démocratique les dépassent. Un long silence succède à cette véhémente déclaration. Fabrice souffre dans son âme. Belle comme elle est, comment, dans une société machiste, échapperait-elle à un funeste destin ? C'est Julia qui propose la fuite. Oulimata se cabre.

— Plutôt mourir que de céder aux exigences de ces deux larves. Qu'ils y viennent, ils connaîtront leur douleur. Je crois d'ailleurs qu'ils me craignent. Ils ne savent pas de quoi je suis capable. L'islam progresse dans le monde en propageant la peur. Refuser la peur est l'arme pour combattre les fous d'Allah, tout autant que les néonazis et les maffieux.

Encore toute tremblante de ce qu'elle vient d'entendre, l'épouse de Latif apporte le dessert accompagné pour les non-musulmans d'un vieil armagnac offert par Fabrice. Oulimata réclame sa part.

— À la liberté ! proclame-t-elle en levant son verre.

Latif fait un léger signe à son épouse qui s'éclipse. Elle revient, soulagée. Fabrice l'entend chuchoter à son époux : « Ils dorment ».

Oulimata propose de faire une campagne de presse dans *Le Soir*. Julia s'y oppose. Les représailles seraient violentes et feraient trop de victimes. Pour calmer le jeu, elle explique ce qu'elle est venue faire à Dakar.

Oulimata lève à nouveau son verre et s'écrie d'une voix forte : « Joyeux Noël ».

— Moi aussi j'aimerais écouter ton récit, Fabrice, si vous êtes d'accord tous les deux ?

Après s'être concertés du regard, Fabrice et Julia acceptent sa présence, à condition que les entretiens se passent désormais au Centre Yallah. Au retour, ils sont silencieux. Fabrice, que les révélations d'Oulimata ont bouleversé, se dit qu'elles ne sont pas de bon augure, que des nuages s'amoncellent. Viendra sans doute un temps où ils devront choisir entre la défendre ou laisser faire. Car Khadir et Taylor vivent dans l'entourage de Li Pen. Comment n'arriveraient-ils pas à leurs fins ?

*

Lundi 25 décembre

C'est Noël, une fête chrétienne, qui n'intéresse personne, pas même celui qui est considéré comme tel. Depuis qu'il est au Sénégal, il arrive à Fabrice d'assister à la messe, mais sa religion est protocolaire. Depuis sa classe, il entend sonner les cloches de la cathédrale. Toute la délégation française y sera, il devrait faire acte de présence, il n'en a pas le courage. Il songe à Oulimata et s'interroge sur la manière d'empêcher ses oncles de lui imposer un mariage forcé. Il reprend son histoire.

« Nous sommes dans les années soixante. Je mène une déplorable existence de nabab. Autour de moi, mais pas en moi, qui suis fossilisé, un monde nouveau est en train de naître. Un vent de liberté, je devrais dire un raz-de-marée, déferle sur la société. *Larguez les amarres, bonnes gens.* Saisissez votre vie à pleines mains. C'est le temps de toutes les audaces, de la prise de conscience de la fin de l'homme *unidimensionnel.* D'après nombre de sociologues et de philosophes, ce fut la dernière chance offerte à l'homme de virer de bord et d'inventer un autre mode de vie. Elle fut manquée. Je ne vais pas énumérer tout ce qui se passait dans ce laboratoire où l'imagination était reine et où l'homme triomphant posait le pied sur la lune. Pour ma part, même si j'avais l'âge des jeunes qui défilaient, le poing brandi, en masses compactes, sur les boulevards de Paris, clamant leurs slogans révolutionnaires et affrontant les forces de l'ordre, je n'avais rien d'un adversaire de la société de consommation puisque j'avais tout.

Ma seule préoccupation était de trouver un éditeur pour mon roman. Pas une virgule n'y manquait. Déjà amnésique, je devenais monoïdéiste. En mai 1966, j'avais enfin osé le déposer à l'accueil de la plus prestigieuse maison d'éditions parisienne. Alors qu'un délai de trois mois est plus qu'optimiste avant de recevoir une réponse, deux semaines plus tard, l'éditeur en personne, Charles-Martin Mauregard, m'invite à déjeuner au Fouquet's. Me voilà, très intimidé, seul, dans un restaurant bondé, face à celui que le Tout-Paris littéraire courtise et redoute, l'homme qui, d'un mot, envoie l'un au septième ciel et plonge l'autre dans les cercles les plus profonds de l'enfer dantesque. Un personnel stylé écarte les importuns. Pour une fois, je me fais tout petit, l'air de dire aux autres : « Ce n'est pas moi, c'est lui. » C'est un bel homme, grand, mince, la cinquantaine distinguée, des cheveux gris plats coupés court, un regard qui vous prend en tenailles, une bouche fine, un menton volontaire. Très élégant. Je me suis laissé dire qu'il faisait venir ses costumes trois-pièces d'une grande maison de Regent Street. Tout le monde le connaît. Chacun y va de sa révérence. Et moi, moujik accroupi au pied du tsar, je ne réalise pas encore mon bonheur. Je le remercie de son aimable invitation. Il répond d'une inclinaison de tête. Il se tait. Je me tais.

— Une question revient chaque fois que je t'écoute, dit Julia. Comment t'y prends-tu pour te souvenir jusque dans les moindres détails d'événements si lointains ? Tu romances ?

— Lorsque tout ce temps perdu m'est revenu, en une seule journée, je me suis posé la même question. Mais non, je ne romançais pas. Je voyais dans ma tête. Ce que je découvrais sur moi-même était tellement affreux que les rotatives de mon cerveau ont imprimé ma biographie. Je puis la raconter en boucle. Elle sera toujours la même mais sur un autre ton, plus objectif, le ton d'un psy qui relate un cas.

Après un round d'observation, il exhibe deux documents qu'il m'invite à lire et à parapher. Je suis désormais sous contrat chez Mauregard. Il s'intéresse à moi. Marié, des enfants, un emploi, ai-je d'autres textes en chantier ? Il tique lorsque je lui dis mon souhait de remettre ma démission afin de me consacrer à l'écriture. « Même si, répond-il, *L'Ombre de la nuit s'avance* est digne du Goncourt, rien ne permet d'augurer que ce roman atypique plaira. Le lectorat est un animal capricieux. Quant à vivre de votre plume, ajoute-t-il, vous êtes trop jeune pour vous le permettre. » Je reste très évasif sur mes projets futurs, à plus forte raison que je n'en ai aucun. Je le quitte avec l'impression de ne pas l'avoir convaincu. Pendant ce déjeuner, j'ai senti plusieurs fois son regard s'appesantir sur moi comme s'il se demandait si sa secrétaire ne s'était pas trompée de personne.

Ce qui suivit la parution de *L'Ombre de la nuit s'avance* demeure flou. Ce roman connut un beau succès. Il ne plut cependant pas à tout le monde. Malgré sa tolérance, Yolande, par exemple, fut choquée par le nihilisme de mon héros. On était loin d'un écrivain catholique. Cependant, ils mirent une sourdine à leurs critiques lorsque j'obtins le Prix du premier roman. Il me rapporta beaucoup d'argent. Je devins donc fréquentable. Cela dit, une inquiétude croissante me tenaillait. J'avais été visité par la grâce. Il ne restait que la page blanche. J'étais un organique sans imagination. Je multipliais les lectures, prenais des notes, ébauchais des scénarios bancals. Il me manquait le délire, la fantasia, le sabbat du verbe. En lisant et en relisant *Les Nouveaux Aristocrates* et *Les Nouveaux Prêtres* de Michel de Saint-Pierre, je profilai le héros catholique : ferme sur la doctrine, martyr en puissance, tolérant à l'égard des pécheurs. Si je voulais obtenir les subsides de Yolande qui me permettraient d'enfin me libérer de l'import-export et de me consacrer entièrement à mon rêve, il me fallait réaliser un morceau de bravoure. J'y étais arrivé une fois, pourquoi pas une deuxième? Et puis le découragement s'emparait de moi, je n'y arriverais jamais. J'écrivais cinq lignes. Je chiffonnais ma page en jurant. Le sol était jonché de boulettes de papier. Un moment, on frappa à ma porte. Je crus que c'était Catherine, la femme de ménage. C'était Yolande. Elle demeura un instant immobile, interloquée par le spectacle. Elle vint vers moi, se pencha et lut ce que j'essayais d'écrire. Elle feuilleta les livres de Michel de Saint-Pierre. Elle caressa mes cheveux. Elle me conseilla de prendre quelques jours de vacances, de sortir et de décrire ce que je voyais. Elle fut sur le point de me donner un baiser, hésita et quitta la pièce. Sur le pas de la porte, elle se retourna : « La vie est un roman, dit-elle. Il suffit de glaner les soupirs qui s'échappent du cœur des êtres humains. Chacun d'eux est porteur d'une histoire. » C'était la première fois qu'elle m'encourageait à persévérer. J'aurais dû être bouleversé par cette manifestation de tendresse et par la profondeur de ses propos. Il n'en fut rien. Je continuai à râler.

— Elle avait une âme pour deux, ta Yolande !

Oulimata, ébranlée par ce qu'elle vient d'entendre, a les larmes aux yeux. Son empathie est émouvante.

— Hélas, chère Oulimata, j'étais tel. L'homme que tu as en face de toi ressemble à un criminel, qui s'est amendé, et que ne reconnaissent plus ceux d'autrefois lorsqu'il était un mauvais sujet.

Fabrice enchaîne :

— Mon éditeur invitait régulièrement certains de ses auteurs à sa table. C'est ainsi que peu avant Noël, je fis la connaissance de François Mauriac. Début janvier, en désespoir de cause, je profitai d'un des passages à Paris de l'auteur de *Thérèse Desqueyroux* pour solliciter une audience. Je lui confiai que je voulais devenir écrivain catholique. Il me fit remarquer d'une voix onctueuse que *L'Ombre de la nuit s'avance* était un roman superbe, mais qu'il n'avait rien de catholique. Pourquoi changer de genre? « Ce à quoi je répondis que le ressentais comme une injonction intérieure. « C'est effectivement une puissante motivation, dit-il. Mais sachez, mon jeune ami, qu'on n'écrit pas de livres chrétiens, on les écrit en chrétien. De même, on ne se déclare pas chrétien, on l'exprime par une certaine manière de vivre. On ne naît pas chrétien, Fabrice Monclar, on le devient. Si c'est ce que vous souhaitez, je vous suggère, par exemple, de soumettre un fils de famille, dont l'avenir est tout tracé, à une épreuve qui déplace son centre de gravité. Vous transformez sa perception du monde par fines touches. Pas de conversions foudroyantes, pas de miracles, ni de visions, encore moins d'apparitions. Vous décrivez le lent méandre d'un fleuve qu'aspire l'océan. Vous serez crédible si le lecteur perçoit que vous partagez la transformation de votre héros. » Je sortis de chez lui passablement déçu. J'espérais qu'il me refile un tuyau. Il s'en est tenu à des généralités.

— Je parie que tu n'as rien compris à certains de ses propos : « On ne naît pas chrétien, on le devient. Vous serez crédible si le lecteur perçoit que vous partagez la transformation de votre héros ».

Julia se moque de lui. Fabrice rit.

— J'étais grotesque. Je n'avais ni foi, ni talent. Aussi infécond que le ventre de Yolande. Oui, Sartre avait raison : *l'existence précède l'essence.* J'étais libre dans le néant. L'hiver fut épouvantable. Mon éditeur se taisait. Pour donner le change, je l'appelai et lui affirmai que je progressais, mais que je n'étais pas encore en mesure de lui soumettre un texte décent. Il savait l'inefficacité de la volonté lorsque l'inspiration fait défaut. Je me contredisais sans vergogne : je progressais, mais l'inspiration me faisait défaut.

Les ronflements d'Oulimata sont assourdissants. Il donne un coup de poing sur la table. Elle réagit en émettant des gargouillis sonores. Tous trois, ils éclatent de rire. Julia a encore une question.

Tu n'as aucun talent, en fait. Comment es-tu arrivé malgré tout à te faire publier et à progresser jusqu'au Goncourt?

— À force de m'exercer, de plagier, d'imiter, après un long apprentissage et un acharnement constant, lentement je suis devenu capable d'écrire des paragraphes, puis des chapitres. Je suis une parfaite illustration de l'adage *Fit faber fabricando,* c'est en forgeant qu'on devient forgeron. Ensuite, il y avait les correcteurs. *Le Mythe d'Éson* ne serait jamais parvenu aux portes du Goncourt s'il n'avait été coédité par Brissac chez qui travaillaient les meilleurs correcteurs de France.

— Pourquoi toi?

— J'étais connu, docile, peu exigeant sur mon salaire. J'étais populaire. Ils allaient gagner une fortune sur le dos d'un écrivain qui avait avantage à se taire. Je me laissai faire du moment que j'aie la gloire. Leurs noms auraient disparu depuis longtemps tandis que le mien serait à jamais sur la liste des lauréats.

— Mais pourquoi cette idée fixe d'écrire des livres, fait Oulimata avec commisération? Tu as du fric. Tu peux entreprendre tout ce que tu veux.

— Quoi, par exemple?

— Le négoce, pardi! Tu as tout du commerçant. À quoi bon patauger dans le bourbier de la littérature. Tu n'y arrives pas par toi-même, à l'exception de ce roman écrit au collège, tu recours à des expédients. Un déni de bon sens, un orgueil imbécile, des préjugés de petit-bourgeois.

Julia approuve ce brillant diagnostic qui n'avait pas frappé Fabrice jusqu'à ce que la redoutable perspicacité d'Oulimata le mette en évidence.

— Tu sembles n'avoir eu aucune conscience du ridicule de tes prétentions.

— Je n'ai jamais eu conscience de grand-chose. Chaque fois qu'on me vilipendait, j'étais d'abord étonné, puis furieux, mais je n'apprenais rien des écueils de la vie. L'esprit critique n'était pas mon fort. L'humour encore moins.

— Un soir de février 1968, je reviens du bordel.

Sursaut d'Oulimata, mais elle ne dit rien. Elle commence à « s'adapter » à feu Fabrice Monclar.

— Il pleuvine. Je croise un couple. La femme apostrophe son compagnon sur un ton haut perché. « Ta mère est despotique », dit-elle. Pourquoi ne pas prendre la mienne comme point de départ? En une semaine, j'élabore un scénario qui tient la route: Sébastien de Saint-Leu, un jeune homme talentueux, quitte la maison familiale, n'en pouvant plus d'une mère tyrannique. Il s'engage dans la légion. Il déserte lors d'un séjour à l'hôpital. Il a frôlé la mort, il veut comprendre la vie. Par étapes successives, sa quête solitaire le conduit à Béthanie, à l'endroit même où Jésus ressuscita Lazare. Il retrouve la ferveur de son enfance. J'ai un titre, *Le Pèlerin de Béthanie*, et une intrigue, mais le style! J'y vais à la truelle.

Julia fait la moue.

— J'ai lu ce livre avec un dégoût croissant. Dans la première partie, tu démolis ta mère en termes orduriers; dans la seconde, tu fais de Dieu un matamore. Tu passes ta vie à régler des comptes comme si le monde entier était responsable de ta condition.

— Ce que tu as lu est la deuxième version. À propos de la première, Mauregard m'a dit crûment que c'était de la merde. J'ai répondu que les événements récents avaient révélé le besoin d'entendre un autre son de cloche. Ce respectable autocrate de l'édition s'esclaffe. Il fait un geste de la main qui signifie la fin de l'entretien. Au passage, sa secrétaire me remet mon texte raturé de larges traits rouges. Une fois dehors, je comprends le sens de son hilarité. Il a raison. Je suis une cloche. J'ai six mois pour convaincre. Je supprime les passages pieux. Je change Sébastien de Saint-Leu en Daniel Sauvageot, combinant le nom et le prénom de deux des meneurs de mai. Il milite, harangue des foules de jeunes, fait de la prison. Il se rend en Terre Sainte. Illumination. Dieu existe, pas comme Notre Père, mais comme notre persécuteur. Mon pèlerin n'est pas un cul-bénit comme dans *Le Curé de campagne.* Il croit en l'existence d'un Dieu qu'on ne vénère pas, mais qu'on abomine parce qu'il est *Le Grand Coupable.* Daniel est l'*Ubermensch,* libre et déicide. J'expliquerai aux médias que mon personnage, étant un rustre, s'exprime comme tel. C'est la raison pour laquelle, j'ai écrit à la première personne. *Le Grand Coupable* parut en décembre 1968 et rencontra un franc succès. Les voix discordantes de ma mère, de la famille de Yolande, des milieux bien-pensants se perdirent dans le concert de louanges qui salua « cette parabole rédigée dans un style rugueux avec de subtiles maladresses et de sublimes imprécations ». Même à cette époque où il y avait encore de grands auteurs, on publiait déjà des textes démagogiques avec l'espoir qu'ils rapportent. Aujourd'hui, cette détestable pratique s'est répandue. En ce sens, je suis un pionnier de la littérature alimentaire.

Il sourit à Julia.

— Il en va ainsi dans tous les domaines de la vie : il y a le charlatan, il y a l'honnête homme. Il n'est pas toujours aisé de les distinguer. On pourrait épiloguer des heures sur le sujet.

En ce qui me concernait, bouffi d'orgueil, j'entrepris la rédaction d'un nouveau roman. J'irais plus loin, je cognerais plus fort. Mais sur quoi? En réalité, je n'avais aucune conviction. Mauriac ne s'y trompa pas. Dans le bloc-notes hebdomadaire qu'il tenait dans *Le Figaro littéraire,* il glosa sur l'absence de valeurs des esprits faibles : « Fabrice Monclar, victime de la logomachie d'anars de salons, a succombé au mirage marxiste ».

La réussite du *Grand Coupable* m'enivra. Le complexé gagna en arrogance. Sous les feux des projecteurs, je m'imaginai en métal inoxydable. J'aurais dû comprendre que ce fin renard de Mauregard m'avait tendu un piège. Nous sommes attablés devant une bière dans une brasserie du boulevard Saint-Germain. Adoptant un air paternel, il me met en garde.

— La prétention, mon petit Fabrice, tue le talent. Crois-moi, je parle d'expérience. J'en ai vu des génies en herbe, étouffés par l'ivraie qui croît insidieusement dans certains cerveaux boursoufflés.

Il se servait de l'image de l'ivraie pour me dire ma vérité. Connaissant ma susceptibilité, il ne pouvait manquer son coup. Je réagis exactement comme il l'avait sans doute prévu.

— Si tu veux te débarrasser de moi, ne te gêne pas. On se bousculera à ma porte pour m'éditer.

S'il n'avait été un grand éditeur, Mauregard aurait à coup sûr été un grand acteur ou un grand homme politique. Il demeure un moment silencieux avant de réclamer l'addition. Il paie, met ses gants, se lève, enfile son manteau. Il se retourne.

— Tu crèves d'orgueil, mon petit bonhomme. Change d'éditeur. Je m'en contrefous.

Fabrice ne rit plus. Son visage pâlit.

— De retour chez moi, fou de rage, j'appelle Jean-Pierre Laval, qui m'avait laissé entendre qu'il m'accueillerait volontiers dans sa maison d'éditions au cas où j'aurais un problème. « On finit toujours par avoir un problème avec Mauregard. « Après m'être expliqué et attribué tous les torts de notre rupture, il consent à m'aider.

Besoin d'air pur. Vertiges. Pourquoi ce récit a-t-il mis Fabrice dans un état tel que Julia mande le docteur? Parce qu'il sait qu'il en cache un autre dont il faudra bien parler un jour, mais qu'elles ne sont pas prêtes à entendre. Gallois, qui est un partisan des remèdes sains, lui sert un whisky, lui prescrit une longue douche et douze heures de sommeil.

Mardi 26 décembre

Le médecin lui rend visite. Pourquoi s'est-il mis dans un tel état? Parce que Mauregard était dieu et qu'il le damnait. Demain tout Paris saurait. Étrange retournement d'être.

C'est un Abou très inquiet qui vient à son chevet. Il lui montre ce qu'il a écrit ce matin. Fabrice l'embrasse. C'est là l'essentiel. La cloche va bientôt sonner. Il se lève et regagne sa classe.

Mercredi 27, jeudi 28

Latif Moussa accorde deux jours de congé supplémentaire à Fabrice. Il en profite pour proposer à Julia une excursion à la Pointe des Almadies, à treize kilomètres au nord de Dakar, où elle pourra s'adonner à son sport favori, la plongée sous-marine. Le soir, ils dînent chez un ami de Fabrice, Gautier Dubois, l'attaché militaire de l'ambassade de France, un homme triste qui a perdu son épouse trois mois auparavant lors d'un exercice de vol à voile. Le lendemain, ils retournent au bord de l'océan. Julia, en pleine forme, Fabrice, terré dans un coin d'ombre, transpirant abondamment. Il fait nuit lorsqu'elle le dépose au Centre. Il est morose. Depuis deux ans, il se consacre à l'alphabétisation. Bien dans sa peau, avant la venue de Julia, avant l'interview, avant ce triste dîner, avant ces deux jours de soleil, avant que son ressort vital ne se détende. Il a perdu sa sérénité.

Vendredi 29 décembre

Oulimata, victime d'une crise de malaria, veut malgré tout entendre la suite. Emballée dans une couverture, tantôt en nage, tantôt grelottante, elle désire savoir jusqu'où est allé ce bon Jacques Berlière dans son autre vie.

« Je ne m'étais donc pas réconcilié avec Mauregard. Ce qui était sans importance puisqu'il ne croyait plus en moi. Cependant ma notoriété demeurait intacte, comme l'attestaient les diverses sollicitations dont j'étais l'objet. C'est ainsi que je fus invité à une soirée chez Elmire d'Orcival...

— ... dont tu vas dire le plus grand bien.

— Évidemment. Comment ne pas dire de bien d'Elmire? Représentez-vous une somptueuse demeure à Auteuil, un immense salon du dix-huitième, une foule de courtisans s'empressant auprès d'une beauté *en robe de parade*. Lorsque je m'incline devant elle, son entrée en matière est déroutante.

— Pensez-vous vraiment tout ce que vous écrivez, monsieur Monclar?

— Bien sûr, Madame, réponds-je sottement.

Sa moue incrédule frise l'insolence. Je suis peu habitué à la chorégraphie mondaine. Je me donne une contenance en attrapant au vol une coupe de champagne, pour ne pas ressembler à un naufragé en mal de balises. Je repère Hervé Leduc, qui m'a interviewé pour *Le Parisien libéré*. Il me présente à la ronde. Tous les regards convergent vers moi. Je lis un certain étonnement sur les visages. Je ne dois pas correspondre à l'image qu'ils se font de moi. Ils imaginaient un phénix, ils se trouvent en présence d'un pruneau. Quant à Elmire, elle se tient au loin, souriante et détachée, entourée d'une cour empressée. Au moment de me retirer, je vais la saluer.

— Vous avec été très convaincant dans votre rôle de candide, monsieur Monclar.

Dans le taxi qui me ramène chez moi, je m'interroge. En quoi ai-je été candide? J'étais dans le ton de la soirée: tenue décontractée, propos de gauche, un verre de Dom Pérignon dans une main, un toast de caviar dans l'autre. Cet aréopage de nantis bluffait, mentait, hâblait tout autant que moi. Qui eût été sincère serait passé pour un sot. J'avais suivi le mouvement. Pas d'esclandre ni d'éclats de voix. Je ne voyais pas en quoi je m'étais singularisé. Un raout parisien était l'occasion d'attirer l'attention sur soi. On m'avait posé beaucoup de questions, j'avais répondu par monosyllabes. Était-ce là ce qu'elle appelait de la candeur? À moins que ce ne fût de la provocation?

Elle téléphone le lendemain matin. Quelles sont mes impressions sur la soirée d'hier? Sans me laisser le temps de répondre, elle me prie de venir prendre le thé chez elle mardi prochain à 17 heures. Fin de la communication. Je suis là, le récepteur à la main, stupide…

— Tu as le sens du mot propre.

— En fait, j'ai été dupé. J'ai joué sur son terrain. Au lieu d'écarter de ma route cette femme aussi dangereuse qu'un naja, j'ai cru malin d'engager une passe d'armes. Le mardi suivant, un majordome d'antan m'introduit dans son boudoir. Elle trône sur un sofa bleu roi. Je ne sais que dire. Elle m'éclabousse de sa classe. D'un geste gracieux, elle m'invite à la rejoindre. Je la détaille. Elle doit dépenser une fortune en soins de beauté. Elle est au sommet de son bel âge, mais la nature entreprend déjà son travail d'érosion. D'un coup d'œil, j'entrevois le côté jardin qu'elle me cache en focalisant mon regard sur son côté cour. Vous voulez vous faire une petite idée du personnage?

— On s'en fout, répondent-elles en chœur.

— Je ne résiste pas au plaisir de vous la décrire. Des cheveux noirs, coupés court à la garçonne, un visage régulier sans rature apparente, deux yeux en amande vert émeraude, une fossette au menton. Vous la voyez dans la pénombre d'une lumière tamisée, une tasse de thé à la main, faisant semblant d'écouter son interlocuteur sur fond de musique d'ambiance.

— Tu ne vas pas t'étendre sur le courage avec lequel tu as combattu dans les tranchées jusqu'à ta reddition sans conditions !

— Que veux-tu, Julia, je n'étais pas de taille. Nos armes étaient inégales : un canif contre un kriss malais. Comme la chèvre de monsieur Seguin, j'ai résisté jusqu'à l'aube, non que je ne la désirais pas, mais je savais que, sitôt que j'aurais cédé, je serais son chihuahua qu'elle ferait aussitôt embarquer par la fourrière. Elle multiplia les ruses pour m'« avoir ». Trois semaines passèrent. Un billet d'elle, teinté de reproches, m'apprend que le samedi suivant, elle reçoit à dîner deux académiciens du Quai Conti et leurs épouses. Je suis le bienvenu. Je temporise le plus longtemps possible avant de donner ma réponse. Stupéfaction ! Je suis l'unique convive. L'épouse de l'un a fait une chute dans l'escalier ; l'autre souffre d'une crise goutte. Puisque *feindre de croire est un mensonge exquis,* j'enchaîne avec un chapelet d'exclamations. Cependant rien ne se passe ce jour-là. C'est l'étape des épanchements : autobiographie, description des états d'âme, expériences douloureuses. Je me montre peu réceptif. Elle en prend ombrage, verse une larme, se lamente sur sa solitude. Je vous fais grâce de notre dialogue psycho-érotique qui est l'emballage de la boîte de pralines à la liqueur. Sur le point de me rendre, je parviens à fuir.

Elle vient me relancer chez moi. Pris par surprise, je n'empêcherai pas la machine infernale de se déclencher. Un torrent tumultueux m'entraîne vers des chutes vertigineuses. Le voyage à Venise fut le clou du mélodrame. Cependant, elle n'avait pas prévu que cette ville sans auto, sans moto, sans vélo où l'on se déplace à pied ou sur l'eau, le long de palais somptueux, exercerait sur moi une fascination telle qu'elle fût à l'origine de notre rupture. Elmire me reprocha de transformer une escapade amoureuse en voyage culturel. Les scènes se firent de plus en plus nombreuses jusqu'au jour où, lassés l'un de l'autre, nous regagnâmes Paris chacun de notre côté. J'appris peu après qu'elle avait un nouvel amant, plus jeune, et auteur d'un roman à succès. Force est de lui reconnaître d'avoir été mon égérie dans l'art d'aimer. Notre relation n'était pas demeurée secrète. Par quel hasard madame mère en fut-elle informée? Elle s'égosillait régulièrement au téléphone: verrat, pervers, dépravé, sardanapale. J'enrichissais mon vocabulaire et je raccrochais. Je perçus un sentiment nouveau chez Yolande. Elle s'arrangeait pour croiser mon chemin, dans l'escalier, au salon, à l'orangerie. Il lui arrivait de me demander de lui prêter un livre. Il en allait comme si mon adultère, au lieu de la pousser au divorce, la rapprochait de moi, comme si elle endossait la responsabilité de ma vie débauchée.

— Comme à l'accoutumée, tu comprenais, tu t'en fichais. Ton entourage était encore bien bon de t'adresser la parole. Je suppose que ces aléas sentimentaux furent à l'origine d'un de tes navets. Dès l'instant où tu n'écrivais que pour dénigrer, une belle opportunité s'offrait à toi. Elmire t'avait humilié, Elmire paierait.

Fabrice adore ces interventions indignées de Julia, ce cœur pur qui ne conçoit pas le mal.

— Oui, Julia, j'approchais de la trentaine, toujours bête et méchant. J'avais le décor prestigieux de Venise, un personnage qui n'avait guère de circonstances atténuantes, un thème banal à rendre croustillant dans une bouffonnerie où il ne serait pas question d'amour, mais plutôt de chasse à courre. Je passai l'automne et l'hiver à écrire *Le Grand Canal,* qui se voulait une descente en flamme de mon ex. Parler de ce rouleau de papier-cul me déconsidérerait encore davantage. Je me demande s'il atteignit les mille exemplaires.

— Tu n'avais pas une once d'esprit critique. Une telle accumulation de crétineries me dépasse !

— Je fus éreinté. Le mot est trop faible. Je fus étripé. Je fus l'objet de la risée générale. Je me terrai dans mon bureau. Après la curée, ce fut le silence. Pendu à la lanterne, mon cadavre, balancé par le vent, se desséchait dans l'indifférence générale.

Yolande me conseilla un changement d'air. Un de ses oncles possédait une maison de vacances en Vendée. Libre à moi de l'occuper aussi longtemps que je le souhaiterais. Je l'enviai. Il y a quelques mois, elle vacillait au bord du gouffre. Elle avait retrouvé une belle sérénité. Cette femme que je méjugeais était ma bonbonne d'oxygène, mon ange gardien. Elle avait toujours une corde ou une échelle lorsque je tombais dans un gouffre, mais cette idée ne m'effleura même pas. Je partis le lendemain.

Samedi 30 décembre

Oulimata va mieux. Elle rappelle à Fabrice où il en est.

— Descendu en flammes par les médias, Yolande te prend en pitié et t'expédie en Vendée.

— Ce séjour est embrouillé dans mon esprit. L'agoraphobie...

Oulimata frémit. Julia lui parle à l'oreille. Elle comprend.

— ... et la chaleur me transformèrent en légume. Des heures d'affilée, je ressassais mon échec, étendu sur un divan ou carrément au lit. Je buvais du pastis à longueur de journée. Quand j'étais soûl, je piquais des colères terribles. Yolande me téléphona. La mer m'était bénéfique. Ma caille si naïve s'en réjouit et me souhaita un heureux anniversaire.

Je l'avais oublié. Je venais d'avoir 31 ans! J'aurais pu profiter de ce dépaysement pour jeter les bases d'un nouveau roman. L'avanie avait été trop forte. Un moment, j'ai même envisagé abandonner l'écriture. Pourquoi pas la politique? Avec ma gueule de taré, j'inspirerais confiance!

— Là, c'était bien vu, s'exclame Julia. Tu n'aurais pas fait tache dans ce milieu pourri.

Il ne s'attarda pas à cette remarque judicieuse.

— Je pliai bagages à la mi-août. Sitôt que je pénétrai dans mon bureau, je me sentis d'attaque. Mon enthousiasme fut de courte durée. Un monceau de lettres m'attendait. Après en avoir lu cinq, pour échapper à un coup de grisou moral, je mis le reste à la poubelle. Il me fallait un best-seller. Mon royaume pour un best-seller! Un libraire, qui m'avait à la bonne, à la vue de ma mine de déterré, me signala que les meilleures ventes avaient en commun le sexe, une liberté débridée et l'exotisme. Ces thèmes ne m'inspiraient guère. Je traînassais jusqu'au petit matin dans les boîtes branchées. J'écoutais des chevelus refaire le monde. Leurs compagnes, habillées super-kitch et coiffées en hérissons multicolores, tenues fluo et visages alanguis, fumaient des joints. Leurs minijupes en cuir me portaient au sens. Il m'arrivait de terminer la nuit avec l'une d'elles. Au contact de cette faune dégénérée, je glanai des formules, des slogans, des expressions. En septembre, je me mêlai à leurs conversations. Dès lors qu'un vrai marxiste nous entendait, il s'esquivait avec une moue de dégoût. Le mot « aliénation » revenait régulièrement. Un jeune à lunettes m'expliqua que le capitalisme rendait l'homme étranger au produit de son travail. Il l'aliénait. Ce fut le déclic. J'avais un titre.

— Tu allais écrire sur le marxisme en ignorance de cause?

— C'était la mode. Certains curés concevaient Jésus comme un marxiste avant la lettre citant plus volontiers le

Petit Livre rouge de Mao que l'*Évangile*. Cheveux courts ou hirsutes. Gauchistes ou bourgeois ! L'essentiel était de prêcher la liberté.

— Je me suis farci *Aliénation,* soupire Julia. Une charge grotesque contre l'État, la famille, l'école, l'éducation religieuse en particulier. Tu t'en prends au catholicisme castrateur qui a travesti, disais-tu, des légendes en dogmes qu'il a imposés ensuite pendant plus de mille ans à des fidèles terrorisés par la menace du feu éternel. Si mes souvenirs sont exacts, ton héros, Prometheo, proclame la mort de Dieu, la tarte à la crème des anars. Il annonce une ère nouvelle. Il s'engage dans une croisade laïque. Une femme lui sauve la vie. Ils deviennent amants. Scènes torrides. Arrêtés, torturés, ils périssent sur le bûcher. Leurs disciples se mobilisent, s'arment, entrent en guerre contre les réactionnaires. La bataille du Grand Soir s'engage. C'est l'Armageddon. La Bête capitaliste est vaincue. An 1 de l'ère du socialisme radieux. Je ne sais pas si tu mesures la somme d'imbécillités cumulées dans ce bouquin. Pourquoi un éditeur sensé l'a-t-il publié?

— Jean-Pierre Laval était aussi opportuniste que moi. Pour lui, un navet en vitrine était préférable à un chef-d'œuvre en rayon. Nous nous contrefichions des jeunes, des ouvriers, du Tiers-Monde, des Vietnamiens grillés au napalm. Nos modèles étaient les fascistes. Sous la botte nazie, nous aurions été débarrassés des cocos, des nègres, des bougnouls. Quant aux youpins, ils n'auraient pas pu tirer argument d'un Holocauste supposé pour se refaire une place au soleil. Avec Hitler, notre civilisation n'eût pas été abâtardie.

Julia est hors d'elle.

— Des Youpins ! Comme oses-tu encore employer ce terme?

Il voulut s'excuser, mais elle le fit taire.

— Vous étiez d'ignobles individus. On est en 72. Il y a à peine quatre ans, on se battait pour l'amour et la liberté. Et voilà qu'on s'arrache ce tas d'excréments dans les librairies. Tous ne furent pas dupes. Loin de là. J'ai ici sur mon PC un texte de Jean-Jacques Lantier dans *Le Nouvel Obs:* « L'unique préoccupation de Monclar est qu'on parle de lui. Le ridicule ne l'a pas tué. Il a réussi son comeback avec une copie conforme du *Grand Coupable*. Décidément, cet égoutier se complaît dans les latrines ».

— Bien vu, dit Oulimata. Une question me taraude depuis un petit temps et je parie que c'est aussi le cas de Julia. Ton premier roman semble être un chef-d'œuvre, à tous points de vue. Tu avais donc un talent immense. Comment se fait-il qu'à peu près tout ce que tu aies écrit par la suite soit si mauvais? Une illumination et puis plus rien?

— As-tu connu comme Rimbaud une courte période d'inspiration qui s'est rapidement dissipée? demande Julia. Oulimata a raison. Il y a une telle disproportion entre *L'Ombre de la nuit s'avance* et tout le reste. Même *Le Mythe d'Éson* auquel on allait accorder le Goncourt ne lui arrive pas à la cheville.

— Je suppose que l'ambiance du collège t'a envoûté, que les mots sont venus se placer d'eux-mêmes sur ta feuille de papier, un moment de grâce qui ne s'est jamais reproduit sitôt que tu t'es retrouvé dans la vraie vie, quand les faux beaux jours ont pris le pas sur les vrais, et t'ont révélé à toi-même. Oulimata s'emballe.

— Je t'imagine dans ta chambrette. La tête pleine de rêves et puis, un soir, le coup de foudre. Tu te relèves et tu écris, tu écris ce que ton double te souffle. Et puis, fini. L'alchimie s'est arrêtée là et c'est le Monclar de la nuit qui a prévalu. Je me trompe?

Fabrice est blanc comme un mort. Il ne désire pas leur répondre.

— C'est à peu près ainsi que ça s'est passé. Mais je devais être en état second, car je ne me souviens de rien si ce n'est d'une bouffée d'exaltation.

Je suis crevé. Puis-je me retirer avec votre permission?

Quand il eut regagné son lit, Julia regarda Oulimata.

— Je ne l'ai jamais vu comme ça.

— C'est son jardin secret. Chacun y a droit, conclut Oulimata.

*

Dimanche 31 décembre

Oulimata sert à chacun un grand verre de vin de palme glacé. « Pour tenir le coup », s'esclaffe-t-elle.

— Tu es musulmane et tu bois de l'alcool? s'étonne Julia.

— C'est ma manière de faire un bras d'honneur à tous les interdits des barbus. Ce ne sera ni mon premier, ni mon dernier verre.

« Gonflé à bloc, j'envisageai le divorce, reprend Fabrice. Mais j'y renonçai. Yolande était ma poire pour la soif.

Elles poussent toutes les deux un cri d'indignation.

— Je ne sais plus sous quel prétexte, je déménageai. Assez curieusement, personne ne s'y opposa. Yolande y vit même une cure de personnalité. J'avais une maîtresse, Maud quelque chose. Une riche quadragénaire qui chassait l'ennui dans les bras de tombeurs de passage. Pas d'états d'âme, pas de chantage, de tout repos. Vous êtes scandalisées? Moi aussi. Jamais un sursaut de conscience. Une équanimité dans le cynisme et le mensonge. Mes gros tirages m'incitaient à persévérer. Un soir de juin 1972, je participe à un dîner. La conversation s'oriente vers le désenchantement de la jeunesse. La réflexion d'un convive me frappe : « Ils ont été roulés dans la farine. Tristes barricades ! » Comme toujours chez moi, le titre génère une histoire. Félicien Rambaud s'est battu sur tous les fronts. Il se retrouve en prison. À sa libération, le climat a changé, les espérances du printemps ont disparu.

Exaspérée par cette littérature, Julia abrège.

— Rambaud se pend. Il laisse un testament intitulé : *Tristes barricades*. Il a cru œuvrer pour la postérité. Manque de pot. Le jour de son enterrement, ses parents brûlent son ultime cri de désespoir. Son rêve part en fumée à l'instar de celui de toute une génération. J'ai bien aimé cette dernière phrase.

— Et ce fut à nouveau un grand succès. Ce roman parut en 1973. Je disais tout haut ce que pensaient beaucoup de Français. Une opportunité de vivre autrement avait été manquée. Mai 68 était déjà loin. La flétrissure des Jeux olympiques de Munich de 72 ouvrait l'ère du terrorisme aveugle. *Tristes Barricades* obtint deux voix au Goncourt. Mon exécration pour Bazin date de cette époque. Il accorda son suffrage au Suisse Chessex, qui l'emporta.

À 33 ans, je bénéficiais d'une notoriété certaine. Je n'entendais plus parler de ma mère. La famille Marcillac fréquentait assidûment la paroisse de Saint-Nicolas-du-Chardonnet, desservie par l'abbé Cyprien Duponchel, un disciple de Maurice Ruquois, évêque dissident, qui avait inauguré récemment dans le canton de Vaud, à Orbe, le séminaire traditionaliste Pie XII. Adversaire résolu des réformes conciliaires, ce prince rebelle de l'Église me plut. J'ai oublié pour quelle raison, j'assistai, en compagnie des Marcillac, à des offices en latin au cours desquels de noirs corbeaux ensoutanés s'emportaient contre les réformes de Vatican II. La violence physique en moins, ils ne différaient guère de nos salafistes. Ils exhortaient les fidèles à vivre la radicalité de l'Église primitive et à défendre la seule civilisation digne de ce nom. Ma conversion faisait le bonheur de Yolande. Je retrouvai ma place à la table familiale. Ma belle-mère manœuvra pour que je réintègre le domicile conjugal. Je laissai entendre que je n'étais pas encore prêt. Un matin de décembre 1973, catastrophe ! Ma photo fait la couverture de *Paris Match*. On m'y voit recevant sur la langue l'hostie qu'y dépose Duponchel. Le commentaire est cinglant : « Monclar pactise avec le diable ! » Un article de *L'Huma* me met KO : « Les romans de Monclar sont pervers. Des héros solitaires optent pour la marginalité. Leur action débouche sur le néant. *Le Grand Coupable* se termine par un point d'interrogation ; le Grand Soir d'*Aliénation* est une pantalonnade grotesque ; Félicien Rambaud se suicide ; son testament, *Tristes barricades,* part en fumée. Monclar est un fasciste qui démontre par l'absurde l'inanité de la révolution prolétarienne ».

— Tu as appris ce texte par cœur ?

— On n'oublie pas le prononcé du jugement qui vous condamne à perpète.

— Avoue que tu ne l'avais pas volé, décrète Oulimata.

— Quand on est démasqué, conspué, on est bon pour la fosse commune. Pendant quelques jours, ce fut le saccage, puis l'amère solitude du vaincu, couvert de plaies au milieu d'un champ de ruines. Je me réfugiai en Belgique où je n'étais jamais allé. Influencé par les vomissures de Baudelaire dans *Pauvre B...,* je considérais ce pays comme une aberration historique et ses habitants comme des demeurés qui parlaient ma langue avec un accent risible. Grand fut mon étonnement de découvrir un peuple plein de bon sens, relativisant à peu près tout, ne s'égarant que dans ses querelles communautaires.

— C'est bien la première fois que ton récit me fait plaisir, fait Julia. Imbus d'une supériorité supposée, ils sont nombreux, tes compatriotes, les Parisiens en particulier, superficiels, prétentieux, chauvins, sans humour, à dénigrer des voisins qui leur sont supérieurs en épaisseur humaine.

— Ce soir, en l'honneur de la Belgique et pour cause de réveillon, je vous emmène à La Parilla, réplique Fabrice.

Oulimata s'exclame :

— Tu as gagné au loto ? C'est bon, mais chérot ! Qu'est-ce que je vais mettre ? On y rencontre le gratin des politiciens véreux, des mafiosi, des patrons avec leurs maîtresses.

— Du moment qu'on peut se régaler, au calme, dans la volupté gastronomique, c'est l'essentiel. Il n'y aura que nous trois. Les autres seront les figurants de notre béatitude organique.

— Et ton diabète ? fait Julia.

— Quel diabète ?

À leur arrivée, il n'y a plus que leur table de libre. Aussi toutes les têtes se tournent vers cet étrange trio qui, dans l'esprit des dîneurs, était sans doute les huiles d'une grosse société. Ils confirment la commande de Fabrice, passée par téléphone pendant la journée, un repas typiquement belge vu que le steak Kobé, parfaitement cuisiné, est une des spécialités de La Parilla. Il a insisté pour qu'il soit accompagné de salade et de frites allumettes, le tout arrosé de bière belge. Au dessert, une tarte au fromage dont Julia a trouvé la recette sur Internet et que Ramata a préparée avec l'accord du patron du restaurant. Ils parlent du futile comme de l'essentiel. Le dîner se termine lorsque le maître d'hôtel s'excuse de les déranger, mais un monsieur, dont voici la carte, désire leur offrir un verre de champagne.

— Ismaïl Diop, lit Fabrice.

Oulimata pousse une exclamation. Pendant que le maître d'hôtel se tient en retrait, attendant leur réponse, d'une voix saccadée elle explique qu'il s'agit d'un des chefs les plus malfaisants de La Triade, qu'il n'est pas question… Elle tourne la tête dans la direction que lui indique le maître d'hôtel. Attablé non loin d'eux en compagnie d'une femme blanche qu'elle ne connaît pas et de ses deux oncles, Khadir et Taylor, Diop, se fendant d'un large sourire, les invite à les rejoindre.

— Dites à ce monsieur que nous le remercions, mais que nous devons rentrer.

Le maître d'hôtel a un haut-le-corps. Cette personne est inconsciente. Sait-elle au moins à qui elle a affaire? Ils se lèvent et se dirigent vers la réception lorsqu'une gravure de mode s'interpose : un wolof de taille moyenne dont les yeux vairons, marron et bleu, vifs et froids, contrastent avec ses jeux de physionomie. Il s'adresse directement à Oulimata.

— Vos oncles, chère mademoiselle Boye, voudraient vous souhaiter une heureuse année.

— Mes oncles, monsieur Diop, sont deux canailles. Je refuse d'imposer leur présence à mes amis.

Décontenancé, mais impuissant, Diop ne sait pas comment se dépêtrer d'une situation nouvelle pour lui : on lui résiste. Il y a trop de monde à La Parilla. Pas de scandale. Surtout ne pas perdre la face. Il murmure : « Vous avez produit sur moi une impression que je n'ai jamais ressentie ». Il regagne sa table. Fabrice paie. Ils retournent au Centre, contrariés par cet incident qui a gâché leur soirée.

*

Lundi 1er janvier 2007

Minuit. Les cieux de Dakar s'illuminent de feux d'artifices tandis que la ville est envahie par une foule joyeuse et bruyante qui fête le non-événement du jour de l'An.

Fabrice débouche une bouteille de champagne en formulant le vœu qu'ils vivent en paix en 2007. Oulimata réagit.

— Vœu pieux, mon cher Fabrice. Si Diop est vraiment amoureux de moi, nous devons nous attendre à de sérieux ennuis.

— Qui est ce personnage décoratif? demande Julia.

— Décoratif assurément, mais nullement recommandable, répond Oulimata. Métis, né de père espagnol et de mère dakarienne, il a fait tourner bien des têtes féminines. On ne compte plus ses bonnes fortunes. Il a fait de brillantes études d'économie. On lui a offert un poste à l'université, mais il a préféré devenir le secrétaire particulier de Li Pen. Il souffre d'addiction à l'argent. Sans morale et sans idéal, il a le profil du gangster en col blanc. Li Pen vieillissant lui laisse la direction de La Triade. Commanditaire de nombreux crimes, il s'adonne au racket, au blanchiment d'argent, au trafic de drogue, d'armes, d'êtres humains. Il bénéficie d'une impunité totale parce qu'il a des complices à tous les niveaux de pouvoir. Il s'est élevé dans l'organisation en écartant tous les obstacles. Cet homme très dangereux est à éviter. En conséquence, la scène de La Parilla est d'autant plus fâcheuse que la femme blanche assise à sa droite était Irina Amasova, maîtresse attitrée et femme de main, qui n'a pas dû apprécier son empressement à mon égard.

— Pour ma part, c'est la première fois que je le vois, mais, suivant ce que j'en ai entendu dire par Gautier, je pense effectivement qu'il correspond à ce que tu en dis, Oulimata.

Celle-ci ne décolère pas. Elle a encaissé comme une flétrissure la déclaration d'amour susurrée par Diop. Julia tente de minimiser.

— Je pense, chère Oulimata, que tu as eu tort de le repousser. À l'avenir, montre-toi aimable. Use de ton charme. Irradie-le de ton merveilleux sourire. Rends-le fou d'amour sans rien concéder. S'il en pince vraiment pour toi, mène-le en bateau. Tu es flattée d'avoir été remarquée par un homme aussi important. Si intelligent, si puissant soit-il, un amoureux transi est toujours vulnérable. Fais-le languir. Gagne du temps.

Fabrice abonde dans le sens de Julia tout en préconisant une vigilance accrue. Le temps de l'insouciance est passé. C'est à partir de ce jour que Julia et Oulimata devinrent complices.

Oulimata passe ce premier janvier 2007 chez son père dont la santé est fragile et qui se fait un sang d'encre pour l'avenir de sa fille. Elle lui raconte La Parilla. Il lui offre mille dollars afin qu'elle quitte le pays. Ses oncles sont des rapaces; ils ne lâcheront pas leur proie. En revanche, quitter le pays serait une lâcheté. Elle refuse l'argent. Elle ne cédera pas. Mais Habib sait que son courage ne suffira pas: elle a affaire à trop forte partie. Il n'a pas les moyens de la défendre: ses beaux-frères sont des mafiosi, soutenus par l'imam salafiste Cheik Abdul Sissoko, qui encourage les pratiques tribales. L'âme chavirée, il regarde s'éloigner la Peugeot du Centre conduite par un vigile. Il va s'asseoir dans le fauteuil de la véranda. Une larme roule sur son visage buriné.

Julia relit le texte qu'elle a tapé sur son portable. Quant à Fabrice, il aurait bien profité de ce rare jour de congé pour bayer aux corneilles, mais il ne parvient pas à se détendre. Oulimata est allée se rafraîchir. Vers seize heures, un livreur apporte douze roses rouges pour madame Boye. La carte qui l'accompagne n'est pas un chef-d'œuvre de la littérature amoureuse.

> Chère Madame Boye, chère Oulimata,
>
> Jusqu'à hier soir, vous m'étiez inconnue. Lorsque je vous ai vue, j'ai vu le soleil, j'ai été frappé par la foudre, j'ai

été renversé par l'ouragan, dévoré par une lave incandescente. Je n'ai jamais rencontré femme aussi belle que vous.
Vos oncles m'ont dit qu'ils étaient vos tuteurs. Ils demandent un million de dollars pour vous vendre à moi. J'en ai les moyens et le pouvoir. Toutefois, les sentiments que j'éprouve à votre égard n'ont pas de prix. Je ne désire pas vous acheter. Je vous veux consentante. J'ai trente-cinq ans, deux femmes et trois enfants. Par amour pour vous, je les répudierai. Soyez à moi et vous connaîtrez le bonheur d'une vie paradisiaque. Je vous aime. Ces douze roses en sont un premier témoignage. Que cette éruption cardiaque se produise au début de l'année est le signe d'un changement dans nos vies mutuelles.

Ismaïl Diop

Fabrice a lu cette « lettre d'amour ». Ridicule, écœurante, mais surtout dérangeante. La beauté d'Oulimata est un lourd handicap, en particulier dans un pays musulman. Qu'elle plaise à Diop est une catastrophe.

Oulimata le rejoint. Il lui montre les roses et lui tend la carte. Son visage se décompose, puis elle profère des imprécations en wolof. Elle va lui renvoyer son bouquet et sa lettre. Fabrice lui rappelle les sages propos de Julia.

— Je sais qu'elle a raison, mais écrire des amabilités à ce salopard est plus fort que moi. Dicte-moi une réponse.

— Il me répugne autant qu'à toi, mais je vais essayer.

Monsieur,

Vos fleurs me comblent. Cependant, les sentiments que vous exprimez avec autant d'ardeur sont excessifs. Je ne mérite nullement une telle admiration car je suppose qu'il ne s'agit que d'admiration. Il est, en effet, impensable qu'un homme de votre rang abandonne sa famille. Encore merci. Restons-en là. Respectueusement vôtre.

Oulimata Boye

— C'est habile, mais cela ne servira à rien. Au contraire, il lira des non-dits imaginaires entre les lignes. Un amoureux est prompt à interpréter le moindre mot comme un encouragement, rétorque Oulimata.

— Peut-être ne s'agit-il que d'un caprice? Une femme chasse l'autre.

— La confrontation viendra, mais retardons-en l'échéance.

Julia partage l'avis de Fabrice. Oulimata enrage d'avoir dû écrire ces platitudes à un australopithèque.

Demain, je préviendrai Latif. Par l'intermédiaire de Gautier, avec qui nous avons dîné le jour de Noël, j'essayerai d'obtenir un rendez-vous avec le colonel Solar Demba, le patron des Forces Spéciales sénégalaises. Sa mission est la lutte contre le terrorisme et le crime organisé. Il dépend directement de la présidence. Pour l'heure, buvons et retournons en arrière, dit Fabrice.

Ils retrouvent leur feuilleton qui remplace avantageusement la télé, leur change les idées et allège la conscience de Fabrice. Tout dire pour expurger les scories de son passé est devenu un besoin.

« J'emménageai dans un flat meublé, comme on dit en belge pour désigner un studio composé d'un séjour, d'une salle de bain et d'une kitchenette. Je me fis de nombreuses relations. Une des plus impressionnantes fut Paul Delvaux. Ce peintre surréaliste de génie, qui avait rêvé d'être chef de gare, n'était pas tendre avec les écrivains français, obsédés par le XIXe, qui privilégiaient l'académisme au détriment de l'originalité. Pour Delvaux, il y avait des cathédrales de pierres, de mots, de couleurs. Il ajouta que Magritte et De Ghelderode, par exemple, étaient des jongleurs, des médiums de la folie. Le « petit Belge », comme il se désignait lui-même, m'encouragea à laisser tomber les pamphlets religieux ou politiques. J'entends encore ses propos auxquels je n'ai rien compris : « Écrivez à rebours. Que votre style soit échevelé... Que vos phrases se déforment jusqu'à se reformer en paysages fantastiques où se mêlent réel et surnaturel ».

— Delvaux te conseillait l'inabordable, dit Julia.

— C'est à ce point que je ne comprends toujours pas ce qu'il a voulu me transmettre, sur le mode de la plaisanterie, lorsqu'il m'a lancé, au moment où je prenais congé : « Un vrai roman devrait toujours être un château hanté ».

Oulimata n'a jamais rien entendu de pareil. Oublieuse de Diop, elle est comme hypnotisée.

— C'est dégueulasse et passionnant, s'emballe-t-elle. Plus besoin de Dallas, j'ai mon JR de poche. Je vais t'offrir un stetson, Fabrice.

Il veut bien d'un stetson. Il enchaîne.

— Retour discret à Paris en décembre 1974. Dans mes bagages, des adresses, des livres, un dessin de Tintin et Milou dédicacé par Hergé en personne, mais pas l'ombre d'une trame romanesque. Pendant mon séjour en Belgique, seule Yolande s'inquiéta régulièrement de moi. Je ne lui ai même pas ramené de cadeau.

— Tu aurais pu lui offrir Tintin, s'indigne Oulimata.

— Je n'offrais jamais rien à personne. Les dons que l'on me faisait, c'était à moi et à moi seul qu'ils revenaient. Je faisais même partie de cette engeance qui ne rend pas les livres ou les CDrom qu'on lui prête.

— Ce qu'il faut entendre. Je ne comprends toujours pas pourquoi elle est restée avec toi, fait Julia, aussi choquée qu'Oulimata.

— C'est tout simple. On ne divorce pas chez les cathos. À nouveau dans le bain, il fallait me rendre visible. À l'énoncé de mon nom, les portes s'étaient refermées jusqu'à cette première semaine de janvier où je fus contacté par un journaliste de *France-Soir,* qui pondit trois pages sur *le calvaire de Fabrice Monclar.* C'était un appât. Deux jours plus tard, un carpillon frétillait au bout de ma ligne téléphonique. Il s'agissait d'un jeune éditeur qui avait profité de la libéralisation des mœurs pour tapiner, non sans succès, dans « le bois de Boulogne » des auteurs sulfureux comme l'Arétin, Tibulle, Sade, Masoch, Miller. Il me dit tout de go que mes livres ne l'intéressaient pas, mais bien ma personne. Je me souviens du verbe qu'il employa : « *Vous girouettez* ». Il voulait dire par là que je m'arrogeais tous les droits, y compris celui de me contredire. « Des bouquins trompeurs » disait-il. Comme il fut le seul à se manifester, je pris langue avec Bernard Brunel. Lentement, je renouai avec d'anciennes connaissances. Lentement, dis-je. Quelques salonards m'invitèrent. « Vous ne devinerez jamais qui nous avons à dîner? » Ces soirées permirent de me justifier. On m'avait voué aux gémonies parce que je n'étais pas comme les autres. Pour les ploucs, on est de droite, de gauche ou centriste. On crucifiait les atypiques ou on les portait aux nues. Le bouche à oreille fonctionna. Je me refaisais une réputation qu'il fallait asseoir par un morceau de bravoure, *un château hanté.* Un fameux casse-tête en perspective.

— Tu es le plus grand menteur que j'aie rencontré, s'exclame Oulimata. On dit des Africains qu'ils sont truqueurs, mais c'est une forme de jeu. Ils trichent en riant. Toi, tu ne riais jamais. Nous a-t-il dit à un moment qu'il riait, Julia?

— Je ne m'en souviens pas. Un pruneau ça ne rit pas, ça fait...

— Nous les Africains, on ment, mais on se moque de nos mensonges. Toi, tu es sérieux.

— Oui, Oulimata, feignant le vrai et le profond, j'ai toujours menti avec aplomb. Maintenant, je ris de moi-même. Je ris en pleurs en vous racontant la vie d'un triste sire. Il me fallait un sujet hors des sentiers battus. Un truc délirant. Début mai, je glandouillais toujours. Brunel commençait à s'impatienter. L'écrivain catholique était la solution. Yolande convint avec moi qu'il en manquait. Je pus enfin quitter l'import-export. Pauvre Yolande roulée dans la farine. Le seul livre que j'ai emporté, lorsque j'ai quitté la France, fut son *Nouveau Testament*. Je ne m'en sépare jamais.

Il se lève et leur montre un ouvrage broché couleur bordeaux d'où s'échappe un souvenir mortuaire. Oulimata se précipite.

— Comme elle était belle !

D'habitude prolixe, elle ne dit rien de plus. Elle passe le livre et la photo à Julia qui s'extasie à son tour.

— Son écriture devait être à l'image de son âme !

— C'est toute sa vie intérieure qu'elle a exprimée de verset en verset. Il m'arrive d'en relire des passages et… même de les comprendre… à ma manière prosaïque, la sienne devait être plus contemplative.

Julia voudrait bien approfondir le mystère de ce pseudo-incroyant qui lit et relit l'*Évangile* de son épouse défunte, mais Fabrice le lui prend des mains et le remet à sa place. Il enchaîne immédiatement comme s'il refusait de partager ce *trésor*.

— Seul point positif, je m'étais vengé de la dérobade de Jean-Pierre Laval. À l'époque où il me publiait, j'avais remarqué l'attrait que j'exerçais sur Florence, son épouse, une blonde platinée, bâtie en amphore, rieuse et sans complexe. Je m'étais bien gardé de répondre à ses avances. Appétissante comme une charlotte, bavarde comme une pie, Jean-Pierre aurait tôt fait d'apprendre son infortune. Je l'appelai. Dès notre premier rencontre, elle devint ma maîtresse.

Ses auditrices protestent de concert. Il donnait des femmes une image lascive. Comme si elles ne pensaient qu'à ça. Comment était-il possible qu'elles cèdent d'emblée à un moignon d'homme avec une tête de chou-fleur?

— Mystère de la nature. Savez-vous que la laideur masculine les attire parce qu'elles sentent instinctivement les compensations qu'elle implique? Littérairement stérile, je l'étais encore davantage en raison de mes performances érotiques. Florence me suggéra de recourir à la came. Excellente idée. Et de fait, pour la première fois, j'expérimentai la parade nuptiale des mots et des couleurs. En état second, des sensations nouvelles, des visions féeriques, des débordements délirants emballaient ma plume. Corne d'abondance d'où s'échappaient à profusion rosaces, arcs-en-ciel, fulgurations, inépuisable gisement de métaphores inédites. Ma main était trop lente pour transposer en phrases cette déferlante mêlant l'esprit et les sens. En un temps record, je rédigeai cent vingt pages. *Ceci n'est pas un roman* n'est pas très catholique non plus, il s'agit d'une étude en noir des rapports névrotiques d'un personnage en conflit avec son auteur. Les personnages d'un roman sont semblables à une équipe de foot, ils doivent être solidaires, si l'un d'entre eux se met brusquement à faire des passes à l'adversaire, c'est la déconfiture. Habitué à être obéi au doigt et à l'œil par ses créatures, l'auteur les manipule au gré de sa fantaisie, mais que l'une d'elle se révolte, tel un dieu récusé, il doit inventer l'enfer. Il s'y brûle les doigts. Barbatos, diablotin cornu, surgit de son stylo, ricane dans la marge, intervient et embrouille ses péripéties. Des pages déjà écrites redeviennent blanches. Des dialogues chaotiques aboutissent à une cacophonie générale. Exaspéré, pour échapper à son persécuteur, l'écrivain brûle son texte. Barbatos jaillit des flammes, indemne, plus arrogant que jamais. Il précipite son concepteur dans des abîmes peuplés de vampires, de gargouilles grimaçantes, de monstres effrayants. Quand il se regarde dans le miroir de sa salle de bain, Barbatos lui fait des cornes. L'auteur ne connaît plus le repos. Sa raison vacille. Sa femme le quitte. Il se retrouve seul. Écrire rend-il fou ou faut-il être fou pour écrire?

— Une incantation, et notre marabout l'aurait transformé en crapaud, ton Barbatos.

— Tu frisais le génie, mais tu n'y étais pour rien. On comprend pourquoi autant d'artistes consomment de la drogue, pourquoi certains se suicident, commente Julia.

— Tu m'ôtes les mots de la bouche. Lorsque les effets de la blanche se dissipaient, je plongeais dans un profond accablement. De l'exaltation à une noire mélancolie, de celle qui vous fait monter sur le toit et jeter dans le vide. Florence s'inquiète de mon impuissance sexuelle et de mon humeur cyclothymique. Elle refuse de me fournir du hash. J'ai beau la supplier de patienter jusqu'à la fin du roman, elle demeure inflexible. Nous rompons. Je m'abouche avec les frères Volfoni, deux truands qui fourguent leur daube à des prix exorbitants. Pour retrouver la frénésie des débuts, je dois augmenter les doses. Je dépense une fortune. Mes nuits sont peuplées de cauchemars atroces. De jour, en manque, je souffre de nausées, de douleurs articulaires, d'hallucinations. Cette situation ne peut durer. Lorsque je suis à sec, je me rends à Canossa.

Courte explication historique de Julia.

— Le fond du panier pour cause de démesure. Tu ne l'avais pas volé. Toutefois, cette catastrophe personnelle ne t'a pas affecté. Tu n'avais plus d'argent. Il te fallait de l'argent. Yolande avait de l'argent. Donc tu vas mendier chez elle. CQFD. C'est bien cela? insinue Julia.

— Parc Monceau, au petit matin, à l'heure où on guillotine les condamnés à mort. Je sonne. Une bonniche…

— Une dame ou une jeune fille, le reprend Oulimata.

— Décidément, vous ne me passez rien. Une personne que je ne connais pas s'enquiert de ce que je veux. Voir madame. Vous perdez la raison. Il est six heures. Madame dort. Et puis, qui êtes-vous? Son mari. Affolée, elle grimpe les escaliers quatre à quatre. Conciliabule. Yolande descend, me voit, manque défaillir. Je suis une épave, elle ne vaut guère mieux. Traits altérés, regard atone, deux plis amers qui encadrent sa bouche. Sa maigreur est effrayante. Nous sommes là, debout, dans un hall marbré, symbole de luxe et de richesse, figés comme des statues. Elle se tait. Du ton le plus humble dont je suis capable, je la supplie de m'écouter. Ma vie est en jeu. Elle ouvre la porte du salon et me fait signe de prendre place dans un fauteuil. Elle-même s'assied sur un siège. « La personne » est toujours là. Je la prie d'apporter une couverture et du café fort. Elle se précipite. Elle revient, emballe Yolande dans la couverture, dépose une cafetière et deux tasses sur une table basse. Elle se retire en traînant les pieds. Elle voudrait bien savoir. Yolande ne prononce qu'un mot: « Parle ».

Pour me donner du courage, j'avale une gorgée de café brûlant. Le regard sur le bout de mes chaussures, je prends une profonde inspiration et je déballe ma triste histoire. Du Zola de bourgeois. Quand je me tais, je demeure dans la position du prostré. Après un long silence, je lève la tête. Yolande a pris son visage dans ses mains. Elle est en larmes. Si le coup a été rude pour moi, il l'a été davantage pour elle. Elle reste muette si longtemps que je me demande si elle a vraiment entendu. Elle s'exprime enfin d'une voix étranglée par l'émotion.

— Je t'aiderai à deux conditions. Tu reviens à la maison et tu suis une cure de désintoxication. Tu auras ton argent aussitôt que tu seras installé chez nous. Venez, Miranda.

Elle regagne sa chambre, aidée par Miranda, qui a certainement écouté à la porte, car le regard qu'elle me lance est meurtrier.

— Avoue, misérable individu, que tu jubilais. Ton petit numéro avait porté ses fruits. Inutile de te demander si les larmes de Yolande t'ont ému. Non? Non. Quand as-tu été ému par un autre que toi? Jamais.

— Ta relation avec Yolande est un mystère. L'as-tu aimée ne fût-ce qu'une heure? En ce moment, par exemple, où elle te sauvait la vie?

— Pas même. J'étais persuadé qu'elle agissait par charité chrétienne.

— Qu'éprouves-tu maintenant en évoquant cette scène déshonorante?

— Une foule de regrets et un amour infini.

Ils terminent la journée dans un restaurant populaire où le poisson est roi et où ils ne courent pas le risque de rencontrer Diop. Fabrice fait signe au serveur.

— Maffal, qu'as-tu au menu aujourd'hui?

— J'ai une dorade qui fond dans la bouche, monsieur Berlière.

— Trois dorades. Tu proposes quel vin?

— Sans hésiter, un Muscadet, monsieur Berlière.

— Va pour le Muscadet. En attendant le plat de consistance, tu nous sers un martini rosso avec des babioles.

— Tout de suite, monsieur Berlière.

Oulimata s'esclaffe.

— Oui, monsieur Berlière. Tout de suite, monsieur Berlière. Esclavagiste!

Pendant que Maffal sert les apéros et les amuse-gueule, Fabrice met un terme à cet épisode pénible.

— J'emménage dans la journée. Je touche mon fric. Je paie mon dealer et je recommence comme avant. Il y avait quand même un fait nouveau. Sous le coup d'une exécution sommaire, j'avais paniqué. Tandis que le 7 novembre 2004, à mesure que la journée s'écoulait et que je descendais toujours plus profondément dans le gouffre de ma conscience, me sentant de plus en plus indigne de vivre, je m'imaginai le crime d'un vengeur. Je m'étais fait tant d'ennemis. Je m'étais persuadé que l'auteur du coup de fil était un mari trompé, un concurrent lésé qui venait me régler mon compte. Que se passe-t-il, Oulimata? Tu as l'air d'être ailleurs.

— J'ai fait un mauvais rêve cette nuit

— Diop? fait Julia.

— Diop.

Fabrice songe que l'heure vient où il faudra s'armer contre cette ordure. Pour veiller à la sécurité d'Oulimata, il mettra dans le coup Abou, son élève préféré, dont les yeux et les oreilles sont partout.

« La cure de désintoxication me fit le plus grand bien. Mais je ne voyais toujours pas le bout du tunnel de *Ceci n'est pas un roman*. Yolande me suppliait de renoncer à mon irréalisable rêve littéraire:

— Mon père s'active à te trouver un emploi honorable.

Les dimanches, après la messe, je subissais à nouveau le supplice du déjeuner chez les Marcillac avec en prime la présence de paroissiens traditionalistes et de l'incontournable Cyprien Duponchel. Si mon beau-père montrait de la sympathie à mon égard, Edmée, ma belle-mère, ne me lâchait pas la grappe. Elle m'abreuvait de remarques et de remontrances, surtout en présence de l'abbé. Yolande était partagée entre les excès de langage de sa mère qu'elle tempérait en me valorisant et la crainte de paraître laxiste aux yeux de son curé.

Février 1976. Orbe. Le carême est en vue. Retraite de huit jours animée par Maurice Ruquois. Moi, bien décidé à profiter de cette période de calme pour rejoindre Barbatos et lui tordre définitivement le cou. Essai manqué. Je tombe sous le charme de l'évêque. Ses harangues me comblent d'aise. Il passe à la moulinette le pape, le concile, les prêtres aux cheveux longs et en jeans qui ne disent plus leur bréviaire, font de la politique, ne prient plus, s'habillent en motards, forniquent. Son sermon sur l'abandon de la soutane mérite de se trouver en bonne place dans une anthologie d'éloquence sacrée. Il fustige la messe face au peuple, la désertion de la chaire de vérité et le sacrilège de la communion dans la main...

Oulimata se réveille. En bonne musulmane, elle ne comprend rien au langage religieux de Fabrice qui lui explique en quelques mots de quoi il s'agit, sans aller jusqu'à la transsubstantiation.

— Il s'en prend à l'œcuménisme en s'exclamant: « La Tunique du Christ est sans couture ».

Cette fois, c'est à Julia qu'il donne un complément d'information. Ruquois dénonce les erreurs scientifiques, anathématise Darwin dont les théories évolutionnistes contredisent la Bible et avilissent l'homme en le faisant descendre du singe. Il exècre les marxistes, chancres de l'humanité. Il consacre une homélie entière à l'émancipation de la femme: « Plus elle a de liberté, plus c'est une Messaline. Lâchez-lui la bride, Lucifer en personne ne peut calmer ses ardeurs ». Je me souviens surtout de ses imprécations. Il me plaît d'autant plus que nous partageons les mêmes idées politiques. Pendant cette retraite en silence, Yolande me glisse un billet à la fin d'un repas: « Profite de ces moments privilégiés pour remettre de l'ordre dans ta vie. Le Seigneur t'aime. La vérité se trouve parfois après une multitude d'erreurs. ». En réalité, mon existence était d'une tristesse à pleurer.

— Vous ne pouviez pas parler pendant la retraite, mais après, pourquoi ne t'es-tu pas expliqué avec ta femme? Vous vous seriez peut-être trouvés, fait Julia.

— J'en étais incapable. L'orgueil est un bâillon. Et puis, comment aurais-je pu dialoguer avec quelqu'un que je mésestimais?

J'en arrive à un chapitre particulier de ma vie. Mon beau-père était un homme réservé, cultivé, probe, mais faible et désabusé. Nous devînmes plus intimes. Une nuit d'été à Honfleur, les femmes dorment, nous avons bu plus que de raison, il évoque avec dégoût l'origine de la fortune des Marcillac. Son grand-père était un vilain monsieur qui avait spolié pas mal de monde pendant la crise de 1929 ; au cours de la guerre, il avait dénoncé des juifs et collaboré activement avec l'Occupant. Fabrice songea qu'il n'avait rien à lui envier. Dans des situations similaires, il se serait comporté de la même façon. Un bombardement providentiel réduisit en cendres les archives de la Gestapo contenant les preuves de sa trahison. Il se fit passer pour un grand résistant, un ami du général de Gaulle. Il fonda la banque Marcillac dont mon beau-père est l'actuel Président-Directeur général. Cet adepte de l'ataraxie épicurienne…

— Stop ! s'écrie Oulimata. « Ataraxie », c'est quoi ? Tu ne peux pas t'empêcher d'utiliser des mots tarabiscotés pour jouer au savant.

— Ce mot signifie tranquillité. Pour avoir la paix, il consentait à toutes les initiatives de sa femme. C'est ainsi qu'il donna à penser qu'il était traditionaliste. Il n'en était rien. Il n'avait que deux passions : le golf et la politique. Un dimanche, il me tend un bout de papier. J'ai rendez-vous, le lendemain, lundi, rue de Rivoli, avec son partenaire de golf, Arnold Brebart, un député giscardien, spécialiste en médecine tropicale. Il est en quête d'un secrétaire pour rédiger ses discours, dépouiller la presse, répondre à d'éventuelles attaques et l'accompagner à l'Assemblée dont les séances durent parfois jusqu'au bout de la nuit. Pas un boulot de tout repos.

— C'est un de tes meilleurs livres. Du vécu, mais qui n'oblitère pas ta bassesse. Tu t'es érigé en héros alors que tu n'étais qu'une lopette, précise Julia.

Fabrice rit.

— Une lopette! Tu viens d'enrichir la liste des « qualités » qu'on m'a régulièrement attribuées. Une lopette! Je la replacerai, celle-là. Le lundi matin, je suis dans le bureau d'Arnold Charles Brebart. Portant beau, la quarantaine sportive, un costard de chez Armani, une patate chaude en bouche. Il s'adresse à moi sans me regarder. Son laïus se résume à des consignes: discrétion, efficacité, disponibilité, aucune initiative personnelle, se borner à exécuter ses ordres. J'accepte ces conditions draconiennes en raison de la faune que j'allais fréquenter et d'émoluments substantiels. Je débute le jour même dans un petit bureau adjacent au sien. Le temps aidant, il s'appuie de plus en plus sur moi. À un importun dont il veut se débarrasser: « Réglez cette affaire avec Monclar ».

Comme la plupart de ses collègues, Brebart est un comédien. Il faut le voir à l'œuvre. Le récepteur dans une main, un cigare dans l'autre, il blatère: « Vous comprenez bien, cher ami... ». Il tire une bouffée, profère un gros mensonge, raccroche. Puis, il exprime son opinion sur son interlocuteur: « Abruti, connard, foutriquet ». Nous éclatons de rire.

— C'est normal, ricane Oulimata. Vous étiez deux fripouilles.

— Des larrons en foire seraient plus appropriés. Fin juillet, un vent favorable lui apprend que Giscard, qui préside la France depuis deux ans, en froid avec Chirac, va procéder à un remaniement ministériel. Le nom de Brebart est cité dans la presse comme futur Secrétaire d'État auprès du Ministre de la Santé. S'ensuivent trois semaines d'intrigues tous azimuts. En fit-il trop? Le 26 août, Raymond Barre devenait Premier Ministre. Deux jours plus tard, René Lenoir fut nommé au poste tant convoité. Le spectacle valut son pesant d'or. Convulsé par la fureur et le dépit, il maudit Giscard, accusa tout le monde de l'avoir trahi, moi, en particulier, qui n'avait pas été à la hauteur. Les jours suivants furent détestables. Je disjonctai. Je remis ma démission. Il devait tenir à moi : il la refusa.

*

Mardi 2 janvier.

« Le premier dimanche d'octobre, au retour de la messe, j'ai un choc en pénétrant dans le salon des Marcillac. Ma mère trône dans une bergère, ses serres griffues appuyées sur le pommeau de sa canne, un genre qu'elle se donne pour faire grande dame. La gueule boucanée…

— Le visage…

— D'accord ! Le visage boucané, anguleux et revêche, en deuil de Martial comme à l'accoutumée, elle braque son regard crochu sur moi. Ma belle-mère minaude. Elle déclare que l'heure est à l'apaisement et au pardon. J'ai gravement offensé ma mère, mais celle-ci accepte de passer l'éponge si je fais amende honorable. Le député m'a inculqué l'art de la diplomatie, qui consiste à faire des concessions pour obtenir gain de cause en fin de compte. Un de ses slogans favoris est : « Le sacrifice de la reine est un des plus vieux pièges aux échecs ». Je m'avance vers ma mère indigne, me penche en avant, son haleine fétide parvient jusqu'à mon nez que j'ai fort délicat, je réprime mon aversion et pose mes lèvres sur son front glacé. Je me redresse. Pendant quelques instants nous nous défions du regard. « C'est ta mère », murmure Yolande dans mon dos. Je le sais bien que c'est ma putain de mère…

Oulimata sursaute.

— Comment oses-tu traiter ta mère de putain ?

— Pardonne-moi, Oulimata, le mot est effectivement mal choisi, j'aurais dû dire celle qui est inscrite comme telle dans les registres de l'État civil. Vous ne vous rendez pas compte de ce que fut ma jeunesse et c'est à elle que je dois d'avoir été un salaud de première.

Julia n'en démord pas.

— C'est trop facile. Comme tout le monde, tu avais ton libre arbitre. Je connais des personnes qui ont eu des parents infâmes et n'en sont pas moins devenus des gens de bien. Tiens! Le fils aîné de Martin Bormann, un des pires démons du Troisième Reich, a été ordonné prêtre.

— Tu as sans doute raison. Le mal devait être présent dans mes gènes et j'étais aussi incapable de le discerner que de le conjurer. Mon beau-père s'esquive sous prétexte d'aller chercher du champagne à la cave. Hiératique, la tête haute, comme si elle n'avait rien à se reprocher, Sidonie Bourrin, celle que je n'ai jamais appelée maman, attend que je me jette à ses pieds, en larmes, la suppliant de me gracier pour pouvoir éprouver la joie perverse de m'absoudre en public. Elle en est pour ses frais. Je me contente d'une formule convenue: « J'espère que nos relations seront meilleures à l'avenir, mère ». Edmée bat des mains. Yolande se met à genoux à côté du fauteuil de Sidonie et lui parle à voix basse. Je comprendrai plus tard de quoi elle l'entretient.

Oulimata s'est endormie. Fabrice reconduit Julia jusqu'à sa voiture. Elle démarre, patine, glisse vers la gauche. Les quatre pneus ont été crevés.

— Ils te conseillent de rentrer en Belgique. Tu es une journaliste étrangère. Tu risques d'être objective. Ils n'aiment pas ça. Ils nous avertissent. Ne vous mêlez pas de ce qui ne vous regarde pas. En clair, nous sommes des obstacles entre Diop et Oulimata. Il faut nous écarter. Des fleurs le matin, des menaces le soir. Le balancier de la mafia.

Il préfère ne pas quitter Yallah et suggère à Julia de rester pour la nuit. Il y a encore des chambres libres. Il utilise son portable pour demander l'aide de Ramata, qui s'empresse de faire le lit de Julia. Celle-ci a un coup de barre. Elle éclate en sanglots.

— Qu'est-ce que je fous dans ce pays de merde? se lamente-t-elle.

Fabrice est surpris. Elle semble solide comme un roc.

— Rentre chez toi, Julia. Je mettrai la suite par écrit.

— Je vais dormir. Je te donnerai ma réponse demain. Merci pour ta gentillesse et ta compréhension.

Abou se glisse près de lui.

— Des types louches rôdent autour du Centre. Le genre mafieux, si tu vois ce que ce que je veux dire.

Fabrice lui parle des pneus crevés.

— Incidemment la mafia s'en prend aux étrangers pour les encourager à s'en aller. Quant aux salafistes, ils prêchent la haine des infidèles.

Il transbahute un grand sac.

— Tu sais te servir d'une arme, papa?

— Plus ou moins.

— Je te montre.

Pendant une demi-heure, il initie Fabrice au maniement du Smith&Wesson ainsi qu'à celui de la Kalachnikhov. Il appelle Fabrice Papa et donnerait sa vie pour lui. Orphelin, cet enfant des rues, âgé de seize ans, grand et costaud, sans aucune éducation, marchant à l'instinct, a fini par se rendre compte de la nécessité de savoir lire et écrire. C'est pourquoi, au lieu de basculer dans la délinquance, avec plusieurs de ses amis, ils se sont inscrits au Centre au mois de septembre dernier. Latif les a confiés à Fabrice. Celui-ci a rapidement perçu les nombreuses qualités d'Abou : force, intelligence, ruse, audace. Il l'a convaincu de les utiliser pour une juste cause. Il s'y connaît en armes, mais il en est une où il excelle : le tir à l'arc. Ils sont trop peu nombreux pour un combat frontal, mais suffisants pour pratiquer la guérilla. Des têtes brûlées dirigées par un « samouraï ».

L'instant suivant, il a disparu. Avant de se coucher, Fabrice glisse le Smith& Wesson sous son oreiller et le sac contenant trois Kalachnikovs sous son lit. Il ne sera plus possible d'être ataraxique. Ils veulent Oulimata. Il va falloir ruser pour qu'ils ne l'aient pas. Étendu sur son lit, il écoute la ville et se demande ce qui s'y trame.

*

Mercredi 3 janvier

« Je reste », est la première parole de Julia après qu'un garagiste a remis quatre nouveaux pneus à sa voiture.

— Même si tu ne bénéficies pas ici du confort de La Croix du Sud, pour ta sécurité, Latif propose de t'héberger au Centre.

Julia accepte. Elle va restituer la 404 à son ancien hôtel et revient en taxi pour s'installer. Entre-temps, vers dix heures du matin, une longue Mercedes noire, aux vitres teintées, entre dans la cour. Fabrice la voit depuis sa classe. Un type en sort, le chauffeur sans doute, qui se rend directement chez Latif. Trois minutes plus tard, il quitte son bureau et se dirige vers Fabrice.

— Mes patrons, Khadir et Taylor Thiam, voudraient vous parler, dit-il en faisant mine de le précéder, mais Fabrice ne l'entend pas de cette oreille.

Il déteste être convoqué comme un vulgaire subalterne. Il fait un effort sur lui-même pour se montrer aimable.

— Invitez-les à prendre un café au réfectoire. C'est la grande salle à votre droite.

Habitués au faste et à l'opulence, les deux gredins sont mal à l'aise dans un endroit aussi commun, qui sent le graillon et la soupe. Ramata apporte du café. Taylor avale une gorgée, fait la grimace et repousse sa tasse qui tombe au sol et se brise. Il sort son portefeuille et jette cinq dollars sur la table. Ramata est toujours présente. Elle prend le billet, le met dans sa poche, lance un regard méprisant au mafieux et regagne sa cuisine. Khadir émet quelques mots d'excuses à l'intention de Fabrice qui fait l'homme qui n'a rien vu.

— Vous souhaitez me parler. Je vous écoute.

— Il semble que vous ayez une grande influence sur notre nièce Oulimata. Vous savez par ailleurs que notre supérieur Ismaïl Diop...

— Votre supérieur! Vous ne donnez pas l'impression de sortir d'un couvent. Que dois-je savoir à propos d'Ismaïl Diop?

Fabrice les observe. Ils voudraient bien être ailleurs. Ils sont ici contre leur gré. Khadir, grand et mince, arbore le sourire commercial du VRP. Ses cheveux sont défrisés et il cache son regard derrière des lunettes solaires. Taylor, un petit gros, laid, avec un visage vérolé, des yeux profondément enfoncés dans leurs orbites, un nez épaté et une bouche épaisse, ne peut dissimuler son agressivité et son arrogance. Tous deux portent un costume Lagerfeld noir et une cravate Versace. Leurs chaussures sont des Santoni, une marque haut de gamme bien connue de Fabrice puisqu'elle était la sienne autrefois.

— Cher monsieur Taylor, vous n'avez pas l'air en bonne forme. Voulez-vous que j'appelle notre médecin?

Le rire de Khadir sonne faux.

— Mon frère est un taciturne. Il est toujours comme ça. Pardonnez-nous de prendre de votre temps. Accepteriez-vous pour dix mille dollars de nous aider à satisfaire monsieur Diop?

J'admire sa finesse tactique.

— En quoi un modeste enseignant peut-il être utile à un potentat qui peut tout se payer? Je suis curieux de vous entendre.

— Il est amoureux, éructe Taylor.

— Amoureux! Il a femmes et enfants, que je sache. Et vous me dites qu'il est amoureux. Il est vrai que *l'amour est comme la foudre, il frappe à l'improviste.*

Khadir, que cette démarche assomme, veut en finir.

— Il est comme fou depuis qu'il a aperçu notre nièce Oulimata à La Parilla. Dès lors que nous ne sommes pas en bons termes avec elle, nous avons pensé qu'un homme comme vous pourrait la convaincre de répondre à ses sentiments.

— Vous vous trompez d'adresse, messieurs. Vous connaissez Oulimata mieux que moi. Vous savez son opiniâtreté. Je doute qu'Ismaïl Diop soit de taille à l'affronter. Adressez-vous à son père, à son directeur. Je crains cependant que partout vous n'obteniez la même réponse. Vous m'excuserez, mais je me dois à mes élèves. Remettez mes salutations distinguées à votre... supérieur.

Fabrice fait mine de sortir. Il revient sur ses pas.

— Vous parliez de dix mille dollars! La rumeur laisse entendre que vous seriez prêts à la vendre pour un million de dollars, mais que, en parfait gentleman, Ismaïl Diop la veut consentante. En revanche, elle ne me déplaît pas. Mon offre est d'un million cinq cent mille dollars. Réfléchissez-y. Avec une telle somme, vous payez vos dettes car vous avez des dettes, n'est-ce pas? Vous faites même un plantureux bénéfice.

Il a lancé sa bombe. Les deux sbires sont estomaqués. « C'est pas possible. Il se fout de nous. »

— Où trouveriez-vous une somme pareille, monsieur Berlière?

— Dans mon bas de laine, monsieur Thiam.

— Vous bluffez, bredouille Khadir. Vous n'avez pas cet argent.

— Non seulement je l'ai, mais si vous n'en voulez pas, il pourrait servir à recruter des centaines de mercenaires.

Quelques instants plus tard, ils disparaissent dans un tourbillon de poussière. Il retourne à son travail, réjoui du pavé jeté dans la mare. Il imagine le dilemme de ces deux coyotes. Complaire au patron ou s'enrichir. Il attend le soir pour mettre ses compagnes au courant.

— Tu as cet argent? demande Julia, incrédule.

— Je vous l'ai dit, je pense. J'ai hérité de huit millions d'euros. Ce qui équivaut à six millions de dollars. Mon beau-père gère la moitié de ma fortune sous son nom. Je vais d'ailleurs le prévenir que je pourrais en avoir besoin, bien que je ne voie pas un type du calibre de Diop renoncer à Oulimata.

Celle-ci n'est pas contente, mais alors pas du tout.

— Je ne suis pas à vendre. Cela dit, c'est bien joué. Les oncles doivent être sur des charbons ardents. Imagine un instant qu'ils acceptent ton offre, Fabrice, on les retrouve dans un bloc de ciment le lendemain.

Là-dessus, elle pouffe de rire. Pas contente, puis satisfaite. C'est Oulimata!

Quelle nature! Elle a déjà l'esprit ailleurs.

— Où en étions-nous?

— Ta femme parlait à l'oreille de ta mère.

— Après la scène granguignolesque de la réconciliation avec ma mère, nous nous mettons au lit. Je ne sais plus si j'ai précisé que nous dormions à nouveau ensemble. Yolande est agitée. Elle se tourne et se retourne. Je rallume. Elle se rapproche de moi.

— Puisque nous ne pouvons pas avoir d'enfant, Fabrice, adoptons-en un. Je suppose que tu es d'accord.

Elle se lance dans une *homélie* où il est question de générosité, de partage, de volonté de Dieu. À mesure qu'elle s'efforce de me convaincre, une fureur monstre s'empare de moi. Des pieds à la tête. Je dois être tout rouge. Ce simulacre de réconciliation faisait partie d'un complot familial. De même qu'on veut te marier de force, Oulimata, ma mère m'a quasi obligé à épouser Yolande et maintenant on essayait de m'imposer une paternité non voulue. Jusqu'à ce moment, j'avais tout accepté, mais pas ça. Pas question d'adoption. Elle crie. Je hurle. Elle se lève et quitte la chambre en larmes. Je l'entends qui téléphone. Un quart d'heure plus tard, une porte claque. Elle est partie. Je passe une nuit blanche. Va-t-elle se raviser et me flanquer dehors? À huit heures trente, j'avertis Maryse, la secrétaire du député, que je suis indisposé. Le lundi est le jour le plus chargé de la semaine, Brebart sera très mécontent. Qu'il me vire. Je m'en tamponne. De toute façon, je déteste ce boulot. J'ai hâte de retourner au pays de Barbatos.

Yolande a dû rentrer au bercail après une semaine d'absence. Ai-je écrit quelques phrases? Sans doute pas, car je n'en ai gardé aucune trace. Bizarre le flou, qui succède à la reconstitution précise de ce dimanche de novembre. Le passé est un archipel dont on peut explorer chaque île, mais la mer qui les sépare est insondable. Pauvre Yolande dont les intentions étaient pures. Un soir, chose rare chez elle, elle s'est fâchée, m'a traité de tous les noms. J'ai répondu sur le même ton. Elle a fait sa valise et est allée passer Noël chez ses parents. Pierre m'a téléphoné.

— Voulez-vous que je la ramène?

— Non, Pierre. Elle a besoin de ses parents. Je préfère la solitude et la tranquillité aux scènes journalières.

Une fois de plus, mon existence partait en quenouille. Fin janvier 1977, nous dînons à nouveau en commun. J'essaie de la raisonner. Il faut être deux pour élever un enfant. Le ton monte à nouveau. La porte claque. Les ennuis s'accumulent. J'ai une nouvelle maîtresse. Une de plus. Maryse Lachaume, la secrétaire de Brebart, et ce n'est pas un cadeau.

— Quel genre d'oiseau était cette Lachaume?

— Elle n'avait de remarquable que ses yeux turquoise. Pour le reste un caractère de cochon, récriminant sur tout et tout le monde, jamais satisfaite, on comprend pourquoi son mari s'était sauvé. Nous collaborions étroitement. Comme je ne lui étais pas indifférent, c'est du moins ce que je croyais, elle en vint aux confidences, d'abord dans un restaurant, puis sur l'oreiller. L'affaire Brebart résulte de cette intimité. Un soir, je lui confie combien Yolande me rend la vie infernale avec son obsession d'adoption. Moche, mais fort intelligente, elle suggère un stratagème. Abdiquer pour gagner. *Le sacrifice de la reine*. Nous adoptons. Je n'existe plus. Elle pouponne. Plus de conflits. Non seulement je bénéficie d'une paix royale, mais son bonheur est tel qu'elle satisfait à tous mes désirs.

Oulimata s'insurge, c'est bon signe.

— Tu acceptes d'adopter un enfant pour bazarder ton épouse. Immoral et ignoble.

— Dans une autre vie, je débarque à Sédar Senghor. Tu es professeur d'université. Je suis un écrivain célèbre. Tu m'attends sur le tarmac. Je te couvre d'une brassée de fleurs. La cathédrale est noire de monde le jour de notre mariage. Une ribambelle de chocolats au lait couronne notre bonheur. Mais c'est dans une autre vie.

Elle est émue.

— Je ne m'habituerai jamais à ton humour.

Julia intervient.

— Je crois, ma chérie, que ce n'était qu'à moitié de l'humour.

Fabrice rit pour se donner une contenance. Dans une situation semblable autrefois, il n'aurait eu d'autre but que la fourrer dans son lit. Le Fabrice nouveau n'a aucune attirance sexuelle, mais il aime cette femme. Quelque part au fond de son cerveau, il sait maintenant la distinction entre le désir et l'amour. Julia semble l'avoir perçu. Oulimata se lève et embrasse *le vieux qui trempait une plume dans son encrier.*

— Retour au Parc Monceau. Je ne me souviens pas que Yolande m'ait serré dans ses bras avec une telle fougue. Dès le lendemain, elle entreprend les démarches. Je signe tout ce qu'on veut. Je me soumets à des entretiens déprimants. La personne en charge de notre dossier nous prévient que la liste d'attente est longue. Malgré cette bonne nouvelle, mon moral est au plus bas. J'avais franchi la barre des 110 kilos. Ma stérilité littéraire était totale. J'aurais dû comprendre que c'était le signe d'une inaptitude à l'écriture, d'une absence de vocation. Je m'entêtais. Au bureau, Maryse m'agaçait. Elle m'assaillait de questions sur les activités de Brebart. J'en savais davantage qu'elle sur son compte. Claude, le frère du député, dirigeait la Sophatec, un laboratoire pharmaceutique dont les chercheurs avaient mis au point un remède miracle, le Trihépatol 19, qui coûtait les yeux de la tête; la Sophatec prétendait que Bokassa remboursait! Aux journalistes qui l'interrogeaient, le porte-parole de l'entreprise répondait invariablement que ce médicament avait été conçu dans le but de soigner diverses affections hépatiques typiquement africaines. Je ne trouvai aucune trace du Trihépatol 19 dans les dossiers du député. Je l'accompagnais dans ses voyages, hormis ceux qu'il effectuait en République Centrafricaine. De là à imaginer qu'il était le cerveau d'une colossale arnaque, il n'y avait qu'un pas que je franchis.

*

Jeudi 4 janvier

Plus rien ne sera comme avant. Le bras de fer engagé avec Diop est un tournant. Au fond de lui-même, Fabrice sait que les *tontons flingueurs* chercheront à vendre Oulimata à Diop. Fabrice sait aussi que se coucher est la seule issue. Se coucher ou fuir, mais voilà, le bourgeois nain qu'il était, pleutre, lâche, l'homme de la délation et du coup de poignard dans le dos est mort un soir de novembre 2004. S'il a retrouvé un corps et un esprit sains, à 66 ans, il n'a rien d'un baroudeur, mais il a l'âme d'un lion. Son bras armé est Abou qui se fera tuer pour lui, si c'est nécessaire.

Vers seize heures trente, Oulimata trouve une lettre sur son bureau.

> Chère madame, très chère Oulimata
>
> Demain, premier vendredi de l'année, je donne une réception dans ma villa des Almadies. Ce serait pour moi une grande joie et un grand honneur si vous consentiez à y participer. Une voiture viendra vous chercher au Centre Yallah à vingt heures. Veuillez agréer, chère Oulimata, l'expression de mes sentiments inexprimables.
>
> Ismaïl Diop

Sur le point de la déchirer, elle interrompt son geste. Il y a peut-être mieux à faire. Fabrice se repose dans un fauteuil de la terrasse. Il prend connaissance de la missive de Diop. Ils se regardent.

— Tu refuses?

— Évidemment. Jamais je ne mettrai les pieds dans la baraque de cette vermine. De plus, il doit me prendre pour une idiote en me tendant un piège aussi grossier.

Fabrice fait signe à un élève qui passe non loin de là. Il le prie de trouver Abou et de le lui envoyer. Le jeune part en courant.

— Pour ma part, j'irais. Fais-toi accompagner par Julia. N'oublie pas notre tactique à l'égard du mafieux. Chaque fois qu'il te côtoie, te parle, son désir va crescendo. Plus il est amoureux, plus il perd le nord. La femme aimée remplace l'étoile polaire. Il ferait n'importe quoi pour conquérir sa belle.

Oulimata ne sait que dire, partagée entre une stratégie d'envoûtement et sa répugnance pour Diop. Sur ces entrefaites arrive Abou. Fabrice lui lit la lettre du maître des Almadies.

— Oulimata va lui répondre qu'elle accepte à condition que Julia soit présente, reprend Fabrice.

— Tu me forces la main, mais tu as peut-être raison.

— Vous n'avez pas besoin de voiture, dit Abou. Afin de rester autonomes, utilisez la camionnette du Centre. C'est un vieux tacot. Vous ne passerez pas inaperçus au milieu des grosses bagnoles. Un beau pied de nez à ces sales cons. Quant à moi, avec deux copains, Diowé et Moktar, nous nous engageons comme extras. Je sais à qui il faut s'adresser. Vous, papa, vous serez le porte-flingue de Julia et d'Oulimata. Insistez bien dans votre réponse que vous serez armé.

— Cette invitation est une provocation, l'accepter équivaut à relever un défi. Qu'en penses-tu, Oulimata?

— Vu sous cet aspect, c'est une excellente idée. Qu'est-ce que je réponds?

— « Cher monsieur... Non. Supprime le « Cher ». « Monsieur, j'accepte votre invitation. Je viendrai en compagnie de Julia Grangier, journaliste belge, qui sollicitera peut-être une interview de votre part, ainsi que de Jacques Berlière, mon garde du corps, qui sera armé. Nous viendrons avec la voiture du Centre Yallah. Veuillez agréer, Monsieur, l'expression de mes sentiments distingués. »

On nage en plein vaudeville. Pourvu que ça dure! Julia est enchantée de chaperonner Oulimata et d'éventuellement interviewer une crapule notoire. Il faudra se comporter naturellement, conscients qu'il y a des caméras partout et des hommes de main déguisés en plantes vertes. La perspective de berlurer Diop le tout-puissant les galvanise. Il ne tentera rien contre eux dès lors qu'il s'agit d'une réception publique. Son invitation ressortit à une opération séduction. Quelle tactique va-t-il adopter après la surenchère de Fabrice? C'est ce qui donne du piment à l'invitation aux Almadies. Il la veut consentante et un acquéreur est sur les rangs. Fameux casse-tête chinois. Il n'a qu'à recourir à Li Pen.

Après le repas, retour chez Brebart qui n'était pas sans ressembler à Diop.

« Un matin, il fait irruption dans mon bureau.

— Désolé pour ta petite amie, mais j'envisage de me séparer d'elle.

— Son travail ne te satisfait pas?

Il m'a demandé de le tutoyer. Cela fait jeune et rapproche du « peuple ».

— Elle m'emmerde. Tu ne sais rien. Il y va de ton intérêt, dit-il un doigt sur la bouche.

Pour une fois, nous sommes sur la même longueur d'onde. Je partage son aversion. Pas facile d'échapper à Maryse. À tout moment, elle entre sans frapper dans mon bureau dont une porte communique avec celui de Brebart, l'autre donnant sur le couloir. Ce jour-là, je la remballe trois fois. Dès seize heures, je file à l'anglaise. Comme il est convenu entre nous qu'elle ne téléphonera jamais chez moi et que, ce soir-là, Yolande participe avec sa mère aux agapes de la paroisse, je suis libre comme l'air. Catherine a préparé un pâté de son pays que je tartine sur une baguette. Je me régale, en sirotant du Juliénas, un œil sur le vingt heures de France 2. On sonne. Je vais ouvrir. Un garçonnet me tend une enveloppe et s'éclipse prestement.

> Prends un taxi. Direction Gare du Nord.
> Traverse le hall. Sors rue de Maubeuge.
> Sois vigilant. Tu seras peut-être suivi.

Pas de signature. Imprudent mais intrigué, je veux savoir de quoi il retourne. Lorsque je débouche rue de Maubeuge, je me tiens bien en vue. Un appel de phare sur ma droite, de l'autre côté de la rue. Je traverse. La portière s'ouvre. « Monte vite. » Nom de Dieu ! Maryse ! D'ordinaire, elle se déplace en Renault 12. Pourquoi une Mini ? Elle démarre en trombe. Je gueule : « Arrête-toi immédiatement ». « C'est une question de vie ou de mort « répond-elle. Elle roule à tombeaux ouverts, brûle les feux rouges, prend des virages sur les chapeaux de roue. Les dents serrées, elle ignore mes questions. L'esprit perturbé, je n'ai pas suivi l'itinéraire. Elle se gare devant une haute maison avec porte cochère. « Où sommes-nous ? » « À Clichy ». Un coin de Paris que je ne connais mal. Il n'y a pas d'ascenseur. Nous gravissons péniblement deux étages. Un tour de clé. Nous pénétrons dans un deux-pièces minable. Les murs sont tapissés d'un papier peint pisseux. Au sol, un tapis en coco. Une large table en bois blanc couverte de papiers, de fardes, d'une machine à écrire électrique, de piles de journaux, de revues, d'annuaires, de bottins, d'un enregistreur, d'un téléphone et d'un fax. Aux murs, trois étagères à classeurs. Il y a un coin cuisine, une minuscule chambre à coucher avec douche et une chambre noire. Elle me fait signe de la rejoindre sur un canapé en cuir brun tout craquelé. En pleine lumière, ses traits sont altérés par une peur panique. Elle raconte d'une voix oppressée. Nous sommes dans sa planque. En réalité, elle est journaliste free-lance. Il y a deux ans lors d'un cocktail donné par le quotidien pour lequel elle travaille régulièrement, l'un de ses collègues évoque les nombreuses magouilles qui gangrènent la classe politique. « À peu près tous devraient être mis en examen », récrimine-t-il. Un type complètement givré beugle le nom de Brebart. Peu après, elle le confesse dans un bar voisin. D'une voix pâteuse, il mentionne la République Centrafricaine. Notre employeur entretiendrait des rapports privilégiés avec Bokassa et bénéficierait de protections en France. Là-dessus, il se lève, titube, s'écrie avant de s'effondrer pour le compte : « Une pourriture ». C'est la source idéale. Quand il dessoûlera, il ne se souviendra de rien. Flairant le scoop géant, elle réussit à se faire engager par Brebart. Elle a beau fouiller, photographier, enregistrer les conversations téléphoniques, elle ne découvre rien qui outrepasse les prérogatives normales d'un député. Elle s'est rapprochée de moi parce que j'étais mieux placé pour glaner des informations privées. Elle s'en excuse. Je demeure silencieux. Ainsi, nous traquons le même gibier ; elle, pour son vrai métier de journaliste d'investigation, moi pour un roman. A-t-elle trouvé quelque chose ? En guise de réponse, elle me tend une grande enveloppe brune qui contient le résultat de son enquête. Que j'en fasse bon usage s'il lui arrive malheur ! Pourquoi lui arriverait-il malheur ? Elle vocifère, exaspérée :

— Tu n'as pas encore compris que Brebart est un parrain avec une cohorte de sbires à sa dévotion. On me file depuis deux jours. Hier, j'ai échappé de justesse à un chauffard qui a pris la fuite. Ce matin, j'ai trouvé ceci dans ma boîte aux lettres :

Ferme ta gueule sinon la prochaine fois sera la bonne.

J'ai essayé de t'en parler aujourd'hui, mais tu m'as claqué la porte au nez.

Ce soir, près de mon domicile, je repère une grosse bagnole. Le conducteur allume une cigarette, ils sont deux. Je perds la boule. Il y a une sortie à l'arrière du bâtiment où j'habite. J'ai loué une Mini en prévision d'un sauve-qui-peut. Je démarre à toute allure. Je m'arrête près de chez toi. Je te fais remettre un mot par un jeune qui passe par là. Tu connais la suite. Ici, c'est mon antre secret. Ce sera bientôt un secret de polichinelle. Ils sont forts. Acceptes-tu de m'héberger quelques jours? »

Fabrice sent que son récit n'a pas l'impact habituel. Elles ne réagissent pas.

« Je me dégonfle. Je me lève, enfile mon manteau. Il est hors de question de m'impliquer dans les combines de Maryse. L'héberger! Elle ne manque pas d'air. Quand elle comprend que je prends la tangente, elle m'invective. Je sors de son appartement et dégringole les escaliers.

Cet acte de lâcheté réveille ses deux auditrices.

— Tu la condamnais à mort du moment que toi, Judas, tu t'en sortes sans une égratignure, s'indigne Oulimata.

— Hélas oui! La souffrance et la mort d'autrui étaient le cadet de mes soucis. Je rentre tard chez moi. La perspective d'avoir été suivi me terrifie. J'ouvre l'enveloppe qu'elle m'a remise. Les mêmes présomptions que moi, mais rien de concret qui soit une preuve. Comment me comporter demain de manière à persuader Brebart que les deux ne font pas la paire, si ce n'est en lui disant la vérité? Il est assis à son bureau. Il téléphone. Il a son air habituel. Il raccroche.

— Lachaume n'est pas venue? Est-elle malade? Irène, la nouvelle dactylo, a téléphoné deux fois sans obtenir de réponse. Tu sais quelque chose?

Je ne saurais pas ce que je sais, je le croirais sincère. Son aplomb me décontenance. J'ai une inspiration soudaine.

— Nous avons eu des mots. Je lui ai signifié que tout était fini entre nous. Elle m'a fait une belle crise de nerfs. Je suppose qu'elle a dû avaler un demi-tube de somnifères.

Il éclate de rire, puis me félicite. Je lui épargne l'obligation de justifier sa révocation. Je passe la journée en transes. Brebart sait que je lui ai menti. Suis-je en danger? Cette question m'obsède toujours quand j'arrive Parc Monceau. Mon sang se glace. Deux types sortent d'une voiture. Ils m'accostent. Ouf! Ils exhibent leurs cartes de flic. Je les fais entrer dans le salon.

— Êtes-vous l'amant de Maryse Lachaume?

— Je l'étais.

— Nous sommes au regret de vous annoncer qu'elle s'est jetée hier soir sous une rame de métro, Porte de Clichy.

La suite est brumeuse dans mon esprit.

— Chaque fois que tu es coincé, fait Julia, comme Jack l'Éventreur, tu te fonds dans le smog. Je n'ai rien fait, monsieur le juge, je ne me souviens de rien. Ce n'est pas de l'amnésie innée, c'est une couverture que tu jettes sur le feu pour l'éteindre.

— Bonne métaphore. Je fus certainement interrogé. J'ai dû prétendre ne pas avoir quitté mon domicile le soir de sa mort.

— Tu as commis deux délits: non-assistance à personne en danger et rétention d'informations qui auraient mis Brebart en cause, mais tu te foutais de Maryse; quant à ton député, tu voulais la primeur de la révélation de ses menées criminelles. Tel qu'on commence à connaître le Fabrice Monclar, vieille cuvée, on devine que le drame de Maryse a dû réjouir le plumitif. Tu avais là un de ces sujets tragiques qui a les faveurs du grand public.

— Ai-je été pervers à ce point?

— Ta perversité n'avait pas de limites.

— Tu dois avoir raison. J'ai dû m'en réjouir. Je fus interrogé par un inspecteur arborant une moustache à la Pepone. Brebart s'était empressé de détourner l'attention sur moi. Nous sommes amants. Nous rompons. Le ton monte. Je la frappe. Il me gonfle avec ses insinuations. J'ironise.

— Vous avez tout compris. Je la tue vers 17 heures. J'attends jusqu'à 23 heures. Je l'emballe dans un tapis. Je quitte mon bureau. Je vais jusqu'au métro de la Concorde. J'arrive Porte de Clichy avec mon fardeau. Je ne sais pas comment je m'y prends, sans doute suis-je dans la quatrième dimension car, Fantomas invisible, je franchis tous les obstacles. À 23 heures 40 précise, je la balance sur les rails. Je sors ni vu, ni connu.

Pepone m'observe.

— Vous n'êtes pas suspect, monsieur Monclar. Nous essayons de comprendre pourquoi madame Lachaume a mis fin à ses jours.

Je m'exclame étourdiment.

— Parce que vous croyez qu'il s'agit d'un suicide!

Je me mords les lèvres. Une lueur s'allume dans le regard de Pepone.

— Qu'est-ce qui vous donne à penser que ce n'est pas le cas?

Je balbutie. Forte personnalité. Pas le genre de femme à renoncer. En a vu d'autres.

— Selon votre député, elle était dépressive.

— Qui travaille pour Arnold Brebart est condamné à la dépression. Chacun dans son coin vit la peur au ventre. Une saute d'humeur et vous êtes viré. Retour de l'ascenseur.

— Cela dit, inspecteur, elle a très mal vécu notre rupture. Elle rêvait d'un foyer, m'incitait à divorcer.

— Et vous refusiez, bien sûr.

Le « bien sûr » résonne désagréablement à mes oreilles.

— Maryse était une passade…

Il consulte ses notes.

— Comme Elmire d'Orcival, Florence Brunel, Maud Parot, les pensionnaires de mesdames Pauline et Carmina, des passades, je présume? Ne me prenez pas pour un imbécile, monsieur Monclar, votre couple ne tient qu'à un fil.

Inutile de nier. Je coopère comme on dit dans le jargon judiciaire.

— Un mariage arrangé est une source d'infidélité.

Je lui explique. Je m'attends à ce qu'il pousse son avantage. Il referme son carnet avec un élastique et me prie de ne pas quitter Paris. À l'évidence, il s'en tient à la thèse du suicide.

Oulimata se cabre.

— Assassinat ou suicide, peu importe. En la laissant tomber, tu l'as tuée aussi sûrement que si tu l'avais poussée toi-même sous les roues du métro. Au lieu de la mettre à l'abri, tu as préféré zieuter de loin. C'est une épreuve d'entendre Fabrice, un réconfort de voir Jacques.

— Pepone vient de partir. Je sursaute. *Ferme ta gueule.* Elle ne l'a pas fermée. Ils savent que je sais. Brebart sait. Donc lui remettre l'enveloppe après avoir photocopié tous les documents qu'elle contient en déclarant la main sur le cœur: « Ma bonne foi a été surprise ». Il marche au point de se justifier.

— C'est à la demande de Valéry que je me rends régulièrement en République Centrafricaine. Je trahirais un secret d'État si je t'en disais davantage. Quant à la Sophatec, il est normal que je fasse partie du conseil d'administration puisque mon frère Claude la dirige et que je suis médecin.

J'en déduis que le dossier de Maryse est crédible. Brebart est bien au centre d'un trafic.

C'est le moment choisi par Fabrice pour les informer de ce que lui a rapporté Abou. Maladroitement mais de façon déterminée, il leur montre comment fonctionnent les armes.

— Allons dormir. Demain, il faudra être en forme pour sortir le grand jeu.

*

Vendredi 5 janvier

Le vaste domaine de Diop est entouré d'une muraille haute de quatre mètres. Le parking est à l'extérieur. Il n'y a apparemment qu'une entrée où se tiennent plusieurs hommes en armes et quelques accortes demoiselles qui accueillent les invités en leur offrant une rose. Une fois franchi le large portail, le décor est hollywoodien ; des lampadaires parc illuminent comme en plein jour un gazon anglais, des massifs, des bosquets, des fontaines, plusieurs étangs. Un chemin dallé, éclairé par des torches, conduit de terrasse en terrasse à une esplanade précédant la demeure principale dont l'ostentation sculptée dans la pierre ne convainc que les imbéciles. Ils arrivent volontairement avec une heure de retard. Des types avec une bosse sous le bras exigent de voir l'invitation de Fabrice. Oulimata répond à sa place qu'il est son garde du corps, elle ajoute qu'il ne se sépare jamais de son arme. Embarras des gorilles. Ils se concertent, hésitent, téléphonent et les laissent passer. Fabrice a tenu à ce que ses compagnes brillent de tous leurs feux. Il leur a offert à chacune une somptueuse robe de soirée. Plus de trois cents personnes sont réparties par tables de huit, alignées le long des murs, de manière à dégager un large espace pour danser. Chacun se sert à l'un des quatre buffets pantagruéliques, dressés dans les angles du salon, sous le regard d'une cohorte de serviteurs empressés. Le long du mur du fond, la table d'honneur est disposée de telle manière que ses occupants soient visibles de partout. L'entrée d'Oulimata, de Julia et de Fabrice fait sensation. Toutes les têtes convergent vers eux. Oulimata rayonne de beauté dans un ensemble noir, un diadème argenté couronne son front ; une chevelure relâchée et une robe du soir bleu ciel font scintiller la blondeur de Julia comme un soleil à son zénith. Diop se hâte à leur rencontre.

— Quel bonheur de vous voir si belles en ma maison.

Un alexandrin !

Il imagine en jeter. En dépit de ses efforts pour paraître distingué, il n'est que ridicule et vulgaire. Un instant, il demeure interloqué par la beauté de Julia.

— Je suis heureux de la présence de votre amie, chère Oulimata. Sa grâce ennoblit cette soirée.

— Et mon garde du corps, Jacques Berlière.

Le regard de Fabrice croise celui d'Abou en tenue de laquais du XVIIIe siècle. Ils échangent un clin d'œil. Diop les guide vers la table d'honneur où trois places leur sont réservées. Oulimata est à sa droite. Julia est assise entre Fabrice et Cheik Amaury Ndao, le très important Directeur Général du Port Autonome de Dakar dont l'épouse est à la gauche de Diop aux côtés de Kirov, directeur commercial. Pas de buffet pour les VIP. Des serveurs passent les plats. Diop plaisante, rit, se vante. Il couve sa voisine de droite d'un regard attendri. Fabrice remarque l'abondante tignasse noire de la femme qui accompagnait Diop à La Parilla, en bout de table, à côté du maire. Une haine féroce se lit sur son visage fardé. À n'en pas douter, elle constitue un danger supplémentaire. Sa voisine, une Wolof bien en chair, qui a l'air d'une vieille maquerelle, vêtue d'une robe de soirée ruchée, confirme qu'il s'agit d'Irina Amasova, la femme entrevue à La Parilla. Il apprend qu'elle est Circassienne, la maîtresse officielle de Diop et son bras droit. Une femme dangereuse. « Elle est jalouse comme une tigresse. Je ne voudrais pas être à la place de la négresse qu'Ismaïl a ramassée dans un bordel. Elle ne tardera pas à sentir sa douleur. » Fabrice lui fait signe de baisser la voix. « Pourquoi parlerais-je plus bas? Je suis la mère de ce mauvais sujet et je me gênerais de lui coller une paire de baffes? » Fabrice l'amadoue autant qu'il peut afin de la faire parler de son fils, mais ses efforts sont vains. Même éméchée, elle pratique l'omerta. En désespoir de cause, associant Julia à leur conversation, il l'entretient de Yallah.

Tout au long du repas, Diop se raconte à Oulimata. Il est intarissable sur sa vie, ses prouesses, ses richesses, son avenir. Fabrice l'entend clairement se proclamer futur parrain de la mafia en lieu et place de Li Pen dont les moments de lucidité se font rares. Julia s'enquiert de la nature de sa maladie. « Alzheimer! », s'esclaffe-t-il.

— À propos, chère madame, quand faisons-nous cette interview?

— Quand vous voulez. Il suffit de me téléphoner.

— C'est dit. Je suis ravi à l'idée qu'on parle de moi hors des frontières du Sénégal.

Il est moins joyeux lorsqu'Oulimata l'interpelle:

— Vos épouses assistent-elles à ce dîner, monsieur Diop?

— Appelez-moi Ismaïl. Si vous le permettez, vous serez Oulimata pour moi.

— Vous les avez déjà répudiées?

Questions déplaisantes que Diop élude en se levant. Après avoir souhaité la bienvenue à chacun et chacune, excusé Li Pen, salué le maire, il encense le Directeur du Port. Il invite les convives à applaudir le Centre Yallah en précisant que des jeunes feront la quête pour cette institution respectable. Il parle beaucoup de lui et annonce de grands projets pour l'avenir. Le repas touche à sa fin. Il se lève à nouveau et convie son monde à entrer dans la danse. L'orchestre, qui a joué de la musique douce pendant tout le repas, entame

Le Beau Danube bleu de Strauss. Diop s'incline devant Oulimata, l'entraîne sur la piste et ouvre le bal. La grâce et la souplesse félines de la Sénégalaise tourne en dérision un Diop pataud et maladroit. Le voisin de Julia l'invite à le suivre sur la piste. Lorsque leurs deux mains se joignent, Julia sent qu'il glisse une boulette de papier entre ses doigts. Fabrice est le cavalier de la mère de Diop. « Une danse suffit à mon vieux cœur », dit-elle en riant. Fabrice en profite pour se déplacer entre les tables comme s'il cherchait quelqu'un. Il reconnaît certaines personnes dont Taylor et Khadir, qui sont à bonne distance de la table d'honneur. Khadir le salue. Taylor regarde ailleurs. Fabrice s'approche d'eux.

— Alors, mes amis, avez-vous réfléchi à ma petite proposition?

La question les prend au dépourvu. Pendant que Taylor s'esquive, Khadir répond évasivement comme s'il ne se souvenait plus à quoi Fabrice fait allusion.

— Elle vaut toujours, dit-il en s'éloignant.

Il y a de l'agitation au centre de la piste. Fabrice aperçoit Julia soutenant Oulimata qui grimace de douleur. Elle la conduit vers un siège capitonné, talonnée par un Diop se confondant en excuses.

— Il m'a écrasé le pied, claironne-t-elle.

Fabrice comprend. Il rejoint les deux femmes, remercie Diop pour son hospitalité et les emmène. Le mafioso tente de l'en empêcher.

— Notre médecin doit l'examiner immédiatement.

L'autre a beau objecter qu'il y a des médecins dans la salle, rien n'y fait. Ils sont déjà sur l'esplanade. Abou, Moktar et Diowé, déguisés en serveur, ne sont pas loin, prêts à agir.

— Je suis confus, Oulimata, mais vous n'allez pas nous quitter si tôt. Nombre de mes relations souhaitent vous rencontrer. La collecte pour Yallah n'est pas terminée.

Elle consent. Un médecin l'examine et ne trouve rien. Elle marchera normalement d'ici quelques minutes.

*

Samedi 6 janvier

Une demi-heure plus tard, ils prennent congé, riches de quinze mille dollars. Sur le chemin de Yallah, Julia se rappelle la boulette de papier qu'elle a dissimulée dans son bustier. Elle la déchiffonne. C'est une lettre. Fabrice suggère de la lire au Centre. Ils sont enchantés de leur soirée. Ils ont appris un certain nombre de choses intéressantes, gagné de l'argent et puis, il y a cette lettre mystérieuse. Que va-t-elle leur apprendre? Cheik Amaury Ndao n'est pas n'importe qui.

Fabrice évoque Irina Amasova.

— Nous nous sommes attiré l'animosité de la maîtresse de Diop. Une animosité mortifère.

Il raconte la Circassienne.

— La jalousie est le pire des pousses-au-crime, fait Oulimata.

— Il n'est pas impossible que cette femme qu'on dit cruelle et qui prend plaisir à tuer, fait remarquer Julia, ne passe à l'action sous le coup de la fureur d'avoir été outragée publiquement par son amant.

Avant de partir, Fabrice a réussi à prévenir Abou de surveiller les faits et gestes d'Amasova.

— On veillera, papa.

À mesure que Fabrice lit à voix haute, ils passent par des sentiments divers: ahurissement, incrédulité, panique.

> Mes jours étant comptés, j'espère que cette lettre, véritable bouteille à la mer, tombera en de bonnes

mains. Moi, Cheik Amaury Ndao certifie que tout ce que j'ai écrit est vrai. Depuis deux ans, contraint par Li Pen, le chef de La Triade, j'ai restructuré le PAD en remplaçant progressivement les anciens cadres (une vingtaine) par des nouveaux, tous très jeunes et hautement qualifiés. Je n'ai pu m'y opposer ayant moi-même bien des choses à me reprocher. Par appât du gain, j'ai trempé dans nombre de combines. En deux ans donc, le PAD, comme ils le font avec d'autres entreprises à travers le monde, est passé sous le contrôle de la mafia. De par sa position stratégique, il est en train de devenir un des ports les plus importants d'Afrique. Lieu privilégié pour tous les trafics de Li Pen. Si la chose n'a pas transpiré, c'est qu'il a des complices à tous les niveaux de l'Administration. J'ignore le nombre de malheureux qui ont payé de leur vie d'avoir réclamé une enquête. C'est Salif Marone qui me remplacera dans quelques jours. Je serai empoisonné par ma femme Maimouna, qui est la maîtresse de Kirov. Même le colonel Demba, le seul honnête homme de Dakar, aura des difficultés à prouver que la légalité n'a pas été respectée. Dans une semaine, l'opération sera terminée. Le PAD appartiendra à la mafia. Bonne chance.

Ils n'ont pas le temps de faire des commentaires. Le portable de Fabrice sonne. Il plie en quatre le testament de Ndao et le cache derrière une reproduction de Monet épinglée au mur.

— Pour le moment, on oublie cette lettre qui est de la lave en fusion.

Abou résume la situation. Moktar, un virtuose du vol de voitures, est au volant d'une Volkswagen. Il a l'ordre de ne pas lâcher Amasova au cas où elle quitterait les Almadies. Un peu au-delà de la Porte du Millénaire, passage obligé pour se rendre au Centre en venant du nord, Abou et Diowé, à plat ventre sur une butte, scrutent la route le doigt sur la gâchette d'une mitrailleuse que les trépieds rendent plus stable. Abou est convaincu qu'Amasova logera chez Diop, ne fût-ce que pour affirmer son mépris pour les coups de cœur de son amant. Si cette furie veut s'en prendre à Oulimata, elle dépêchera des hommes de main. S'ils viennent, ils longeront la côte sur 13 kilomètres. Un quart d'heure de route. Fin de la communication.

Nouvelle sonnerie. Diowé.

— Tout le monde est parti depuis une bonne heure. Une grosse cylindrée noire vient de quitter les Almadies avec deux types à bord. Je la suis à distance. Nous arrivons à La Cabane du Surfeur. Ce sont eux. Préparez-vous. Tu as ton arc?

— Je l'ai récupéré. On les attend. Je préviens monsieur Berlière.

Averti, Fabrice met les femmes à l'abri dans sa propre chambre. Chacune est armée de sa Kalachnikov. Lui-même sort et serre la sienne avec une détermination farouche. Il alerte les gardes qui prennent position sur la terrasse de la classe qui se trouve en face du portail.

Appel de Diowé:

— Ils sont à La Calebasse.

— Tu es sûr qu'ils ne sont que deux, qu'Amasova n'est pas dans la bagnole?

— Absolument sûr, Abou. Je confirme, ils sont deux.

— N'hésite pas à mettre les bouts si un flic se pointe.

— Sois cool, mec. J'en ai vu d'autres.

— On en a vu d'autres, rigole Abou.

Il se tourne vers Moktar.

On va au Centre.

Trois minutes plus tard, ils font des appels de phares pour signaler leur présence.

Nouvel appel de Diowé:

— Fann. On longe l'université. Tenez-vous prêts.

Diowé se manifeste à nouveau quelques minutes plus tard:

— Je vois le Centre, mais plus leur bagnole. Par où sont-ils passés?

Abou balaie le terrain avec ses jumelles. Il avertit Fabrice qui est toujours à l'intérieur aux côtés de Julia et d'Oulimata.

Un des gardes appelle.

— Ils passent par-derrière. C'est l'endroit le plus vulnérable, là où il y a un trou dans l'enceinte. Faites gaffe, monsieur Berlière, ils se rapprochent de vous.

Fabrice prévient Abou. Moktar sur ses talons, celui-ci entrouvre le portail dont il possède la clé. Fabrice les voit. Abou tient son arc à la main, suivi par Moktar, ils courent le long du bâtiment des classes en direction de l'hôtellerie.

Appel de Diowé:

— Je suis près de l'entrée.

— Tu ne bouges pas, commande Fabrice.

Appel d'Abou:

— Un de ces types ou les deux connaissent le Centre comme leur poche. Je parierais pour des anciens.

Fabrice les voit. Ils sont tout près.

— Ils savent où loge Oulimata. Ça y est, ils entrent. Ça va être à toi Abou. Tu en liquides un. Tu blesses l'autre.

Il le voit bander son arc. Une flèche siffle, suivie d'une deuxième. Ils se retrouvent autour des corps. Un mort et un blessé à l'épaule. Julia et Oulimata les rejoignent prudemment. Soudain Fabrice tressaille, il reconnaît le blessé.

— Limane!

Fabrice n'en revient pas. Qu'un ancien, qui doit tant à Yallah, veuille vitrioler ou tuer Oulimata est invraisemblable!

— Limane! Comment as-tu pu te mettre à la solde de la mafia?

Celui-ci se redresse d'un bond, arrache le fusil-mitrailleur des mains de Fabrice, le met dans sa bouche et appuie sur la gâchette. Heureusement qu'Oulimata se tient hors de son champ de vision.

— C'est un salafiste, monsieur Berlière, fait Diowé. Regardez la taille de sa barbe. Et puis, ce suicide n'est pas dans les habitudes de la mafia. Ils se laissent arrêter, assurés de retrouver rapidement leur liberté sur l'ordre d'un de *leurs* juges.

— Des salafistes sont donc au service d'Amasova, constate Abou. Qu'est-ce qu'on fait, papa?

Fabrice fouille les assaillants. Pas de papiers d'identité. Aucun signe distinctif, à part cette barbe.

— On garde leurs armes. Vous balancez les corps dans le Sénégal.

Il est 4 heures 25.

— Que fait-on de leur voiture? demande un des gardes.

— Bonne question. Vous notez le numéro d'immatriculation. Si vous avez encore un moment à nous accorder, dit Fabrice à Abou, vous allez la garer le plus près possible des Almadies et vous rentrez avec votre caisse dont vous vous débarrassez.

— Pourquoi ne pas laisser les corps dedans, suggère Abou.

— Voiture vide. Où sont les occupants? Amasova a certainement agi de sa propre initiative. Diop est prévenu. Il s'interroge. Il s'énerve.

Julia a la présence d'esprit de nettoyer le sol ensanglanté. Oulimata qui n'a encore rien dit fond soudain en larmes. Fabrice prend le relais de Julia afin qu'elle soutienne son amie.

— Pourquoi Limane? sanglote Oulimata. Il a passé cinq ans au Centre. C'était un bon garçon, travailleur, sportif, rieur.

— Je ne l'ai connu qu'un an, répond Fabrice. Il était comme tu le dis. Ces maudits salafistes sont capables de dévoyer en quelques mois un type super en le gavant des sourates du Coran : on choisit les bonnes, on pilonne son cerveau et on transforme un chouette gars en mangeur d'hommes. C'est effrayant.

Charles Gallois les a rejoints. Fabrice lui explique, il réagit :

— Le salafisme est un fléau pire que la peste. Il prend possession des êtres et les dépouille de leur humanité. Ses imams fabriquent des bombes humaines à la chaîne. Ils n'ont pas le nucléaire, ils ont les versets les plus détestables du Coran.

— Vous avez entièrement raison, Charles. Le drame, c'est qu'ils sont insaisissables. Pour ce qui concerne la situation présente, chère Ouli, elle s'est décantée en notre faveur. Je m'explique : si nos deux tueurs avaient réussi leur coup, Amasova reconquérait Diop. Rien ne prouvait qu'elle était pour quelque chose dans ta mort. N'importe qui, en effet, aurait pu avoir eu envie de t'éliminer après ta démonstration de charme aux Almadies et l'attitude de leur chef à ton égard. Le pouvoir mafieux est un pouvoir inhumain, froid, sans pitié. En te faisant les doux yeux, Diop a dû en irriter plus d'un. J'ai ma petite idée sur la manière de procéder, mais trop d'émotions et de transes nous ont épuisés. D'abord nous reposer. On reparlera de tout cela tout à l'heure. Pour ma part, j'attendrai la venue de Latif à six heures. Je le mettrai au courant.

— Laissez, dit Gallois. Je suis insomniaque. J'en sais assez pour éclairer sa lanterne. Allez dormir.

— Une dernière question, docteur. Pensez-vous qu'Amasova ait mis un contrat sur la tête d'Oulimata ?

— Certainement pas. Diop le saurait immédiatement. Non, à mon avis, elle va récidiver ou changer de tactique.

Fabrice aurait pu s'adresser au commissariat de Rebeuss dont dépend le Centre, mais, sitôt qu'on se trouve en présence d'une autorité, on ne sait pas à qui on a affaire.

Il se rend à Mbao, au sud de Dakar, où sont cantonnées les Forces Spéciales avec l'espoir d'y rencontrer le colonel Solar Demba. Il ne le connaît que de réputation. Gautier, qui est un de ses amis, en parle souvent avec admiration. Incorruptible, efficace, intelligent, il combat la mafia depuis des années. Il a échappé à plusieurs attentats. C'est dire s'il est difficile à joindre. Gautier l'a prévenu de la visite de Fabrice, qui peine pourtant à rejoindre l'accueil des FSS. Quand il y parvient, c'est pour s'entendre dire que le colonel est absent. Qu'il laisse ses coordonnées. On le contactera. Une colère titanesque s'empare de Fabrice. Il accuse l'homme de l'accueil de collusion avec la mafia. Dès qu'on prononce le mot mafia, on transgresse un tabou. Un attroupement se forme. Les plus malins s'éclipsent. Deux vigiles le fouillent et l'emmènent en ascenseur au deuxième étage jusqu'au bureau du capitaine Idrissa Leye, un fonctionnaire fluet dégoulinant de suffisance.

— Pour quelle raison souhaitez-vous une entrevue avec le colonel?

Sa mine de chafouin inspire la répulsion.

— C'est à lui que je la confierai.

— Vous pouvez tout me dire. Je suis son adjoint.

Fabrice est furieux. Il martèle ses mots:

— Où est le colonel Demba?

Bruit de porte dans son dos.

— Il est ici.

Fabrice se retourne. Une musique de film devrait accompagner l'apparition: il reste sans voix face à ce Russell Crowe noir. Même visage énergique, même force tranquille, même regard pénétrant.

— Vous êtes? demande-t-il lorsqu'ils sont dans le couloir.

— Jacques Berlière du Centre Yallah.

— Gautier Dubois m'a parlé de vous, monsieur Monclar. Il m'a dit que vous viendriez aujourd'hui. Ismaïl Diop serait tombé amoureux d'une de vos collègues, Oulimata Boye. Venez avec moi. Allons prendre un café chez Youssouf.

Quand ils entrent dans le bistrot, Fabrice se rend compte de la popularité de Demba. Les clients se lèvent à son passage. Le patron se précipite pour le conduire à une table à l'écart des oreilles indiscrètes.

— Deux cafés très forts, Youssouf.

— Tout de suite, colonel.

— Vous n'êtes pas sans savoir que je dirige les Forces Spéciales sénégalaises dont la mission est la lutte contre les organisations criminelles qui déstabilisent le pays. Mes effectifs sont réduits, parce que je dois être sûr à cent pour cent de la fiabilité des hommes et des femmes que j'engage.

— Me permettez-vous une question?

— Je vous en prie.

— Comment avez-vous su que j'étais dans le bureau du capitaine Leye?

Sourire du colonel.

— Mariama, la secrétaire, m'est entièrement dévouée. La porte de son bureau est toujours ouverte. Comme Leye parle à voix très haute pour se donner de l'importance, elle entend tout ce qu'il dit. Témoin de votre esclandre, elle m'a prévenu sur-le-champ.

Fabrice s'étonne de la franchise de la réponse.

— Je sais qui vous êtes et le bien que vous faites au Centre Yallah.

Autre chose?

— Pourquoi vous méfiez-vous de votre réceptionniste?

— Parce que Sock, c'est son nom, est un salafiste à la solde de Cheik Abdul Sissoko. Je le maintiens à son poste sous la surveillance de Mariama et comme c'est un parfait imbécile juste bon à se faire exploser dans un cinéma, il me renseigne indirectement. Gardez bien en mémoire que Sissoko sait déjà que vous êtes venu me voir. Amasova est prévenue que Jacques Berlière, alias Fabrice Monclar, s'est entretenu avec leur pire ennemi. Vous avez besoin d'aide?

— De votre aide pour la simple raison que je n'ai aucune confiance dans la police municipale.

— Je vous comprends. Cependant, ma tâche est immense. Déjouer les mauvais coups de la mafia et des salafistes. Contrôler l'appareil de l'État dont nombre de membres sont corrompus et contrer les groupuscules terroristes. C'est la raison pour laquelle je n'ai de comptes à rendre qu'au Président. Cela dit, monsieur Monclar, je vous écoute.

Fabrice résume l'essentiel. Quand il arrive au piège tendu à Amasova, il perçoit une lueur particulière dans le regard de Solar Demba.

— Vous ne me dites pas ce que sont devenus les deux nervis de la belle Irina.

— Pardonnez-moi, mais j'ai un trou de mémoire. Cela m'arrive de temps en temps.

Le sourire du colonel est une absolution.

— Si j'ai tout compris, pour protéger Oulimata Boye, vous semez la zizanie chez les mafiosi et vous attendez de moi que j'ordonne une enquête sur une double disparition. Comme il y a mort d'hommes et que votre communauté court un grave danger, je vais, dès aujourd'hui, envoyer un de mes collaborateurs cuisiner Diop. Que sait-il de l'agression dont vous avez été victimes? Pourquoi a-t-on retrouvé vide, tout près de chez lui, la voiture dont se sont servis les deux disparus et dont le numéro d'immatriculation est à son nom? Comme il semble n'y être pour rien, vous me donnez l'occasion de le perturber. Pour le moment, je ne puis rien faire d'autre. Nous communiquerons par Gautier interposé avec lequel j'ai un contact sécurisé.

Fabrice a informé Julia et Oulimata de sa démarche auprès du colonel. Vers 18 heures, Ramata leur apporte un dîner de poissons grillés que le bon Latif a fait venir d'un restaurant de la Medina. Après s'être sustentés, leurs armes à portée de main, ils changent de sujet. De l'affaire Diop à l'affaire Brebart, il n'y a que quelques mots. Julia lui rappelle sa dernière phrase : « Brebart est au centre d'un trafic ».

— Un instant ! s'écrie Oulimata. J'allais oublier.

Elle va dans sa chambre et revient avec un superbe stetson qu'un élève du Centre a acheté pour elle. Julia et Fabrice éclatent de rire.

— Tu es le vilain J.R., Fabrice Monclar, tu portes ton stetson. Tu es le gentil Jacques Berlière, tu l'ôtes. De cette manière, on verra mieux la différence.

— Ça s'arrose, dit Fabrice en se déguisant en Texan.

Il remplit les verres avec du blanc d'Alsace.

« J'entends à peine le député mentionner qu'il assistera aux obsèques. Il me prie de rédiger l'éloge funèbre. Il réussira le tour de force d'essuyer une larme lorsqu'il présentera ses condoléances aux parents de la défunte.

Il me va bien ce chapeau ?

— Tu es magnifique. J'ai une question, fait Oulimata. Partout, les politiciens sont décriés. On les accuse de tous les maux. Dans ce cas, comment se fait-il, que le monde ne sombre pas dans l'anarchie ?

— Parce que les règles sont les mêmes pour tous. Si tous les coureurs cyclistes se dopent, la course se déroule normalement et le meilleur gagne. Je continue.

— Il faudra songer à remplacer Lachaume. Peux-tu t'en charger ? Embauche autre chose qu'un boudin.

Il me confie cette tâche. Il ne se méfie donc pas de moi. Il agit exactement comme Diop vis-à-vis de nous. Où trouver la perle rare ?

Deux jours plus tard, un nom fait surface, celui de Mireille Dubosc, qui avait raconté dans un livre explosif une ancienne opération ultrasecrète de la DGSE. Ce qui lui valut d'être révoquée. Nous avions sympathisé lors d'une réception chez Bernard Brunel qui l'avait éditée. Elle m'avait fait une excellente impression. J'appelle les renseignements. Elle habite Meulan dans les Yvelines. Oui, elle sait qui je suis et où nous nous sommes rencontrés. Elle accepte de me recevoir.

Je sonne à sa porte. Elle ouvre immédiatement.

— Du thé, du café ou du plus fort?

— Du plus fort, merci.

Elle me sert une rasade de cognac.

— J'ai une proposition à vous faire. Accepteriez-vous de m'aider à mettre hors d'état de nuire le député Arnold Brebart, un scélérat cinq étoiles?

Elle ne cille même pas.

— Quelles qualifications suis-je censée avoir?

— Sténo. Dactylographie rapide. Connaissance de l'anglais. Aptitudes en comptabilité. Ne pas lésiner sur les heures supplémentaires. Un bon salaire compense ce travail harassant.

Elle accepte sur-le-champ. Je prends le risque de lui faire part des antécédents de ma traque. Je la mets en garde.

— Brebart a dû apprendre le vrai métier de Maryse. Il n'a pas hésité à la supprimer. Cette affaire est de la dynamite. Le seul moyen de passer entre les mines est de simuler une servilité totale.

Mireille comprend, Mireille réfléchit. Oulimata met son grain de sel.

— Le nombre de femmes qui t'ont sauvé la mise ne t'a pas donné matière à réflexion? Tu ne songeais qu'à baiser sans percevoir à quel point elles t'étaient supérieures en flair et en intelligence. Qu'est-ce qu'elle disait, Sidonie? Elle te traitait de goret, de verrat, de sardanapale. Celui-là, je n'ai pas compris.

— C'était un roi d'Assyrie, lubrique et tyrannique.

— Merci, Julia. Qu'est-ce que je disais?

— Goret et verrat, fait Fabrice.

— C'était bien vu.

Julia et Fabrice gloussent.

— Mireille a une idée simple, que j'aurais dû avoir plus tôt : filer Brebart en dehors des heures de bureau, le soir, le week-end. En usant de cette méthode, nous repérons assez rapidement l'hôtel particulier parisien où il rencontre sa maîtresse Chantal d'Aberville, riche, la trentaine triomphante, épouse d'un ténor du Barreau de Paris, Conseiller général des Hauts-de-Seine et membre d'une brassée de conseils d'administration. Toutefois, là n'est pas l'essentiel. Nouvelle idée simple de Mireille : l'adresse de la Sophatec. L'entreprise jouxte la propriété de Claude Brebart au 4, rue Victor Hugo à Sèvres. Trois jours plus tard, un samedi, ils photographient le député, l'ambassadeur de la République Centrafricaine, deux médecins célèbres, des administrateurs de la Sophatec, des Africains, un agent de la DGSE, trois députés de la majorité, des inconnus. Huit réunions, toujours le soir, d'une durée variant entre trois et six heures. Le doute n'est plus permis, c'est le centre névralgique des magouilles des frères Brebart. Pour savoir à quoi s'adonne ce beau monde, il faut pénétrer à l'intérieur. Mireille suppose qu'ils se réunissent dans les sous-sols de la Sophatec et, après avoir retourné le problème en tous sens, elle parvient à la conclusion qu'il est impossible de fracturer cette forteresse. Voilà plus d'un mois qu'ils ont mis le siège rue Victor Hugo et ils n'ont pas progressé d'un pouce.

— Si on ne peut pas entrer, la seule solution est de recourir à quelqu'un qui se trouve à l'intérieur. Un espion, si tu veux. Un type devient un espion si on connaît son secret. Si on connaît son secret, il est obligé d'être doux comme un agneau.

Je me souviens alors des « services » rendus à certains visiteurs du député. Une trentaine de personnes qui n'ont dû leur salut judiciaire qu'à mon intervention avec la bénédiction du patron. Nous comparons ma liste avec les membres de la direction de la Sophatec ; c'est-à-dire ceux qui ont accès à tous les documents de la société. Mireille repère un nom : Jean-Jacques Dumesnil, directeur du personnel. Ce monsieur est venu solliciter notre aide pour cause de licenciements abusifs de deux collaboratrices qui s'étaient refusées à lui. Pour peu qu'elles portent plainte, il ne tarderait pas à se retrouver devant la justice, à être condamné pour harcèlement et viré de la Sophatec. Brebart me le confia. Il fallait le sortir de ce mauvais pas pour deux raisons : sa grande compétence et sa connaissance de pratiques inavouables qu'il ne manquerait pas de révéler si on ne le tirait pas d'affaire. Un compromis fut trouvé et j'empochai un pot-de-vin royal. Cependant, un mot de ma part, à la presse, par exemple, et il n'était plus rien. L'homme idéal qui nous renseignerait et se tairait. Il restait à trouver un maître-chanteur. Mireille mit sur le coup un ex-collègue de la banque où elle travaillait, un accro du casino, qui jouerait les intermédiaires sans savoir à qui il transmettait les documents extorqués à Dumesnil. C'est ainsi que j'entrai en possession d'un certain nombre de preuves des malversations de la Sophatec. Un ex de Mireille, professeur de chimie à Nanterre, lui donna le coup de grâce en analysant la composition de Trihépatol 19 et de son contraire, le Trihépatol 18 qui répandait le virus mortel.

— Et, bien sûr, en exploitant autrui, tu t'attribuais tout le succès de cette opération, fait Oulimata une fois de plus exaspérée par le cynisme de Fabrice Monclar.

Il hoche la tête. Tant le plan d'action que sa réalisation furent l'œuvre de l'obscure Mireille. À l'époque, jamais il ne le reconnut.

— Je n'avais plus besoin de Mireille. Elle devenait encombrante. À la grande colère de Brebart, je démissionnai sans justifier ma décision. Pour une fois, ce n'est pas lui qui tenait la dragée haute. J'étais embêté à cause de Yolande, mais surtout vis-à-vis de mon beau-père qui mettait toutes ses espérances dans ma future carrière politique. Il me voyait député. Qui sait? Ministre. Mireille supplia Brebart de me reprendre. Tout était de sa faute. Elle était amoureuse, envahissante. Il savait que je détestais qu'on me colle aux basques. Il accepta. Je refusai aussi sec. Je ne la revis jamais alors qu'un mot d'elle aurait suffi à me perdre. »

Les yeux de Fabrice se ferment, mais se rouvrent aussitôt. Il a un nouveau portable dont la sonnerie est un barrissement d'éléphant. La voix de Gautier lui parvient, impersonnelle et lointaine. Il écoute attentivement en émettant des onomatopées.

— Diop est tombé des nues quand l'homme de Demba a mentionné la présence d'une limousine immatriculée à son nom, repérée par une caméra près du Centre Yallah, vers quatre heures trente du matin. Comment explique-t-il qu'elle soit garée à trois cents mètres des Almadies? Peut-il interroger le conducteur? L'ahurissement de Diop fut tel qu'il était évident qu'il ignorait ce qui s'était passé. Et par voie de conséquence, il était tout aussi évident qu'il s'agissait bien d'une initiative d'Amasova. Fin du message.

Fabrice est incapable de réfléchir. Il a le contrecoup des événements de la nuit. Ses deux compagnes ne valent guère mieux. Sans s'être concertés, ils se traînent jusqu'à leur lit.

*

Dimanche 7 janvier

La presse est unanime. La réception offerte par Ismaïl Diop à tous ses partenaires et amis fut un grand succès. Description dithyrambique du grand salon. Photos des personnalités présentes. Liste des invités. Bons mots des cadors. Tiens ! Nulle part ne sont mentionnés les noms de Julia, d'Oulimata et de Fabrice. Pas d'allusion à la mise de fonds. Quant à l'article de Julia, qui parut sur le web le lendemain, peu de Sénégalais en eurent connaissance parce qu'il disparut des écrans quelques heures à peine après sa mise en ligne. Julia le leur lut le soir même.

Dakar, une ville si tranquille

par Julia Grangier

Ce vendredi 5 janvier, monsieur Ismaïl Diop, le plus important négociant de la ville, recevait dans la splendeur de sa demeure des Almadies, construite par l'architecte Giuseppe Bruni, qui s'est inspiré du Grand Trianon. Trois cents couverts pour la fine fleur du Tout Dakar. Cette soirée mémorable fut cependant quelque peu ternie par des absents de marque : le Président de la République et des membres du gouvernement, des corps constitués, du Commissaire divisionnaire Gouyat Fallou, de Li Pen, le mandarin bien connu, disciple de Confucius dont il partage la sagesse. Ne dit-on pas qu'il aurait morigéné Ismaïl Diop avec une clairvoyance étonnante : « Les coups du sort font payer cher leur orgueil aux présomptueux et leur enseignent, mais un peu tard, que l'humilité est le meilleur moyen de ruser avec le destin ». Autre absent de marque : « Cheik Abdul Sissoko, ce grand connaisseur du Coran, qui incite la jeunesse avec une pédagogie très personnelle à le pratiquer dans sa pureté intégrale ». Par contre, le Maire de Dakar, Babou Mbodge, était présent, l'homme qui, en s'appuyant sur une police municipale intègre et vaillante, a fait de sa ville un modèle de sécurité. Il a éradiqué les bandes nombreuses qui sévissaient tant dans les quartiers pauvres que dans les ghettos des riches. L'ambiance était à la joie festive des retrouvailles entre ceux et celles qui contribuent à faire du Sénégal un pays émergent et un havre pour ceux qui désirent un dépaysement complet. Le Directeur Général du Port Autonome de Dakar et son épouse rehaussaient la soirée de leur présence. La presse locale et la télévision ont donné un large écho à cette fête qui se termina par un bal et une collecte en faveur du centre Yallah, une généreuse initiative d'Ismaïl Diop. Plus de quinze mille dollars furent ainsi recueillis qui permettront de moderniser les labos. Afin que nos lecteurs se fassent une idée du lieu et de ses merveilles...

La suite est une description caricaturale et risible des Almadies.

En faisant l'éloge de ce ramassis de voyous, Julia a certainement semé le trouble : « Pense-t-elle ce qu'elle écrit ou se paie-t-elle notre tête? « Certains sont d'avis que cette femme s'est moquée d'eux. Elle mérite un châtiment exemplaire. Consulté, en dépit de sa soi-disant maladie, Li Pen rejette cette suggestion. Il est rusé, trop rusé. Il subodore un traquenard là où il n'y en a pas. En bon joueur d'échec, il sait qu'il faut y regarder à deux fois avant de déplacer une pièce, surtout quand l'adversaire lui rend la vie trop facile. Donc patience. C'est ce qu'il explique à l'envoyé de Diop, venu aux ordres. Il ajoute de sa voix gracile : « Dites-bien à cet ambitieux, que ma santé est excellente et que *l'impatience ruine un grand projet.* Notre grand projet! »

Tout est calme au Centre. L'orage s'éloignerait-il? Après le travail et avant de sonner l'hallali contre Brebart, Fabrice se concentre sur l'avenir.

— D'un côté, on a des bandits sans scrupules avec à leur solde des centaines de forbans qui tuent sans état d'âme. Ils ont des informateurs, des complices, des taupes à tous les étages. Ils paient les uns, rackettent les autres. Ils sont maîtres du Port. Ils créent un climat de terreur : Xerxès et ses deux cent mille Perses. De l'autre côté, une lettre qui est un missile, deux femmes au caractère bien trempé, un retraité de la magouille, la protection relative des FSS, l'ambassade de France comme refuge ultime, quelques gardes, une vingtaine de jeunes en révolte dont Abou, invulnérable, omniscient dans le domaine de l'arnaque, capable d'exterminer un régiment. Abou et ses copains sont la clé de voûte de notre défense. Et puis, il y a les braves types comme Latif, Gautier, le docteur Gallois et plusieurs membres du corps enseignant ; je ne les ameuterai que si je ne puis agir autrement. Leonidas et ses six mille fantassins grecs. Entre les deux, le défilé des Thermopyles.

Oulimata écoute avec une mine ahurie. Elle n'a jamais entendu parler des guerres médiques.

— Et les Grecs ont gagné ?

— Ils sont tous morts, mais les Perses ont perdu beaucoup d'hommes et ont été battus quelques mois plus tard. On ne les reverra plus. Ce qui veut dire que le petit nombre est parfois un avantage. Soudée, bien coordonnée, se déplaçant rapidement, une escouade peut faire beaucoup de mal à une armée. Je suis persuadé qu'après le passage de l'émissaire du colonel, ils ont dû se poser des questions : que leur veut-il ? Que sait-il ? Comment va-t-il manœuvrer ? Y a-t-il matière à s'inquiéter ? Entre eux, les relations se sont certainement détériorées. Diop brûle de supplanter Li Pen au point de répandre la rumeur qu'il est gâteux et que c'est lui qui porte désormais le titre de « Tête de dragon ». Le Chinois pense qu'il doit le faire exécuter, mais il attend son heure. Amasova et Diop sont à couteaux tirés. Diop était-il au courant des affinités d'Amasova avec les salafistes ? Trahirait-elle par jalousie, parce que Diop, amoureux, lui échappe? Tous deux sont friands de chair fraîche, cela n'a jamais posé de problème. Mais, cette fois elle va devoir se battre pour le garder. Par son comportement de flambeuse, Oulimata lui a donné des espérances, il doit être complètement perdu. En ce qui concerne Khadir et Taylor, un déluge de dollars peut se transformer en tornade tropicale et les engloutir. Et puis, il y a le Centre. Qui sont ces gens qui les provoquent sans avoir l'air d'y toucher? Qui les commandite? Notre destin dépend de la manière dont ils régleront leurs différends et apprécieront nos faits et gestes. Il nous revient de les faire douter d'eux-mêmes. Khadir et Taylor sont leur maillon faible. Ils sont aux abois. Ils vont donc agir. À nous de les devancer.

Il n'en dit pas plus car Oulimata s'impatiente.

— L'assaut final contre Brebart, s'il-te-plaît, Fabrice. J'en ai marre des Diop et compagnie.

— J'ai donc démissionné et écrit *Lafcadio B.* Le titre était un hommage à Gide qui avait sondé les caves du Vatican. Je sondais celles du pouvoir. Je résume pour Oulimata puisque Julia l'a lu. À Djema, au Gabon, une succession anormale de décès intrigue une infirmière belge. Elle se confie à son amant, un diplomate français. Au péril de leur vie, ils remontent la filière jusqu'à une société pharmaceutique, la Biopharm. Son P-DG est le frère du ministre de la Santé. Tout y est. L'épidémie provoquée, le médicament miracle, l'élimination des gêneurs, avec en annexe les documents les plus significatifs remis par Dumesnil à son maître-chanteur, qui ne laissent planer aucun doute sur l'ampleur d'une entreprise satanique. Sur le point d'être arrêté, le ministre se suicide.

Quand mon éditeur prend connaissance de l'argument du roman, il tombe des nues.

— Tu as tout inventé?

— Même les points virgules sont authentiques.

Il bondit de son siège. Il est tellement fébrile qu'il renverse un vase de Sèvres. Aussitôt, il fignole un contrat en or massif et me verse un à-valoir de cent mille francs. Mes droits d'auteur augmenteront de 5 % à chaque nouveau tirage. Nous signons. Nous trinquons. La journée se termine à La Tour d'Argent.

Julia manifeste sa réprobation.

— Pas un mot, pas un sou à Mireille. Combien as-tu gagné?

Fabrice est embarrassé. À l'époque, il avait déjà oublié Mireille.

— Plus ou moins cent millions de francs.

Oulimata s'emporte à son tour. Fabrice lève les mains en signe de reddition.

— Dès mon arrivée au Sénégal, j'ai versé vingt millions à Mireille et le solde sert désormais les intérêts du Centre. Les vingt millions me sont revenus. Renseignements pris, en 1980, sa voiture a plongé dans un ravin. Les freins avaient été sabotés. On n'a jamais arrêté les auteurs. Elle aimait vivre dangereusement.

La fin tragique de Mireille les interpelle. Un très long moment, ils demeurent en eux-mêmes. Julia s'interroge sur l'issue de ce drame dont ils sont les protagonistes. Elle prend des notes. Primesautière et grave, Oulimata contemple le ciel étoilé. Quant à Fabrice, depuis un certain dimanche, il n'a pas de quoi rire. Au vu de sa propre expérience, il se persuade qu'il y a quelque part, ici-bas, là-haut ou ailleurs, un chemin, sans doute très étroit, mais réel par où ils gagneront l'air libre. Questionnement, inquiétude, espérance, doute: la démarche très humaine des aventuriers de la quête de sens.

Fabrice éteint sa pipe. Julia ferme son carnet. Oulimata va chercher une bouteille de Monbazillac et trois verres.

— Je suis un criminel, murmure Fabrice.

— Tu fus surtout un grand inconscient égoïste et narcissique, dit Oulimata d'une voix douce en lui caressant les cheveux. Continue. Dans ta situation, le silence est intolérable. Parler soulage.

Il poursuit d'une voix altérée.

— Tu as raison, Oulimata. Quand on vide son sac, il est préférable de le vider complètement... Fabriqué dans le plus grand secret, *Lafcadio B* parut en février 1978 et provoqua un séisme. Immédiatement identifié, Brebart se défendit bec et ongles : « Un tissu de mensonges inventé par un ex-collaborateur, licencié pour faute professionnelle grave. » Son système de défense ne tenait pas la route. Les preuves étaient accablantes, sans compter les témoignages de ceux qui chargèrent les frères Brebart pour essayer de se disculper eux-mêmes. Qu'un élu de la Nation se soit conduit comme un émule du sinistre docteur Mengele dépassait l'entendement. Un juge me convoqua. Pourquoi ne pas avoir dénoncé les pratiques de Brebart sitôt en possession des preuves? Afin de l'empêcher d'étouffer l'affaire. En la romançant, je prévenais toute manœuvre dilatoire. Il ne me donna pas tort.

Le visage d'Oulimata se crispe. Elle se maîtrise tout en ne pouvant s'abstenir d'un commentaire.

— Trois mois, tu as dit. Trois mois au cours desquels des pauvres gens continuaient de mourir afin que tu deviennes un héros et amasses un pont d'or. As-tu songé, ne fût-ce qu'une seconde, au nombre de morts dont tu es comptable devant Allah?

Oulimata lui ouvre les yeux. Un salaud, obsédé par la gloire littéraire a eu la peau d'un autre salaud exerçant le pouvoir à son profit. L'un comme l'autre méritaient l'échafaud.

— Trois cent cinquante-huit décès furent enregistrés pendant cette période. Personne ne me les a attribués.

Pour démasquer Brebart et sa bande, il fallait finasser. Les dommages collatéraux étaient inévitables. J'étais le sauveur. Même les grands de ce monde m'ont rendu hommage. Giscard m'a décoré de la légion d'honneur. Il l'a fait avec d'autant plus de faste que certains quotidiens de gauche n'hésitaient pas à le mouiller. Quant à la famille, après une valse hésitation, elle s'est ralliée à l'opinion générale qui estimait ma conduite exemplaire.

— Yolande retrouva des couleurs. Elle espérait que mon statut de *héros national* accélérerait la procédure d'adoption. Je pris l'initiative de solliciter un entretien avec la personne qui avait notre dossier en charge. Très honorée d'être en présence du célèbre Fabrice Monclar, elle était encline à nous accorder un passe-droit. Je l'en dissuadai. J'avais effectivement accepté le principe de l'adoption par amour pour mon épouse à un moment où sa santé psychique chancelait. Elle chancelait toujours. Elle ne serait pas une bonne mère parce qu'elle voulait cet enfant pour elle. Cependant, il serait momentanément préférable de ne pas rejeter notre demande et lui laisser une lueur d'espoir. Un refus serait mal vécu. Mon interlocutrice approuva mon initiative. Libéré de la politique, dépêtré d'une paternité non souhaitée, au pinacle, je vivais sur un petit nuage.

Oulimata se redresse.

— C'est insupportable. Tu trompes cette pauvre femme et tu joues les héros.

Le regard dans le vague. Fabrice demeure immobile. Il encaisse le coup. Julia a pitié de lui et l'embrasse sur le front. Oulimata s'excuse une fois de plus. Elle reconnaît qu'elle vit cette histoire avec une telle intensité qu'elle confond le passé et le présent.

— Veux-tu que je passe la nuit avec toi?

— Merci, chère Oulimata. Tu m'as ouvert les yeux. Je boirai encore un coup et je dormirai.

— Que devinrent les accusés? s'enquiert Julia.

— Il n'y eut pas de procès pour Brebart. Il s'évada quelques jours après son incarcération. Son corps sans vie fut découvert dans un entrepôt désaffecté. Les médias ont supposé qu'on l'avait « évadé » et « suicidé ». Le procès a duré deux mois et demi. Un long déballage d'ignominies. Claude Brebart, douze cadres supérieurs dont Dumesnil et neuf chercheurs furent condamnés à la perpétuité. Les autres encoururent des peines diverses.

Fabrice se lève et regagne sa chambre. Oulimata lui a porté l'estocade: lui aussi, d'une autre manière, était un assassin. Avant de refermer sa porte, les deux femmes lui reconnaissent une certaine grandeur d'âme pour avoir exprimé l'inavouable à voix haute et enduré stoïquement l'humiliation d'une confession infâmante. Fabrice ne peut s'empêcher de murmurer entre ses dents: « Elles n'ont encore rien entendu ».

— Ne va pas encore dormir. Viens, allons prendre l'air, dit Julia en lui donnant le bras gauche pendant qu'Oulimata lui prend le droit.

Les gardes n'en croient pas leurs yeux au passage de ce trio enlacé.

*

Lundi 8 janvier

Abou a encore recruté des jeunes en révolte contre cette société injuste où une poignée de forts écrase la masse des faibles. Déguisés en mendiants, ils forment un cordon sanitaire autour du Centre. Ils observent, enregistrent, transmettent leurs informations. Plusieurs racketeurs d'élèves, des dealers ont été dépouillés de leur recette quotidienne et tabassés par « des inconnus ». Pour le colonel

Demba, cette effervescence est du pain béni. Il profite des dissensions internes à la mafia pour procéder à des arrestations, extorquer des informations et liquider des membres de ce qu'on appelle en Sicile « l'honorable société » en arguant qu'ils ont été trahis par des repentis. Plusieurs crimes lui ont permis des descentes dans des endroits jusque-là inaccessibles parce que les forces de l'ordre arrivaient toujours trop tard. Un coup de téléphone les avait précédés et les voyous s'étaient envolés. Ismaïl Diop, Amasova et son second Kirov ont disparu. Cette conjoncture est favorable aux projets de Khadir et de Taylor, alléchés par l'offre de Fabrice qui leur permettrait d'émigrer sous des cieux plus cléments. Quant à Li Pen, c'est un mystère. Il semble être partout et nulle part. Une récompense de dix mille dollars est promise à qui permettra de le localiser, mais, bien sûr, jusqu'à ce jour, personne ne s'est risqué à un jeu perdu d'avance.

*

Mardi 9 janvier

Les médias annoncent le décès inopiné de Cheik Amaury Ndao, l'homme qui a fait du PAD un des plus grands ports d'Afrique. Les éloges pleuvent. Son intégrité et sa modernité furent exemplaires. Les chaînes de télévision repassent en boucle d'anciennes interviews. L'opinion englobe dans ces panégyriques sa femme Maimouna, épouse modèle, qui le seconda dans sa tâche pendant plus de vingt ans. Son successeur est connu. Il s'agit de Salif Marone, son second depuis deux ans, dont la compétence n'est plus à démontrer.

Habib se claustre dans sa maison. Son propre sort l'indiffère, mais il tremble pour sa fille, pour tous ces braves gens qui l'entourent. Pour des raisons de sécurité, Oulimata est interdite de sortie. Fabrice amène régulièrement son père au Centre. Quand il est là, assis dans un fauteuil, il la regarde travailler. Ils ne se parlent guère, ils se contentent d'être l'un près de l'autre. Chez lui, dans la Medina, pour le distraire, ses voisins l'invitent à dîner, à regarder la télé, à jouer aux cartes. Ce jour de l'annonce de la mort de Ndao, personne n'a encore aperçu sa frêle silhouette. D'habitude, il fume sa pipe sur un banc devant sa maison. À 19 heures, l'inquiétude grandit. L'un de ses amis n'y tient plus. Il frappe à la porte. Il essaie de l'ouvrir. Elle est fermée de l'intérieur. Il frappe encore. N'obtenant pas de réponse, il l'enfonce d'un coup d'épaule. Le corps d'Habib est étendu sur le sol, baignant dans son sang. Le voisin donne l'alerte. Une heure plus tard, Habib est en salle d'op à Le Dantec. Prévenue, Oulimata exige qu'on la conduise à son chevet. Répartis en deux voitures, celle du Centre et celle du docteur, Fabrice, Julia, Charles Gallois et deux gardes l'accompagnent. Quand ils arrivent à l'hôpital, l'agitation qui règne à l'entrée n'augure rien de bon. Ils se précipitent à l'intérieur. Ce qu'il redoutait vient de se produire. Il est 21 heures 25. Oulimata est effondrée. Sa détresse est immense. Pendant que Julia et plusieurs infirmières tentent de la calmer, Solar, qui vient d'arriver, s'entretient avec Fabrice. Habib a été battu à mort à coup de manche de bêche. Les voisins veilleront sa dépouille. Un médecin veut administrer un tranquillisant à Oulimata. Il n'y parvient qu'avec l'aide d'un infirmier. Dès qu'elle dort, ils reprennent la route du Centre. Il est 23 heures. Julia passera la nuit avec elle. Fabrice s'installe sur la terrasse. Il essaie de reprendre ses esprits. Les derniers événements laissent présager des jours difficiles.

*

Mercredi 10 janvier

Aux alentours de deux heures du matin, Charles Gallois revient avec une bouteille de Fine Napoléon. Il se doute que Fabrice ne dort pas. Il remplit leurs verres. Fabrice fait cul sec. Il secoue la tête comme s'il avait reçu une gifle. Les mains tremblantes, il allume sa pipe. À ce moment, une voiture franchit l'enceinte. C'est Latif. Le directeur du Centre est un musulman observant. Il refuse le verre que le docteur lui offre.

Il ne faut pas être grand clerc pour identifier les suspects de la mort d'Habib : les oncles et Amasova ; les oncles pour avoir les mains libres s'ils traitent avec Fabrice, Amasova pour faire souffrir Oulimata. Par ailleurs, il est peu probable que Diop soit impliqué dans ce crime sordide. Latif est abattu. D'un ton amer, il rapporte son entretien avec le maire. Ils se connaissent depuis leur lointaine jeunesse lorsqu'ils fréquentaient l'École supérieure polytechnique de l'Université de Dakar. Babou Mbodjé a beaucoup changé. L'idéaliste de vingt ans s'est mué en animal politique, plus soucieux de sa réélection que du bien-être de ses administrés. Il maîtrise la situation tout en déplorant les limites de son pouvoir. Puis, il s'énerve, atermoie, se fâche. Que peut-il contre des fanatiques, des bandits, des pourris? Il se livre à un show destiné à dégager sa responsabilité. Latif a les larmes aux yeux. À quoi doit-on s'attendre si le premier magistrat de la ville ne prend pas ses responsabilités? Puis, ils se taisent. Latif rappelle que l'enterrement d'Habib aura lieu au cours de l'après-midi, à peu près en même temps que celui du Directeur du PAD. Ils ne peuvent empêcher Oulimata d'y assister. Lorsque Fabrice se lève, ses jambes se dérobent sous lui tellement il est fatigué. Charles Gallois l'emmène pour le refaire, comme il dit. Ce médecin hors normes travaille au Centre depuis plus de vingt-cinq ans. Il est notamment la providence des jeunes filles de Yallah, violées ou amoureuses, auxquelles avec l'aide de Fatima, son infirmière et sa compagne de toujours, il rend leur virginité par une reconstruction de l'hymen. Pour la crotte de bique qui sert de cerveau à un salafiste, il n'y a pas de femmes violées, ces « chiennes » sont toujours consentantes.

Vers 17 heures, après la toilette funéraire, Khadir, Taylor et deux voisins transportent sur une civière la dépouille d'Habib Boye et la déposent près de la tombe, en présence d'Oulimata soutenue par tous ses amis et amies du Centre. Diop s'est faufilé jusqu'à elle. Il veut lui prendre la main. Elle la retire. De nombreux élèves sont présents. L'imam prononce la prière funéraire : « Au nom d'Allah et sur la voie du Messager d'Allah – paix et bénédiction sur lui –, c'est de la Terre que nous vous avons créés et en elle nous vous retournerons et d'elle nous vous ferons sortir une fois encore. » Chacun prend trois poignées de terre et les jette dans la tombe. Une fois celle-ci recouverte, d'autres prières demandent à Allah de bien accueillir le défunt. On procède ensuite à l'inhumation, en pleine terre. Diop a perdu Oulimata de vue. Il l'aperçoit à l'entrée du cimetière entourée de plusieurs proches. Elle a un mot pour chacun et en particulier pour les voisins de son père qui lui ont régulièrement apporté leur aide. Diop essaie de l'approcher. Elle le repère du coin de l'œil. Elle rejoint Fabrice qui l'attend au volant de la voiture du Centre. Il démarre.

Elle a changé depuis hier, depuis qu'elle a pleuré toutes les larmes de son corps. Aujourd'hui, elle s'est reprise, elle affiche sa détermination. Après un repas frugal, Julia essaie de lui faire avaler une des pilules de Charles Gallois. Elle la jette au sol. Sa voix est ferme.

— Il faut faire le point, dit-elle.

— Nous pouvons venger Habib en remettant la lettre du Cheik à Demba, dit Julia, la mort dans l'âme.

« La mort dans l'âme » parce que cette lettre est le scoop absolu pour une journaliste comme elle.

— Ce ne serait pas une bonne idée, dit Oulimata. Avec ce document, nous pratiquons le chantage. Le moment venu, nous envoyons une photocopie à Diop et nous posons nos conditions pour lui remettre l'original dont nous aurons préalablement transmis une copie à Solar Demba.

— Je partage ton avis, Oulimata. Lorsque ce sera opportun, Julia révélera le « vol » du port.

Ils tombent d'accord sur la stratégie à suivre.

— Nous connaissons maintenant le lourd secret de la mafia, soutenue par les salafistes, mentionne Fabrice. Si cela venait à se savoir, je ne donnerais pas cher de notre peau.

Oulimata montre des signes de lassitude.

— Demain, nous aviserons sur la manière de punir les porcs qui ont tué mon père. Ce soir, Fabrice, je voudrais que tu m'enseignes, toi qui viens de si loin: tu fus mauvais, tu es bon aujourd'hui. L'homme est une étrange machine. Jusqu'à la dernière seconde de son existence, juste avant son dernier souffle, l'espoir demeure que rien n'est fini. Quand il meurt, s'il a vécu comme mon père bien-aimé, comment admettre qu'il se volatilise?

— Je n'en sais pas plus que toi. Toi aussi tu m'enseignes.

Elle change de sujet.

— Ramata m'a dit tout à l'heure qu'elle nous avait préparé un festin, mais auparavant je vous lis une lettre de Diop qu'un de nos élèves m'a remise ce matin et qui pour une fois n'est pas uniquement le sirop d'un adorateur.

> Très chère Oulimata,
>
> Hier, je n'ai pu m'approcher de vous. Je n'ai pas eu l'occasion de vous présenter mes sincères condoléances. D'autant plus sincères que je ne suis pour rien dans le meurtre de votre père, un homme apprécié et

aimé par tous ceux qui le connaissaient. J'imagine votre douleur et je compatis. Afin de vous prouver mon attachement, je vous dirai ce que je sais. Cette nuit, j'ai eu une violente altercation à votre propos avec Irina Amasova. J'ai reçu aujourd'hui la visite d'un lieutenant des Forces Spéciales. J'ai procédé à un interrogatoire serré du personnel des Almadies. Tout concorde. La tentative d'assassinat de cette nuit contre votre personne ainsi que le meurtre de votre père ont été commandités par Amasova que j'ai chassée de chez moi. J'aurais dû avoir le courage de l'étrangler. Méfiez-vous d'elle, chère Oulimata. Elle vous hait. Je suis de cœur avec vous.

Ismaïl Diop

Fabrice relit la lettre.

— Il doit être encore plus amoureux que je le pense, car jamais un membre de mafia, a fortiori un chef, ne dénoncerait le crime d'un membre proche et n'affirmerait regretter de ne pas l'avoir étranglé.

— Je la poursuivrai jusqu'au bout du monde pour lui régler son compte.

Julia sent la tension. Elle téléphone à Ramata pour lui dire qu'ils sont prêts à dîner. Ils se rendent au réfectoire pour ne pas obliger la cuisinière à faire plusieurs navettes entre la cuisine et l'hôtellerie. Avant le repas, Fabrice porte un toast en l'honneur d'Habib, qui a trouvé son repos. Il cite le Coran : « Aux jardins d'Éden, les croyants entreront ». Ramata leur sert un mets au fumet délicieux, un dem à la Saint-Louisienne : du mulet farci d'une purée composée de piments, d'ail, de persil, de mie de pain, de tomates cuit en cocotte avec des pommes de terre et des oignons. Ils arrosent ce délice avec du muscadet. De quoi se donner du moral. Oulimata est musulmane, donc interdite de boissons alcoolisées, cependant quand elle s'y met, elle a une fameuse descente. Fabrice se coiffe de son stetson.

« Nous sommes à Paris pendant l'été 78. En dépit de l'insistance de Yolande, je n'accompagne pas la famille en Espagne. Je déteste les corridas, le boucan et la chaleur. Casanier par nature, c'est chez moi que je me sens le mieux. Un après-midi, taraudé par le besoin de tirer un coup...

— De faire l'amour, espèce de satyre, rectifie Julia.

— Le satyre se rend à Pigalle. Il jette son dévolu sur une négresse...

— Une noire, espèce de raciste, enrage Oulimata.

— Ma noire exige deux mille balles. Vingt minutes plus tard, je me retrouve dans la rue avec l'impression d'avoir chevauché un automate. Elle ne s'était même pas fendue d'un soupir pour me faire croire que je lui donnais du plaisir. Je descends l'escalier du métro. Je heurte une personne qui en sort. Je bredouille une vague excuse. Un brouillard épais m'enveloppe. Je ne vois plus rien. Je parviens jusqu'à la rampe, m'y accroche et, avec l'aide d'un passant, je gagne une station de taxis.

Aux urgences des Quinze-Vingt, le verdict est rapide : glaucome primitif à angle ouvert. Pour conjurer le risque de cécité, l'opération est urgente, décrète Theodora Lanfranco, l'ophtalmologue qui m'a examiné. Theodora ! La seule femme pour laquelle j'ai éprouvé autre chose qu'un trouble génésique. La seule femme qui m'a fait souffrir. Celle qui a vengé toutes les autres. J'évoque son nom d'impératrice. Elle m'apparaît. Je vois sa crinière noire... Marrez-vous, coquines. Bon ! Vous n'en voulez pas. J'abrège. Elle est grande, svelte, belle, une croupe de déesse, l'Aphrodite de Phidias.

Les rires redoublent. Oulimata se lève, tourne sur elle-même.

— Et moi la Vénus de Milo.

— Les ailes en plus, ma chérie. Le lendemain matin, je passe sur le billard. Réveil dans le noir complet. Grosse panique. Une voix féminine me rassure. Tout s'est bien passé. Un pansement couvre mes yeux. Dans quelques jours, j'y verrai mieux qu'avant. Par chance, j'ai été opéré par une des meilleures spécialistes de ce genre d'affection. Patience ! Je n'ai aucune patience. Immobilité ! Je ne tiens pas en place pour peu qu'on m'interdise de bouger. Bruit de porte. « Comment vous sentez-vous ? » Je reconnais le timbre métallique de ma doctoresse. Dès notre premier contact, sa froideur m'a frappé. Aucun intérêt pour ma personne. Que je sois un écrivain célèbre, que j'aie révélé l'affaire Brebart l'indiffèrent. Comment je me sens ? La sotte question. Mal évidemment.

« Comme un poisson dans l'eau. » En écho à ma facétie, une femme normale eût éclaté de rire. Elle ne bronche pas. Elle prend mon pouls, vérifie ma tension, ôte le pansement, procède à des examens tactiles. J'entrevois une ombre penchée sur moi. Elle me plonge à nouveau dans le noir. « Tout est en ordre, monsieur Monclar. Passez une bonne après-midi. » Je reste comme deux ronds de flan. C'est un robot, cette femme. Elle doit quand même savoir que la privation de la vue génère une forte angoisse. En revanche, sa visite expéditive témoigne de la réussite de l'opération. À quoi vais-je consacrer mon temps ? *Ceci n'est pas un roman* est toujours en rade. Je me remémore la trame : l'auteur persécuté par son personnage, le diablotin Barbatos. Pourquoi ne pas y travailler mentalement ? Je sonne Lison, l'infirmière de jour. Je lui demande du papier et un feutre. Je noterai à l'aveuglette les idées qui me viennent. Une fois de plus, Barbatos anesthésie mon imagination. Il se conduit avec moi comme avec l'auteur du roman. Il transforme ma grosse tête en citrouille creuse. Le temps passe. Toutes mes tentatives pour dégeler Theodora tombent à faux. Bernard m'apporte un ballotin de pralines belges dont il me sait friand. En réalité, sa visite est intéressée. Où en suis-je avec mon prochain bouquin? Le succès phénoménal de *Lafcadio B.* en appelle d'autres à condition de ne pas dormir sur ses lauriers. Pour le rassurer, je lui dis que j'ai *un bon sujet,* qu'il est sur la chaîne de montage, mais qu'il faudra encore un peu de temps pour l'assembler : « Un romancier a besoin de personnages. Que l'un d'eux fasse sécession et son histoire tourne en eau de boudin ». Jusqu'au dernier soir, Theodora demeure égale à elle-même. Demain, j'y verrai à nouveau. Après m'avoir annoncé la bonne nouvelle, elle s'assied sur le rebord de mon lit. Comme tout le monde, elle n'a apprécié que le premier de mes romans. Elle me confond sans concession.

— Ni chair, ni poisson, monsieur Monclar. Un opportuniste. Dans un livre, vous êtes apparemment croyant ; apparemment parce que, même sans être théologien, on s'aperçoit après cinq pages que vous traitez un sujet qui vous dépasse. Vous avez étudié la chimie?

— Euh ! Non pas vraiment.

— Vous êtes ignare en chimie, mais vous prétendez écrire un article sur les polymères ; c'est exactement la même chose.

Je n'ose lui demander de quoi il s'agit.

— Dans un autre, vous êtes cynique. Là, vous êtes vous-même. En vérité, vous ne songez qu'à sauter les femmes qui vous plaisent. Vous n'entendez goutte ni à l'amour, ni à la solidarité, ni au spirituel. Tantôt de gauche, tantôt de droite, tantôt de rien. Je pencherais pour le rien. Une outre vide. Un organique en quête de truffes.

Oulimata jubile.

— Quelle maestria ! Quelle perspicacité ! J'aimerais faire sa connaissance pour la féliciter. Descendu en plein vol, le

Monclar. Il voit normalement, mais il vit dans des ténèbres intérieures : glaucome de l'âme !

Rien à dire pour ma défense. C'est le flagrant délit. Cependant, je refuse de mourir sans tirer une dernière salve.

— Vous êtes en position de force. Vous me jugez du haut de votre statut de chirurgienne. Je ne lis pas dans votre regard. Vous sauter ? Où est le mal ? Là n'est pas l'essentiel. Vous êtes frigide. Votre profession est une armure. Vous crevez d'orgueil, habituée à commander et à être obéie. Brillante ophtalmo, vous avez manqué tout le reste. J'accepte ma défaite. Je suis ce que vous avez dit. Je me préfère en larve qu'en monarque, en ver de terre qu'en goéland. Voulez-vous savoir ce qui nous différencie ? Vous êtes morte, je suis vivant et je vous dis « merde », madame Lanfranco.

Un long silence succède à ces rares minutes de vérité où deux êtres humains se parlent sans feindre. Je pense que cela ne m'est arrivé qu'une seule fois. Sa réaction est surprenante. Elle pose ses lèvres sur mon front et quitte la chambre. Nous nous revîmes deux fois à l'hôpital lors de visites de routine. Ce fut tout.

— Tu crois l'avoir aimée ? demande Julia d'une voix douce.

— Je l'ai aimée sans savoir ce qu'était l'amour. Je l'ai su *a contrario*. Une certaine manière d'exécrer quelqu'un est le signe d'un grand amour Avec les autres, je tournais la page. J'ai compris plus tard que la frontière entre la haine et l'amour est invisible. On la franchit sans s'en rendre compte. Je lui ai déclaré la guerre. Je l'ai perdue. Elle me collait à l'âme.

Julia lui prend la main.

— C'est ce que tu as eu de meilleur : une étincelle, au départ, qui t'a embrasé jusqu'à te réformer complètement.

Il est 21 heures 20. Si le récit de Fabrice les délasse, les journées sont éprouvantes. Avant de regagner son lit, Oulimata lui demande ce qu'elle répond à Diop.

— Tu ne réponds pas. Il imaginera que tu ne le crois pas. Ton silence attisera sa haine contre Amasova. Ce genre de type, habitué à obtenir tout ce qu'il veut, ne pardonnera pas à sa maîtresse de t'avoir écartée de lui.

*

Jeudi 11 janvier

Latif a réuni tout le monde au réfectoire.

— Mes amis, leur dit-il, depuis quelque temps se produisent des incidents de plus en plus graves qui visent plusieurs membres de notre communauté. Nous avons le soutien du colonel Solar Demba, le patron des Services Spéciaux…

Il s'interrompt. Une longue limousine blanche entre dans la cour. Elle se gare devant le bureau du directeur. Le chauffeur se précipite pour ouvrir la portière arrière. C'est une Cadillac et le gugusse en costard noir et lunettes solaires qui en sort est Ismaïl Diop.

Latif demande à Omar Kitané, le professeur d'éducation physique, de le remplacer. Dès qu'il aperçoit le directeur, Diop se précipite vers lui, puis vers Fabrice qui le suit.

— Veuillez excuser mon intrusion alors que vous êtes avec vos élèves, mais Julia Grangier a accepté de m'interviewer pour son journal.

Fabrice appelle un élève qui va chercher Julia. Cinq minutes plus tard, l'interview, à laquelle Fabrice assiste, peut commencer dans le parloir prévu pour les rencontres avec les parents. Une atmosphère surréaliste règne dans l'école. Latif a renoncé à poursuivre sa communication. Les élèves, surexcités, entourent la Cadillac. Très diplomatiquement, le chauffeur fait un tour dans la cour avec une dizaine d'entre eux, puis avec dix autres et ainsi de suite.

Fabrice pose la première question.

Monsieur Diop, c'est très courageux de votre part de venir sans protection à Yallah alors que certains vous accusent du meurtre d'Habib Boye, le père de la secrétaire de notre directeur. Que leur répondez-vous ?

Je ne serais pas ici si j'étais coupable. Je déplore la mort d'un homme de bien.

Parlez-nous de Cheik Amaury Ndao, demande Julia.

Un homme irremplaçable qui a contribué à faire du Sénégal un pays moderne dont la prospérité future ne fait aucun doute.

On le disait bien portant. Quelle est la cause de sa mort ?

Un homme surmené est toujours à la merci d'un accident cérébral.

Que pensez-vous de son successeur ?

Je ne le connais guère. Je ne puis donc en dire davantage que ce qu'en rapportent les médias. Il semble, en tout cas, qu'il a été bien formé puisqu'il était déjà le second de Cheik Amaury Ndao.

Comment s'est passée votre enfance ?

Je suis né il y a trente-cinq ans dans un bidonville de Dakar. Ma famille était pauvre. Un père assassiné pour une stupide querelle de voisinage. Une mère courageuse élevant seule ses dix enfants. Bon élève à l'école, j'excellais en mathématiques et en sciences. J'avais dix-huit ans lorsque ma mère dut emprunter une grosse somme d'argent à un taux usuraire. Notre maison natale lui appartenait, mais un promoteur la voulait parce sans elle il ne pouvait construire son hypermarché. Menaces, intimidations, chantage furent notre pain quotidien pendant des semaines jusqu'à ce qu'elle cède. Cette injustice détermina mon avenir. Quand je me rendis compte que la police et la municipalité ne feraient rien, j'éliminai le promoteur qui s'avéra

être un membre important de La Triade. Comme j'étais un brillant sujet, Li Pen me laissa la vie sauve à condition de collaborer avec lui. J'acceptai.
C'est ainsi que vous êtes devenu ce qu'on appelle un mafioso ?
Mon but initial était de défendre ma famille. Je reconnais mon appartenance à la mafia dont je serai bientôt la « Tête de dragon ». L'état de santé de Li Pen se détériore et c'est bien regrettable parce que ce disciple de Confucius était animé par le grand dessein d'améliorer la société. Je compte d'ailleurs poursuivre dans la même voie.
Ismaïl Diop, cette appartenance à la mafia, que vous reconnaissez, le futur rôle qui vous est dévolu fait de vous un criminel et non un bienfaiteur de l'humanité ainsi que vous le prétendez. Vous avez commandité des meurtres, participé à des enlèvements, vous vous êtes livré au trafic de stupéfiants, d'armes, d'êtres humains, aujourd'hui vous en êtes aux organes humains, à l'uranium et aux virus informatiques. À vous entendre, il y aurait une énorme contradiction entre vos intentions, dont vous venez de nous faire part, et vos actes. Vous n'avez jamais de scrupules de conscience ?
Pour l'heure, j'obéis à Li Pen. S'il m'ordonne de faire ceci ou cela, c'est qu'il a ses raisons.
C'était l'argument des criminels nazis au tribunal de Nurenberg. Hitler était le chef. Désobéir entraînait la mort, intervient Fabrice.
Je reconnais un écart entre la philosophie de Li Pen et sa conduite. Il n'en a plus pour longtemps. Je vais réparer le mal qu'il a fait. J'ai rencontré une femme qui m'a bouleversé. Je veux désormais œuvrer à l'avenir du Sénégal.
Vous n'avez pas répondu à la question de Fabrice, reprend Julia. **Mais peu importe. Si je vous comprends bien la mafia va devenir un parti politique ou une association caritative. Pensez-vous que vous serez suivis par un**

grand nombre de truands pour lesquels seuls comptent l'argent et le plaisir ?
Le changement des mentalités ne se fera pas en un jour, je vous le concède. Je procéderai à une restructuration.
La mafia embauche ? l'interrompt Fabrice.
Pourquoi pas, monsieur Monclar. Il suffira d'une autre appellation et l'honorable société redeviendra fréquentable.
Je laisse votre réponse à l'appréciation de nos lecteurs et de vos amis. Venons-en aux salafistes que vous aidez, par la fourniture d'armes notamment, à réaliser leurs projets insensés d'une planète islamiste, dit Julia.
Il est exact que certains membres influents de La Triade confondent leur intérêt personnel avec celui de l'organisation. J'en connais qui soutiennent et financent les salafistes. Ils sont sur ma liste noire et ne tarderont pas à payer leur trahison. Quant aux salafistes, je ne cesse de dénoncer leur conception de l'islam qui, si elle finissait par s'imposer, à long terme, serait une catastrophe pour l'humanité. Ce n'est pas l'avis d'Irina Amasova, qui non seulement encourage leur folie, mais les fournit notamment en armes chimiques de destruction massive.
L'accusation est grave. Comment se fait-il qu'Irina Amasova ne soit pas encore sous les verrous ?
Parce qu'elle a des protections haut placées et que les projets des salafistes, soutenus par l'Arabie Saoudite et le Qatar, plaisent à un grand nombre de musulmans qui ne pardonnent pas aux Occidentaux la manière dont ils ont été traités et dont leurs pays ont été exploités.
Vous les approuvez ?
Je combats la démence de leur projet. J'admets m'être écarté du droit chemin parce que je ne pouvais agir autrement, mais jamais je ne vendrais des armes à une engeance qui devrait être éradiquée de la surface de la Terre. C'est pourquoi je n'ai pas hésité à dénoncer Irina Amasova, Boris Kirov et tous ceux qui prennent le parti de ces tarés.

L'interview se poursuit encore pendant une demi-heure. Puis, Diop se laisse photographier et distribue de l'argent aux jeunes. Il s'en va déçu de ne pas avoir vu Oulimata. Quand il a demandé à lui parler, il lui a été répondu qu'elle était indisponible. Il a laissé pour elle un énorme bouquet de roses rouges. Après son départ, Oulimata surgit. Latif lui remet le bouquet qu'elle piétine rageusement.

— Vous auriez dû abattre ce chacal. Quels mensonges a-t-il débité ?

Latif a renvoyé les élèves. Prévenu par téléphone, Charles Gallois les rejoint. Julia leur fait écouter l'interview d'où il ressort que les mafias remplacent des gouvernements déficients, luttent contre les extrémistes, maintiennent l'ordre et sont le ciment d'une vie sociale. Quant à lui, Ismaïl Diop, il se targue d'être un bienfaiteur de l'humanité, régulièrement incompris par des médias mal informés ou mal intentionnés. Quand Fabrice lui a posé la question de la possibilité de vendre une fille, Diop l'a éludée par une pirouette significative.

Folle de rage devant tant de mauvaise foi, Oulimata demande à Julia si elle va publier ce tissu de mensonges qui ressemble aux déclarations d'un politicien.

— Évidemment, avec un commentaire approprié. Béa l'aura dès ce soir. Quand les Sénégalais liront ça, ils se poseront beaucoup de questions.

— Et Amasova ? s'enquiert Charles Gallois.

— Je ne donnerais pas cher de sa peau. Il invite littéralement le peuple à la lyncher.

— Il a quand même pris un énorme risque en faisant de Li Pen un philosophe criminel et en mentant sur son état de santé. Aux dernières nouvelles, il se porte comme un charme. C'est culotté de déclarer que l'heure est proche où lui, Diop, le remplacera. C'est quasiment annoncer son assassinat. Li Pen a-t-il un secret dont Diop est l'artisan ? Mais pour l'heure, il n'a qu'un souci : convoler avec Oulimata. Il se fout complètement du reste.

Le soir venu, Julia a terminé son article et l'a expédié à Bruxelles sur son agenda électronique. Elle a envoyé un exemplaire à Solar Demba et à Charles Gallois. Fabrice l'a lu à Abou, Moktar et Diowé. Il sera demain sur Internet. S'il disparaît, il sera répandu parmi la population en version papier.

Après le repas, Oulimata, lovée sur son lit, a sa tête des mauvais jours.

— J'en ai marre. Qu'ils aillent tous se faire pendre. Tu en étais à la fin de ta non-idylle avec Theodora. Au fond, tu étais un émule de Diop. On te résiste, tu mords. C'est ce qui va se produire, n'est-ce pas ? Tu ne réponds pas parce que tu l'as fait et que tu t'es cassé les dents. On boit un coup, nous revêtons nos scaphandres et nous descendons dans l'abîme de tes souvenirs.

« Je ne sais plus dans quelles circonstances a jailli l'idée qui m'a permis d'en finir avec *Ceci n'est pas un roman*. L'auteur, incapable d'écrire, trouve un nègre que Barbatos ne perturbe pas. De cette manière, j'opérais la transition entre les deux styles, l'un foisonnant et débridé, l'autre classique et mesuré. En mai 1979, il était sur le bureau de Bernard. Les critiques ont apprécié le thème de ce roman. Certains excités y ont même vu l'amorce du déclin de l'auteur au profit du personnage. Dans la mesure où le personnage déconstruit l'intrigue imaginée par l'auteur, je serais l'inventeur d'un *Nouveau Nouveau roman*. Je me suis tenu à l'écart de cette polémique typiquement parisienne. J'étais déjà ailleurs. Un moment, j'avais cru être débarrassé de l'obsédante Theodora, mais elle m'habitait toujours. Tout mon être était *un château hanté*. Elle était dans mes pensées, dans mes rêves, dans mes jours, dans mes nuits. Rien d'autre ne comptait. Pour l'avoir expérimenté, si Diop est dans le même état, il accumulera les bévues. Un exorcisme romanesque chasserait-il ce succube? Ce ne serait pas un remake du lamentable *Grand Canal*. La situation n'était pas la même. Ma relation avec Elmire tenait de la frénésie sexuelle. Je l'avais quittée sans me retourner. En revanche, ma passion pour Theodora était exclusive, *un seul être nous manque*, et j'étais dépeuplé. Le trou dans l'âme s'élargissait. Ce fut *Belle comme l'enfer*. Un fiasco magistral.

Oulimata est prise d'un fou rire.

— C'est toujours la même chose. Toujours des gonzesses comme si il n'y avait qu'elles dans la vie. Tu ne pouvais pas faire autre chose? Te trouver un hobby sans poupées gonflables. Raconter le vol du disque dur contenant la liste de tous les agents du Mossad.

Julia pouffe.

— C'est quand même vrai, Fabrice. Les chapitres de ta biographie sont presque tous des prénoms féminins dont l'un chasse l'autre.

Julia et Oulimata sont éméchées. La gnole les déraisonne.

En les voyant pleurer, se tenir le ventre, hoqueter, le fou-rire étant communicatif, Fabrice est pris d'une quinte de toux au point de manquer s'étouffer. Julia lui tape dans le dos. La scène est inénarrable.

— Tout à l'heure, je disais que tu aurais pu faire autre chose, mais il est évident que tu aurais été un grand auteur comique. Des salles se seraient écroulées sous les rires des spectateurs.

Oulimata remplit les verres.

— T'ai-je déjà dit, chère Oulimata, que ton vin de palme est franchement dégueulasse, fait Julia d'une voix hésitante.

— C'est dégueulasse, mais ça fait tourner la tête et oublier dans quel pétrin on est. Notre fin est peut-être proche. Le Mal est contre nous. Pas le mal pour rire comme dans les livres de Fabrice. Le vrai Mal, celui qui dévoie, celui qui dévore, celui qui tue.

Cette dernière réflexion jette un froid. Oui, songe Fabrice, on est dans un fameux pétrin. Julia fait diversion.

— Ton pauvre éditeur en a vendu combien?

— 2221 exemplaires en 1981. Le reste au pilon trois mois plus tard. Non content d'être grotesque, *Belle comme l'enfer* figure, en bonne place, au palmarès de mes scélératesses. Non seulement cette femme remarquable ne m'a jamais fait d'avances, mais elle m'a rendu la vue. À l'époque, j'espérais qu'elle crève les pneus de ma voiture, brise mes vitres, me fasse rosser par ses étudiants. Rien de tout cela.

Ce fameux dimanche, en pleine débâcle existentielle, la honte au front, le besoin de l'appeler s'impose comme une urgence. Elle est chez elle. Quand j'entends sa voix métallique, tout mon sang se retire de mon corps. Je me nomme. Je dois m'y reprendre à deux fois tellement je bafouille. Long silence. Je retiens mon souffle. Puis, elle éclate de rire, d'un vrai rire sain et joyeux. Nous conversons longtemps. *Belle comme l'enfer*? Personne n'en a eu connaissance ni à l'hôpital, ni à l'université. Elle l'a lu par hasard parce que Lison, une adepte de la collection Harlequin, le lui avait offert. Est-ce la proximité du Goncourt qui a déclenché ce besoin de me disculper? Je ne trouve pas les mots. Elle suggère que nous en restions là. Je pousse un cri rauque: « Par pitié, Theodora, ne partez pas encore! » Son prénom a jailli comme un appel au secours. Les dés sont jetés. Le gibier de potence lui dit tout, absolument tout. Les vies que j'ai brisées, les morts que j'ai sur la conscience, mon existence ratée, les tricheries, les mensonges et surtout Yolande que j'ai torturée moralement. Je parle une demi-heure sans qu'elle m'interrompe. Je suis en nage lorsque je me tais.

— Vous vous sentez mieux, Fabrice? Pourquoi m'avoir révélé des secrets que la majorité des humains emportent dans leur tombe?

— Je vous aime. Vous êtes ce que j'ai de meilleur. Ma triste histoire ne vous inspire aucun commentaire?

Sans faire allusion à ma déclaration d'amour, elle répond à ma question:

— Je ne retiens de vos confidences que votre métamorphose. Il y a une raison derrière chaque chose, Fabrice. Ne l'oubliez jamais. Je vous dis adieu et « merde » pour demain.

Le récepteur à la main, je reste figé sur place. Sa voix n'en finit pas de résonner en moi, de plus en plus faible, comme un écho qui s'éloigne. *Il y a une raison derrière chaque chose.* Ce n'est qu'aujourd'hui, deux ans plus tard, que je comprends ce qu'elle augurait.

Julia et Oulimata sont bouleversées. Fabrice passe outre à leur émotion.

— Après les quolibets, la vie familiale reprit son rythme de croisière. Le service d'aide à l'enfance signifia l'irrecevabilité de notre demande d'adoption. Yolande sombra dans une profonde dépression qui m'a laissé de marbre du moment que j'échappais définitivement à la présence d'un mouflet.

Oulimata s'est endormie dans les bras de Julia.

*

Vendredi 12 janvier

Lors de la première prière à la mosquée Seydou Nourou Tall que fréquentent les musulmans du Centre, un jeune imam à barbe noire, à l'évidence un salafiste, a remplacé le vieil imam que tous respectaient pour sa sagesse et sa tolérance. Les élèves sont revenus commotionnés par la violence de ses propos. Il avait commenté un verset du chapitre neuf du Coran : « Ceux qui pensent que l'islam est une religion d'amour comme d'autres se trompent lourdement et pèchent tant par ignorance que par naïveté. Il ne faut pas confondre convaincre et conquérir ». Latif, qui était présent, est consterné. Les élèves lui demandent la signification de ce texte. En clair, l'islam n'est pas une religion d'amour, mais de conquête. Il faut retourner aux sources et imiter Muhammad qui s'est imposé par la force. On est musulman ou non, si on ne l'est pas, on doit « être taillé en pièces... Jetez l'effroi dans leur cœur... Combattez les clients de Satan... Ils auront droit au breuvage brûlant de l'affreux tourment, aux abîmes de la mort... » C'est un piège. Si Latif relativise, il est en désaccord avec le Coran ; s'il approuve, il pousse ses élèves dans les bras des djihadistes. Il les exhorte à se remémorer les paroles de l'imam précédent, Ibn Abu Kathir : « Allah veut vous soulager car l'humain a été créé fragile ; une parole convenable et de l'indulgence sont meilleures qu'une aumône ; rien n'est caché pour Allah sur terre comme au ciel ; trouvé indigent ? Il te rend opulent ».

— Qui est à l'origine de cette nomination, Latif ? s'enquiert Fabrice.

— Cheik Abdul Sissoko, l'homme auquel Amasova fournit des armes pour sa guerre sainte.

— C'est très habile de la part de la mafia. Quand on sait l'influence des imams, on peut être certain que le salafiste va monter la tête à nos élèves, en faire des « Limane ». Ils seront nos mines antipersonnel. Tu me permets d'agir ?

— Agis pour le bien de notre communauté.

Fabrice convoque Abou, encore sous le choc de ce qu'il a entendu à la mosquée.

— Que penses-tu du nouvel imam ?

C'est la première fois que Fabrice le sent qui hésite. Un imam est sacré. Sa parole est sacrée parce qu'il est le représentant d'Allah et de son Prophète. Fabrice lui explique la manœuvre d'Amasova : intoxiquer le Centre, le convertir en école coranique et transformer les élèves en djihadistes. Il lui demande ce qu'il en pense. Les yeux d'Abou sont humides, il aimait beaucoup Abu Kathir.

— Tu crois qu'ils l'ont tué, papa ?

— J'en suis même certain. Ce salafiste est au service de la mafia. Si vous l'écoutez, il vous endoctrinera ; vous nous effacerez, Julia, le docteur Gallois et moi qui sommes des infidèles, vous remplacerez Latif, qui n'est pas un pur.

Abou est partagé. Les religieux sont intouchables. Il met plusieurs minutes avant de réaliser les appréhensions de Fabrice. Un grand calme l'envahit.

— Je te fais confiance, papa. Il ne sévira plus.

Fabrice aperçoit Oulimata qui se dirige vers lui, elle aussi très perturbée par les propos incendiaires du nouveau venu. Elle devine que Fabrice et Abou concoctent un plan pour se débarrasser du va-t-en-guerre. Quand ils se séparent, Fabrice l'invite chez lui.

— Je suppose que vous allez museler cet assassin.

— Sois tranquille, Oulimata. Il n'arrivera pas jusqu'à toi. Nous le traiterons de telle manière que son successeur y regardera à deux fois avant de lancer ses bombes dans les cœurs et les esprits.

Sur ces entrefaites, arrive Julia qu'Oulimata informe de la tactique d'Amasova, mais, ajoute-t-elle, nous les prendrons de court.

— Vous allez le tuer ?

— Comme il a tué notre bon imam.

Fabrice rappelle Abou.

— Une dernière chose. Qu'il disparaisse sans laisser de traces.

Abou est reparti. Cet assassin ira bientôt recenser les houris d'Allah.

Ils discutent encore un moment sur les conséquences éventuelles de ce qui se passera cette nuit.

— Le salafiste désintégré… Ce nouvel échec fera perdre la tête à la Circassienne. Cependant, ils se rendront vite compte à qui le crime profite et nous aurons maille à partir avec eux.

Un commissaire est venu qui a interrogé tout le monde. Il n'a recueilli qu'un témoignage unanime sur la violence des propos de l'imam. On ne l'a plus revu. Il a sans doute craint que son enquête s'oriente vers la mafia.

L'interview de Diop n'est restée que quelques heures sur Internet, et la version papier n'a pas eu l'impact espéré. Les Sénégalais qui l'ont lue l'interprètent comme une manœuvre pour endormir l'opinion. Par contre, en Occident, elle intrigue les Services Secrets. L'éditorial de Béa est sans équivoque : la mafia est en train de devenir l'ennemi numéro un de l'Humanité. De nombreuses analyses vont en sens divers alors que ces déclarations ne s'adressent qu'à une seule personne. Oulimata voudrait que Julia l'interviewe à son tour pour qu'elle remette les pendules à l'heure, mais tous le lui déconseillent.

Après un repas frugal et sans alcool, elle propose de retourner en 2004, tout en gardant l'esprit clair, ils sont prêts à réagir à la moindre alerte.

« Cela tombe bien, dit Fabrice, l'épisode suivant est divertissant. Pas d'enfant. Donc recours à la religion. De fait, le dimanche suivant, mauvaise surprise, Edmée s'entretient avec l'abbé Duponchel. Quand j'y repense, Cyprien était un enfant de chœur en comparaison des salafistes. Outre Yolande et son père, sont présents une sœur célibataire de ma belle-mère, qui me considère comme un rat d'égout, et un couple d'amis confits en dévotion buvant les paroles de leur curé comme une céleste ambroisie. Encore heureux que ma mère soit au fond de son lit.

— J'ai eu plus de chance que toi, Fabrice, murmure Oulimata. J'ai eu un père aimant. Le tien a déclaré forfait. Quant à ta mère, je commence à croire, en t'écoutant, qu'elle doit être telle que tu la décris.

— Nous passons à table. Duponchel pérore. À un moment, il braque son regard bigleux sur moi.

— Vous, Fabrice. Le Seigneur ne vous a-t-il pas choisi pour évangéliser vos lecteurs?

Tournure interrogative qui est le succédané très ecclésiastique d'une recommandation péremptoire. Je n'ai pas encore le réflexe de renvoyer l'ascenseur en pratiquant l'ironie. Je bredouille que je partage son point de vue, mais que je ne suis pas assez sûr de moi pour m'avancer sur ce terrain délicat.

— En stigmatisant notamment le péché de la chair, Mauriac et Greene ont eu une grande influence sur la jeunesse.

Mon beau-père me fait un clin d'œil. On y est. Le sexe! La grande affaire des curés. Le must qui fait les beaux jours du confessionnal. Duponchel enfourne une grosse portion de saumon. Il pointe sa fourchette dans ma direction et s'exclame en postillonnant:

— Quant aux femmes qui prennent la pilule, elles ont le diable au corps.

Il fait un à-fond avec son verre de Pouilly-fumé. Ce type est hilarant. Il mange comme un porc, boit comme un trou tout en dénigrant les femmes. Il revient à la charge. Je lui reconnais un certain courage de prêcher ainsi dans le désert.

— L'heure de la grande moisson est proche!

L'alcool commence à produire son effet désinhibiteur. Je m'empresse de lui servir à boire. Jusqu'où ira-t-il lorsqu'il sera bourré et donc naturel?

— Je pense, monsieur l'abbé, qu'il faut un charisme comme le vôtre pour participer à la croisade des écrivains engagés. Dans ce domaine, les pieuses intentions ne suffisent pas. L'inspiration est une égérie inconstante.

Cyprien n'a rien enregistré de mon baratin. Edmée suggère une pause. Je ne vous ai pas beaucoup parlé de mon beau-père. Avec le temps, nous sommes devenus amis. Nous nous tutoyons. Il nous arrive d'aller au cinéma ou au théâtre ensemble. Pierre s'apitoie hypocritement. Yolande est gênée. La belle-sœur me foudroie du regard. Le couple ami se tait. Que sont-ils venus faire dans cette galère? Après l'avoir aidé à s'étendre sur un divan du salon, Edmée déclare que le pauvre homme mène une vie austère et qu'il a droit à quelques compensations. Une heure plus tard, retour vacillant de Cyprien, à la grande colère d'Antoinette, la cuisinière, fort mécontente de ce retard. Mon beau-père la calme en la faisant rire. Il paraphrase l'Évangile: « L'homme n'est pas fait pour le gigot, mais le gigot pour l'homme ». Applaudissements! Duponchel les prend pour lui et salue à la ronde.

Julia intervient.

— Je n'aime pas, Fabrice, quand tu te moques d'un malheureux enfermé dans son univers. Au moins, lui, à l'inverse de toi, il avait des convictions. Il défendait une cause. Convaincu de ta supériorité, tu vitriolais les idéalistes.

— J'étais ainsi, Julia. Je prenais un plaisir sadique à la déconfiture d'autrui.

Fatigué, Fabrice cherche une échappatoire pour abréger la conversation.

— En fait, Cyprien s'était trompé de religion, il aurait dû être imam recruteur pour les camps d'Afghanistan.

Il provoque Oulimata. Va-t-elle réagir malgré son chagrin? Elle réagit. Elle hurle qu'elle le fera empaler. Fabrice et Julia s'esclaffent. L'extraordinaire avec Oulimata est la rapidité avec laquelle elle passe d'un état à l'autre. Elle sourit. Elle comprend que Fabrice s'est gentiment moqué d'elle.

— Pardonne-lui, fait Julia. Il nous faudra supporter ce vilain Monclar jusqu'au bout.

— Le gigot s'accompagne d'un Gigondas de derrière les fagots, redoutable pour un type givré. Pierre lui sert une grosse tranche de viande et une louche de haricots. En dépit des signes d'Edmée que je feins ne pas remarquer, je remplis son verre à ras bord. Yolande essaie de le dépêtrer d'une situation pour le moins difficile en reprenant la conversation là où elle s'était interrompue au moment du *malaise* de son confesseur, qu'elle considère cependant d'un air perplexe.

Oulimata est ailleurs. Ses yeux sont humides, elle est du côté d'Habib.

Elle se ressaisit.

— Finissons-en avec Cyprien. Pour l'heure, il est notre meilleur remède contre l'anxiété.

— Yolande relançait la conversation, précise Julia.

— Elle s'adresse à moi : « Ne devrais-tu pas essayer de suivre les conseils de *notre abbé*? »

Mon beau-père, qui, je crois, ne s'est plus autant amusé depuis longtemps, jette de l'huile sur le feu.

— J'ai trouvé beaucoup de ferveur et de profondeur dans *Le Grand Coupable,* dit-il d'un air inspiré.

La belle-sœur sursaute.

— As-tu perdu la tête, Pierre? Rien que pour ce livre ignoble, celui-là ira en enfer.

Elle ébauche le geste du Christ dans *Le Jugement dernier* de Michel-Ange, le dos de la main gauche devant son visage, elle m'expédie dans le chaudron infernal. Je prends la mouche.

— Et vous, bigote congelée, vous m'accompagnerez, comme chaperon, pour me montrer un chemin que vous connaissez bien.

Edmée devient toute pâle, sa sœur toute rouge. Le couple se concerte. Ce déjeuner tourne au désastre. Vont-ils se retirer? Pierre est aux anges. Duponchel, qui n'entend plus rien, ingurgite une rasade de Gigondas, renverse sa chaise, se dresse, se penche en avant, pointe un doigt dans ma direction.

— Gauchiste! Blasphémateur! Bélial!

La sœur d'Edmée se précipite. Il est sur le point de s'étaler sur l'énorme gâteau à la crème que vient de servir Antoinette. Elle le rattrape de justesse. Edmée demande qu'on le ramène chez lui.

Oulimata ne rit plus.

— Tu as pochardé ce pauvre homme pour le ridiculiser alors qu'il n'avait pas tort. Tu étais ce qu'il disait. Les gens dont tu te moquais valaient tous mieux que toi.

— *Of course*! Mais, à l'époque, une telle évidence ne m'était jamais venue à l'esprit. Je ne savais pas que l'excellence se manifestait par la bonté et non par des traits d'esprit.

Pourquoi l'impensable s'est-il produit, ce soir-là? Lorsque je la rejoins dans notre grand lit, Yolande, nue, se serre contre mon corps, elle flatte mon sexe qui répond à sa caresse. Par trois fois, elle me chevauche comme une furie, en rugissant de plaisir. Je n'ai jamais compris ce qui s'était passé dans son psychisme. Y avait-il un lien entre son délire érotique et le comportement de Duponchel, comme si l'attitude de ce dernier l'avait affranchie? Je dors jusque deux heures de l'après-midi. Sitôt réveillé, elle revient à la charge. Notre *lune de miel* a duré quinze jours. Conditionnée pour se culpabiliser, elle s'est ensuite confessée et les lampions se sont éteints. Duponchel s'était vengé. J'ai eu beau la raisonner. Rien n'y a fait bien qu'elle considérât le *bon abbé* d'un autre œil.

À nouveau captivée, Oulimata s'exclame:

— Pourquoi s'est-elle refusée à toi puisque le Duponchel était tombé de son piédestal?

— L'endoctrinement laisse des traces profondes. Voyez le trouble que le nouvel imam a semé, en quelques mots, dans notre communauté.

— Des mots qui étaient des balles de revolver, dit Oulimata.

— Yolande avait été décervelée. D'abord, pendant son enfance, chez les religieuses du couvent des Oiseaux, ensuite, adulte, par les traditionalistes au point qu'il était quasiment impossible pour elle de se libérer de l'engrenage du péché mortel. Celui qui envoie l'âme en enfer, dont le sexe est le principal pourvoyeur. Cette fois, c'en était trop, l'*auteur chrétien* prenait le maquis tout en n'ayant aucune idée sur qui vider son chargeur. Yolande allait de nouveau mal. Elle était partie en croisière avec une amie.

— Après sa cuite, Duponchel s'est-il excusé auprès de tes parents? s'enquiert Julia.

— Penses-tu? Certains curés se placent au-dessus de leurs paroissiens. Ils n'ont de comptes à rendre qu'à Dieu. Il se sera certainement confessé, mais lui, un prêtre, l'oint du Seigneur, écrire une lettre d'excuse à des laïcs! Quelle horreur! Quant à moi, ma frustration et ma rage ne m'inspiraient que des imprécations. Je me suis retrouvé dans mon cachot de luxe avec la bibine comme défouloir. De jour, je dormais du sommeil lourd de l'ivrogne; de nuit, je m'étourdissais dans les boîtes et les bordels. Mes rapports avec mon éditeur se détérioraient. Il avait oublié, du moins ne le mentionnait-il jamais, le triomphe de *Lafcadio B.*, il n'en avait que pour le flop de *Belle comme l'enfer.* Un soir, je me suis arrangé pour être présentable. Je l'ai invité chez Prunier. Pendant le repas, j'ai évoqué longuement Duponchel et sa clique. Il a sursauté puis s'est emballé comme un cheval fou. J'ignore la raison d'une telle exécration à leur égard, mais il m'a encouragé avec véhémence : « Les gens de notre époque rejettent les moralisateurs obscurantistes, laïcs ou religieux. Ils veulent vivre leur vie sans catéchisme. Pulvérise cette racaille préconciliaire et je te promets le podium ».

Elles dorment toutes les deux. Fabrice les réveille doucement. Elles se lèvent et regagnent leur chambre. Deux hommes de Solar montent la garde dans le couloir ; deux autres, invisibles, patrouillent à l'extérieur. L'un des deux lui a déjà demandé par deux fois combien il demandait pour son stetson. Fabrice commence à sentir le poids de cette affaire embrouillée et meurtrière où rien n'est logique... personne, pas même les autorités, ne semble en mesure de dévider la pelote à l'exception d'Ismaïl Diop, l'homme qui tire les ficelles... à moins que sa confusion sentimentale lui ait fait perdre sa lucidité ?

*

Samedi 13 janvier

Fabrice s'attend à ne pas voir Abou. Avec quelques copains, il a dû passer la nuit à guetter le salafiste. À son grand étonnement, ils sont tous présents à la leçon de calcul mental. Fabrice regarde Abou. Celui-ci lui adresse un léger sourire agrémenté d'un clin d'œil qui signifie : « Mission accomplie ». Et de fait, lorsque les élèves se rendent à la mosquée, pas d'imam en vue. Latif dirige la prière et s'abstient de tout commentaire. Au cours de l'après-midi, la police vient interroger tous ceux qui fréquentent le Centre. Un journal du soir annonce la nouvelle : « Un imam a disparu. Sa famille craint le pire ». L'éditorialiste du *Quotidien* mentionne que la mosquée Seydou Nourou Tall est le lieu de prière des élèves et du personnel du Centre Yallah.

— Comment s'appelle-t-il? demande Oulimata.

— Neyba Touré. C'est la voix de la mafia dans *Le Quotidien*. Je l'ai aperçu aux Almadies, très empressé auprès de Diop. Un sale type qui nous fera tout le mal dont il est capable.

J'ai besoin d'entendre autre chose, dit Oulimata.

— Où en étions-nous? demande Fabrice.

— *Un chrétien ordinaire,* précise Julia après avoir consulté son PC.

— Vous vous étiez même endormies à la fin, fait remarquer Fabrice.

— Nous écoutions les yeux fermés, rectifie Oulimata.

« Je résume quand même. Je m'étais réconcilié avec Brunel sur le dos des traditionalistes. Je me déchaînai contre la religion de Ruquois, la violence physique en moins, cet évêque était un salafiste chrétien. Hormis Yolande et Pierre, ils me tomberaient tous sur le paletot à coup de francisques et d'anathèmes. Peu m'importait! On ne tire ni sang ni sueur d'un caillou. C'était d'autant plus drôle que je partageais les idées de l'évêque dissident. Au rebours de mon idéologie fasciste, loin de me rebuter, cette perspective m'a enthousiasmé. Me contredire était un subtil camouflage de mon extrémisme de droite. J'ai éprouvé un plaisir furtif à écharper les fossoyeurs de la liberté, ceux qui ont rabaissé l'homme de toutes les époques.

— Je n'y comprends plus rien, s'énerve Oulimata. Tu étais marxiste ou fasciste? Depuis le début, tu joues sur cette ambiguïté.

— Nihiliste, dit Julia de son ton d'institutrice. Il n'était de rien comme l'a bien perçu son ophtalmo. Rien d'autre qu'un bouchon emporté au fil de l'eau. Un précurseur du pointillisme égocentrique féroce qui sévit partout aujourd'hui et gangrène notre société. Le chacun pour soi est le chacun contre l'autre.

Fabrice approuve les propos de Julia et poursuit, impitoyable pour ce qu'il fut.

— Pour la première fois, comme je la sens disponible, j'associe Yolande à la confection du roman. Sa charité chrétienne en prend un coup. Chaque soir, je lui lis ma production du jour. Ses objections m'évitent de tomber dans le burlesque. Yolande tenait le niveau d'eau afin de garder l'équilibre et de rendre l'intrigue plausible. Je remarquai qu'elle, au moins, savait écrire. Je l'avais sous la main. Dès le début, j'aurais dû la mettre à contribution, mes textes y auraient gagné en cohérence et en élégance.

Oulimata s'agite dans son fauteuil. Elle s'adresse à Julia.

— Mais, bon sang de bon sang, pourquoi ne font-ils pas l'amour, ces deux imbéciles?

Julia hausse les épaules comme pour dire: « Mystère de la nature humaine ». Fabrice sourit.

— Oui, pourquoi? Elle était mûre pour une seconde vie. Elle émergeait des ténèbres. Elle m'aurait sauvé la mise. Cependant, je crois que la réalité n'a pas été ce qu'elle aurait pu être, sans quoi je ne serais pas ici, à vos côtés, dans la tourmente. Peut-être même ne suis-je sur cette terre que pour ce que j'ai à faire maintenant?

— ... ce qu'elle aurait pu être... Qui en décide?

— Je ne sais pas. Chaque être humain a-t-il un périscope pour voir au loin, pour se situer? Combien sont-ils à le hisser, qui élargiraient ainsi paradoxalement leur horizon intérieur? N'y a-t-il que le hasard ou le libre arbitre? Le périscope ne sert à rien, car il n'y a rien à voir. Évidemment, s'il y a un Dieu... C'est une impression et non une vérité. Y a-t-il une raison derrière chaque chose? Je n'en sais rien.

Comme c'est la première fois que je travaille avec Yolande, je lui demande si elle pense ce qu'elle dit.

— Je me mets dans ta peau, celle d'un écrivain qui règle ses comptes avec les gourous du monde entier.

Retour au dimanche 7 novembre 2007. Il est 16 heures 5 minutes. J'interromps ma résurgence. Mes pas m'entraînent vers une fenêtre d'où je contemple un instant le carrousel des voitures autour de l'Arc de Triomphe. Il fait déjà sombre et il pleut. Le fantôme qui me hante depuis ce matin est toujours là, dans ma tête, anonyme, au bout de la dernière rangée. Je me concentre au maximum. Qui est-il, nom de Dieu? Pourquoi se dérobe-t-il à ma mémoire si vivace aujourd'hui? Voilà sept heures qu'il me nargue comme un autre Barlatos.

— Yolande m'embrasse sur la bouche et va se coucher. Comprenne qui pourra!

Puis elle est allée faire une énième retraite à Orbe avec sa tante, celle qui me considère comme un rat d'égout. Son nom me revient: Philomène! En l'absence de Yolande, mon Parker se mit soudain à cafouiller, à se tordre entre mes doigts. Je crois avoir omis de préciser que j'étais allergique à la quincaillerie informatique, j'écrivais avec un stylo sur du papier vergé ivoirin. Je ne cessais de me lever, de me rasseoir, d'ouvrir le frigo, d'y pêcher une canette de bière. L'exaspération me chassa de chez moi. Nous étions en juillet.

— C'est parti pour une nouvelle nana! ricane Oulimata.

— L'été a posé sa griffe sur Paris. La circulation est fluide, les artères moins encombrées, les badauds en vadrouille. Il est 5 heures l'après-midi. Je cafarde à la terrasse d'une brasserie du Quartier Latin. J'en suis à mon troisième gin tonic. Une voix me hèle. Je me retourne.

— On y est, bouffonne Oulimata.

— Il faut reconnaître qu'il raconte bien.

— Vêtue d'un tee-shirt bleu électrique tendu à craquer par deux mamelons opulents et d'un bermuda noir moulant un fessier à damner Duponchel, une blonde rieuse s'approche de moi.

— Pour toi, une femme se réduit à une paire de seins et un cul, enrage Oulimata.

— Se réduisait, se réduisait, chère Oulimata. Suis-je Fabrice Monclar? J'acquiesce. Elle m'a vu à la télé chez Drucker. Je l'invite à ma table. Elle s'appelle Annabelle Charroux. Que boit-elle? La même chose que moi. Quelle idée funeste a eu cette pauvre femme de croiser ma route?

— Je sens que ça va mal finir. Tu n'as rien de plus marrant à raconter?

— Ma vie passée fut rarement marrante.

— Désolée, Oulimata. J'ai voulu cette interview. Je n'imaginais pas où elle me mènerait.

— Désolé, oui. Et encore, je mets une sourdine. J'étais pire que ce que je raconte. Les faits sont les faits, mais comment restituer les pensées obscènes, le regard qui salit, les intentions perverses? C'est un récit édulcoré que vous entendez. Le vrai, celui qui était dans mes yeux, dans mes sensations, mes appétits, celui-là est indicible.

Annabelle se raconte. Son mari est cadre à Billancourt. Il passe ses soirées à taper la carte, à se soûler dans les bistrots et à besogner des putains dans les boxons. Un déchet humain. Quand il rentre ivre, il la bat. Elle le trompe, mais elle est fatiguée des hommes qui ne sont attirés que par son corps, qu'elle a très beau, ajoute-t-elle non sans perfidie. Soudain, elle éclate en sanglots. Depuis les tables voisines, on nous observe avec des mines goguenardes. « Regarde. Monclar est en bisbille avec sa frangine. Mais oui tu as raison, Germaine, c'est Monclar. » Je m'interdis le moindre geste de réconfort. Que, dès la première rencontre avec l'un d'entre eux, une femme aussi sensuelle s'indigne de la salacité des hommes signifie qu'elle les aime tels et qu'elle est partante pour une excursion anatomique.

Oulimata réagit avec sa spontanéité coutumière.

— J'ai envie. Tu as envie. On y va. Que viennent faire tous ces chichis, Fabrice? Décidément, vous, les Occidentaux, vous êtes des compliqués, c'est pour cela que vous êtes en état de burnout permanent.

*

Dimanche 14 janvier

C'est l'heure de la prière. Le nouvel imam est la copie conforme de son prédécesseur. Même dégaine, même « uniforme », même violence de langage.

— « Tuez les mécréants où vous les rencontrez... Ceux qui ne croient pas à nos versets, nous les brûlerons... Quiconque s'oppose à Allah et à son messager aura le feu de l'enfer pour y demeurer éternellement... Combattez ceux des mécréants qui sont près de vous. »

II commente longuement ce dernier verset qui vise les non-musulmans du Centre.

— Ceux qui ne pratiquent pas le Coran n'ont rien à vous apprendre. Ils sont inutiles. Chassez-les.

C'est le moment choisi par le lieutenant Mbengue des Forces Spéciales pour intervenir. Il s'avance vers le salafiste et lui assène deux gifles.

— Remets les pieds dans cette mosquée et tu prends une balle dans le cigare. Casse-toi, vermine.

Le salafiste recule, s'enfuit et disparaît par une porte latérale. Mbengue se tourne vers le public. Il sourit.

— « Celui qui opprime un citoyen non musulman, qui lui retire ses droits, exige de lui plus qu'il ne peut supporter et qui le contraint à une quelconque concession, je serai le défenseur de cet opprimé le jour du jugement dernier. » Le véritable islam se fonde sur la paix entre les hommes et les nations. Peu importent leur race et leur religion. Ce que vous venez d'entendre est le langage d'un fanatique criminel qui croupira en enfer. Rejetez toute violence, car Allah n'en veut pas.

Il est longuement applaudi. Oulimata, debout, crie son enthousiasme. Quelques membres des Services Spéciaux, dispersés dans la mosquée, ont pour mission d'observer et de photographier les réactions des uns et des autres. Certains adultes, dont deux travaillent au Centre, affichent leur réprobation. Le jour même, ils seront expulsés de Yallah. Combien y aurait-il de salafistes à Dakar? Selon le lieutenant, ils seraient une centaine. Fabrice n'aime pas le tour que prennent les événements. Il a toujours en mémoire le testament de Ndao. C'est une arme redoutable contre Diop, mais il ne sait comment s'en servir opportunément. Monnaie d'échange, instrument de chantage? Une chose est certaine. Le jour est proche où ils devront tuer pour leur propre sauvegarde.

Latif, lui aussi présent à la prière, a été impressionné par l'intervention de Mbengue. Il convoque Fabrice.

— Tu es un ami, Fabrice. Je te confie mon tourment. Depuis un certain temps, je ne dors plus à force de réfléchir. Je suis stressé. Je n'ai plus aucune confiance en moi. En un mot, j'ai peur. Où est mon devoir? Dis-moi où est mon devoir.

— Ton devoir, Latif, est de ne rien changer à la manière dont tu exerces ton métier. Je ne vois pas où est le problème.

Latif a les larmes aux yeux.

— Qu'est-ce qui se passe, mon ami? Pourquoi es-tu si malheureux? Les choses ne sont pas faciles, mais tu es l'homme de la situation.

— Précisément non. Je ne suis plus l'homme de la situation. Je suis un pédagogue, pas un combattant. Or pour diriger le Centre, il faut un homme à poigne, plus jeune, plus dynamique, capable de réagir rapidement. C'est moi qui aurais dû calotter ce salafiste pour protéger mes élèves contre l'extrémisme. Je n'ai pas bougé.

Fabrice est consterné. Latif est l'âme de Yallah. Il le prouve à l'instant en exprimant sa volonté de s'effacer parce que les circonstances sont critiques. Et il n'a pas tort.

— Vois-tu quelqu'un qui serait l'homme de la situation?

— Agis suivant ta conscience. Démissionne si tu es convaincu que c'est pour le bien de Yallah. Quant à ton remplaçant, je n'en vois qu'un.

— Qui?

— Omar Kitané. Si tu es vraiment décidé, fais-le nommer par ton copain de fac, le maire de cette ville. Aujourd'hui même, pour couper l'herbe sous le pied à tous ceux qui lorgnent sur ton poste. Kitané n'a pas ton envergure. Il est peu cultivé, mais fin psychologue. Les élèves l'adorent, non seulement comme prof d'éducation physique, mais aussi comme entraîneur de l'équipe de foot. C'est un meneur d'hommes. Il a l'estime de la majorité du corps enseignant et des membres du personnel. Homme nouveau, homme d'action, il pourra plus aisément épurer le Centre de ses éléments subversifs.

Les mains sur le visage, Latif reste immobile pendant de longues minutes. Le Centre, c'est trente ans de sa vie. Trente ans d'une lutte incessante contre l'ignorance. Il n'entend pas la porte se refermer. Quand il relève la tête, il est seul. Fabrice est un sage. Il doit se prononcer sur-le-champ et Kitané est effectivement le plus apte à le remplacer. Il se donne encore quelques minutes de réflexion. Puis, il appelle le maire qui exige des explications, cherche à atermoyer, fait même un peu de chantage à l'amitié. Latif répond que sa décision est irrévocable et qu'il le prie de lui envoyer un fax nommant Omar Kitané. Mbodjé n'en revient pas, mais il sait que Latif ne plaisante pas. S'il s'efface, c'est pour le bien de Yallah. Dix minutes plus tard, il reçoit le fax. Il est 14 heures 20. Oulimata travaille dans le bureau voisin. Il l'envoie quérir Omar Kitané qu'elle trouve en train d'arbitrer une partie de volley.

Latif invite Kitané à patienter le temps pour Oulimata de ramener Jacques Berlière et le docteur Gallois. Une fois tous réunis, il lit le fax du maire. Le ciel tombe sur la tête de Kitané. Latif leur fait part des raisons de cette décision douloureuse. Il n'est pas de taille à défendre le Centre. Le professeur d'éducation physique reprendra le flambeau. Il est même heureux qu'il puisse le nommer lui-même. La procédure normale aurait pris du temps. Elle aurait donné lieu à des intrigues et des coups fourrés; un arriviste ou un corrompu aurait pu l'emporter. Kitané est jeune, dévoué, énergique, courageux. Ce n'est pas un homme de pouvoir, il n'en sera que meilleur directeur. Les élèves et ses collègues le respectent. Le docteur Gallois et Fabrice approuvent cette nomination.

Ils sont dans le bureau de Latif depuis vingt-cinq minutes. Kitané n'a pas encore ouvert la bouche.

— Ta réponse, Omar?

Enfin il parle.

— Je vous ai toujours considéré comme un homme supérieur, monsieur le directeur. J'admire le courage et la persévérance avec lesquels vous avez surmonté les nombreuses difficultés que nous avons connues. Je ne suis pas digne d'occuper votre place, toutefois si vous me l'ordonnez, j'obéirai.

Latif éprouve beaucoup de peine à cacher son émotion. Il se lève et serre son successeur dans ses bras. L'oreille collée contre la porte, Oulimata manque de s'étaler de tout son long lorsque Latif l'ouvre.

— Que tout le monde se rassemble au réfectoire!

Il y a une heure, Omar Kitané arbitrait une partie de volley. Il est soudain frappé par la foudre et le voilà directeur du Centre.

— Je commence quand, monsieur le directeur?

— Dans dix minutes, monsieur le directeur.

Latif expose les motifs du changement; en gros, l'école a besoin d'un homme de fer pour la prémunir contre des adversaires résolus. Omar Kitané est cet homme, qui mènera sa tâche à bien avec l'aide des forces vives du Centre. Julia que Fabrice a invitée à les rejoindre prend des notes. Solar, prévenu, arrive en même temps que le maire au moment où le nouveau directeur, toujours en training, d'une voix frémissante, rend un vibrant hommage à son prédécesseur. Une formidable ovation salue les deux hommes, qui lèvent chacun un bras et joignent leurs mains au-dessus de leurs têtes.

Une camionnette de location entre dans la cour. Avec le concours d'une dizaine d'élèves, Latif vide son bureau de ses affaires personnelles et se retire. Lundi, il initiera Omar à son nouveau métier. Tout a été trop vite. Quand il rentre chez lui, seul dans sa voiture, il pleure toutes les larmes de son corps.

Ce soir-là, Oulimata est tellement émue par le départ de son patron qu'elle refuse d'épiloguer sur cette triste journée. Fabrice fait signe à Julia de brancher son magnétophone.

« Annabelle a soudain l'air gêné.

— Veuillez m'excuser, minaude-t-elle. Je ne sais pas ce qui m'a pris d'importuner une célébrité comme vous.

— Vous ne m'importunez nullement. J'étais morose. Vous arrivez comme un rayon de soleil. C'est à moi de vous remercier.

— Je vous ai assez dérangé.

Elle se lève pour s'en aller. Au lieu de me taire, je l'invite à dîner dans un restaurant chinois à vingt heures. Elle bat des mains et accepte ma proposition.

Julia l'interpelle.

— Pourquoi dis-tu : « Au lieu de me taire » ?

Le visage de Fabrice se contracte. Il tarde à répondre. Oulimata le regarde.

— Qu'est-ce que tu as, Fabrice?

— Si le pruneau avait maîtrisé ses bas instincts, l'adorable Annabelle serait toujours de ce monde. Incorrigible dragueur, à nouveau embarqué dans une aventure sans lendemain, je loue une garçonnière dans un vieil immeuble du seizième. Annabelle m'avait dans la peau : « Divorçons. Fuyons Paris. Tu écris. Je m'occupe du reste ». J'ai été tenté. Par le passé, j'avais déjà rencontré des virtuoses, mais jamais une nobélisable de la valse à deux-temps.

Oulimata ricane.

— Je connais des Africaines qui en feraient voir de toutes les couleurs, à ta nobélisable.

Fabrice est pris d'un fou-rire. Julia et Oulimata se disputent à propos des prouesses érotiques des unes et des autres. Il se réjouit de les voir détendues après des heures éprouvantes.

— En août, une Annabelle éplorée dut accompagner sa famille à La Baule ! Ce fut pour moi un soulagement. Un mois de tranquillité. J'allais retrouver mon chrétien ordinaire. Bernique ! J'eus beau solliciter mes neurones, je n'arrivais pas à démarrer l'intrigue esquissée par Bernard. Le moteur était noyé. Le temps s'écoula. Les vacances se terminèrent. Yolande revint. Mon éditeur s'énervait. Annabelle en voulait toujours davantage.

À Noël, Bernard, exaspéré, me conseilla un dépaysement complet. « Pourquoi pas l'Égypte? » J'avais vu récemment sur Arte une évocation du Winter Palace, l'hôtel le plus célèbre de Louxor. Onéreux, mais chargé d'histoire. Howard Carter y séjourna à l'époque de la découverte de la tombe de Toutankhamon. Agatha Christie y aurait écrit *Mort sur le Nil*. Annabelle versa un torrent de larmes, mais je tins bon. Le 15 décembre, j'atterrissais à Louxor. Huit jours plus tard, j'avais visité ce qu'il y avait à voir lorsque le *khamsin*, ce vent violent venu du désert, me retint dans ma chambre. Depuis l'Égypte, le microcosme traditionaliste m'apparut ridicule. Cette dérision débloqua mon esprit. Quand l'appel du muezzin retentissait à quatre heures du matin, je me mettais au travail. L'omniprésence de l'éternité sur la Terre des pharaons est fascinante. Elle a inspiré à ses artistes des fresques sublimes sur les parois des tombeaux des rois et des reines. Ce peuple aborde la mort en souriant. On est loin de la peur du jugement qui hante les chrétiens. Le ton mesuré d'*Un Chrétien ordinaire* est la conséquence de ma rencontre avec ces initiés plus préoccupés de représenter le divin avec un talent exceptionnel que de se quereller à propos de questions insolubles. J'ai séjourné trois mois à Louxor.

Retour à Paris en mars 1981. Mitterrand devint président en mai. Mon roman parut fin août. Les critiques entérinèrent le rejet d'une religion sclérosée qui empêche l'être humain de s'épanouir. Pondéré, mais ferme, je désavouais Ruquois et les siens pour délit d'occupation des consciences. La réaction de Duponchel ne se fit pas attendre. Lors d'un sermon hystérique, il excommunia l'apostat, l'immonde vipère qui crachait son venin pour détruire l'église des vrais croyants. Ma mère se déchaînait au téléphone. Yolande resta neutre. Mon beau-père dont je savais la tiédeur des convictions m'invite, un midi, dans un italien. Il s'excuse de ne pas avoir contré Edmée et ma mère qui s'étaient abouchées pour caser Yolande, il s'excuse également d'avoir laissé accroire qu'il adhérait à la religion de sa femme et de ne pas avoir eu le courage de se séparer d'une épouse odieuse.

Réaction d'Oulimata.

— As-tu fait le compte du nombre de « femmes odieuses » qui émaillent ton récit? Tu aurais dû choisir le camp gay.

Fabrice rit et reprend vite son sérieux.

— Je revois ses traits douloureux. Comment était-il, Julia, quand tu l'as rencontré?

— Comme tu viens de le décrire. Triste à mourir. Je lui ai dit pour l'interview. Il est atteint d'un cancer du foie et attend la mort en même temps que sa levée d'écrou. Il te redit son amitié et te félicite pour ton courage. Avec le recul, au plan humain, il ressemble à Latif.

— Edmée?

— Alzheimer. Une plante dans un home.

Le visage de Fabrice se rembrunit.

— Pauvres gens! J'ai eu beaucoup de chance. Une vie ratée et mauvaise. Puis, *Je viendrai ce soir à neuf heures...* et me voilà avec vous, mes chéries, transformé, embarqué vers un port de lumière.

Oulimata a une moue dubitative.

— Nous vivons dans les ténèbres, nous ne dormons que d'un œil. Peux-tu me dire où il se trouve, ton port de lumière?

— Le port de lumière est l'espérance que nous cultivons dans notre cœur, fait observer Julia.

Fabrice lui sourit.

— Le sujet d'*Un chrétien ordinaire* m'amena à m'exprimer en public. En quelque sorte, j'étais le gourou de sinistrés de la doctrine traditionaliste, de prêtres en mal de vocation, de femmes « en recherche ». Mon succès médiatique résultait moins de ce que j'avais écrit que de la crise religieuse traversée par la société. Ils étaient nombreux à braver les interdits, à clamer leur ras-le-bol, à dénier à quiconque le droit de régenter leur vie. Croire en Dieu à la rigueur, mais comme ils l'entendaient. J'ai pris le train en marche et me suis improvisé chantre du libre-arbitre, régulièrement en contradiction avec les obligations religieuses. Chaque fois que je m'adressais à un auditoire, je mettais en balance l'amour de Dieu et l'obscurantisme d'une clique de vieillards névrosés.

— Chez nous, c'est pire, ils sont tout aussi névrosés, mais ils sont jeunes et ardents. Je suppose que vous crevez de faim comme moi. Je vais aller chercher notre dîner chez Ramata.

— Elle est extraordinaire, admire Julia. Diop ne l'aura jamais et la guerre durera jusqu'à ce qu'il en fasse son deuil.

Un silence. Tous deux pensent la même chose : elle n'en sortira pas vivante, nous non plus d'ailleurs.

Fabrice est inquiet. Il a conscience que tout peut basculer d'un moment à l'autre.

— C'est pourquoi je m'étonne du calme qui règne ce soir. Notre nouveau directeur s'est installé au Centre. Il a transformé en chambre le parloir à côté de son bureau. Sa femme est retournée chez ses parents en province. Ses deux enfants sont mariés et vivent leur vie.

— Bonne résolution. Je crois qu'il est à peu près de la trempe de Solar, commente Julia.

Oulimata revient avec un plat de frites, de la salade et une énorme entrecôte. Ils font bombance et boivent de la bière fraîche dont Fabrice a toujours une réserve dans son frigo.

— Comment Ramata a-t-elle fait pour trouver une entrecôte qui fond dans la bouche et coûte les yeux de la tête ?

— J'ai cru comprendre que c'était un cadeau de l'ambassade.

Après le repas, Fabrice emmène ses compagnes à Bordeaux.

« Le jour où, emporté par mon éloquence, je me suis écrié que l'Église catholique était une secte, j'ai déclenché un tohu-bohu, non seulement dans la salle, mais dans les médias. *Paris Match* surenchérit : « Monclar déclare la guerre au Vatican. »

— Si ton Église est une secte, que dire de l'islam, soupire Oulimata. Vous pouvez vous défendre, critiquer, abjurer sans risquer votre peau. Il y a un mois, une famille entière a été massacrée parce que le père avait écrit un livre contre Al-Qaïda. Qu'une jeune femme veuille épouser un non-musulman par amour, ce sont les siens qui la tuent et proclament qu'il s'agit d'un crime d'honneur.

— Tu n'es pas loin de la vérité, Oulimata, bien qu'il soit difficile de distinguer une religion d'une secte. Ainsi la Scientologie est une secte flagrante, mais que dire de l'Opus Dei ou des wahhabites ? Toujours est-il que Bernard Brunel est ravi. Mon coup de gueule a emballé les ventes. La droite la plus réactionnaire se mobilise contre moi. Je poursuis cette campagne de salubrité publique jusqu'en février 1982. Un soir, à Saint-Cloud, j'avais harangué un auditoire nombreux sur les thèmes qui avaient fait de moi un électron libre. À la fin de mon exposé, l'animateur donna la parole au public. Une petite dame âgée m'interpella d'une voix fluette : « Vous prétendez que l'Église est une secte. J'aimerais vous entendre témoigner de votre propre foi dont vous n'avez pas dit un mot au cours de votre conférence nauséabonde ». J'étais sur des charbons ardents. Si elle m'en avait prié, j'aurais été incapable de réciter le *Notre Père*. J'ai répondu que la foi en l'homme est plus importante que la foi en Dieu, puisque croire en l'homme, c'est croire en Dieu. Elle m'a alors traité de menteur, de sophiste, de mécréant. « Vous ne croyez pas en l'homme... » Rouge de colère, elle a brandi son petit poing dans ma direction : « Tu es La Bête, Monclar, sois maudit ». Elle a quitté la salle dans un tumulte indescriptible.

Je m'écriai : « Un pape qui empêche les hommes et les femmes de s'aimer en interdisant le préservatif et la pilule est indigne de sa fonction ». Cette démagogie puante m'a valu une *standing ovation.*

— Elle avait vu juste, ta petite dame, Monclar, éclate Oulimata et tu la ridiculises encore maintenant par le ton méprisant dont tu uses à son égard.

— C'est quoi la Bête?

Julia lui explique *L'Apocalypse* en deux mots. Ce qui est un tour de force, de surcroît pour une juive.

J'avais atteint mon niveau d'incompétence, désormais je me tairais.

*

Lundi 15 janvier

Jour 1 du règne d'Omar Kitané. Oulimata est sur la brèche toute la journée. Latif est venu pour la passation des pouvoirs, mais, trop ému, il est parti définitivement deux heures plus tard. Oulimata l'a remplacé. Elle met donc Kitané au courant de la partie administrative de la direction d'une école. Aucun imam ne se présente pour la prière. Le nouveau directeur profite de l'occasion pour exhorter les élèves à s'imprégner des vraies valeurs de l'islam. Un agent des Services Secrets passe en coup de vent. « Une opération est en cours contre les salafistes », dit-il rapidement à Fabrice. Celui-ci, qui veille à avoir le moins de contacts possibles avec Abou, le convoque en classe sous prétexte d'une évaluation pédagogique. En réalité, il veut savoir où il en est.

— Le problème avec les salafistes est qu'ils se déplacent sans cesse. Solar en aurait fait expulser une vingtaine et disparaître un nombre égal. Autre chose, papa. Un ami, qui travaille chez Khadir, m'a prévenu qu'il préméditait contre nous un attentat avec la complicité de son frère. Je suis d'avis de le devancer. Me donnes-tu le feu vert?

— Nous allons les attirer dans un piège.

— Un piège. Que comptes-tu faire, papa?

Abou regagne son banc pour s'exercer à la lecture. Fabrice a conservé son Parker. De sa plus belle écriture, il rédige une lettre à l'adresse de Taylor:

> Monsieur, mon désir pour votre nièce devient obsessionnel. Il me la faut. Je tiens la somme convenue à votre disposition à Yallah. J'espère que nous aboutirons à un accord dans les plus brefs délais.
>
> Jacques Berlière

Il la glisse dans une enveloppe sur laquelle il écrit l'adresse de Taylor: « Villa Émeraude, Avenue Felix Eboué ». Par portable, il prévient Solar du piège tendu à Taylor. Deux mots en guise de réponse: excellent plan. Excellent plan à condition que les oncles avalent qu'un modeste instituteur dispose à Yallah d'une tirelire d'un million et demi de dollars. Il table sur le couteau qu'ils ont sur la gorge, sur leur cupidité. S'ils tombent dans le panneau, comment vont-ils s'y prendre? Ils viendront en nombre puisqu'ils croient savoir où est cachée la prétendue tirelire. Tout est prêt. Il n'y a plus qu'à attendre. S'ils ne viennent pas, c'est qu'ils sont moins bêtes qu'ils paraissent. L'appât du gain sera-t-il plus fort? Les cinq gardes sont sur pied de guerre. Comme d'habitude, Abou dispose son petit groupe en arc de cercle à l'extérieur. Omar Kitané et deux collègues, anciens de la Légion, se tiendront non loin de Fabrice.

L'opération est lancée. Pas question de reculer. Julia est fiévreuse. Elle présente tous les symptômes d'une grippe intestinale. Fabrice est persuadé qu'il s'agit d'une malaria.

Charles Gallois n'est pas de cet avis et diagnostique une crise de stress.

— Julia est ici depuis le 18 décembre. Elle vient d'un pays où il fait bon vivre et du jour au lendemain, elle est en butte à une existence dont chaque lendemain comporte un point d'interrogation. En dépit de sa solide constitution et de son équilibre psychologique, le décalage est tel que son organisme réagit. Elle en sortira aguerrie. Je ne sais pas si tu me comprends, mais le stress évacue le stress. C'est la raison pour laquelle je vais la soigner par l'homéopathie. Le mal par le mal.

Fabrice l'informe. Le vieux briscard veut en être. « Pour une fois qu'on peut rigoler » dit-il d'un ton cynique.

Bien qu'elle soit épuisée par sa longue journée de travail avec le nouveau directeur, Oulimata s'empresse de soigner Julia. Elle veillera sur elle pendant la nuit. Il est 20 heures 40. Fabrice est tendu. Il a allumé la lumière dans sa chambre pour faire croire qu'il est présent. En réalité, avec Kitané et Gallois, ils sont embusqués à un endroit stratégique d'où la vue englobe une bonne partie du Centre. Il contemple le ciel où sont, du moins l'espère-t-il, tous ces malheureux qu'il a maltraités. Il songe à Gautier qui lui a remis tout à l'heure une lettre de Pierre Marcillac lui annonçant le décès de sa mère survenu le 4 janvier des suites d'un cancer du pancréas. En lui présentant ses condoléances, il a dû être étonné par son absence de chagrin. Elle l'a évidemment déshérité. Elle a légué son immense fortune, évaluée à un peu plus de vingt millions d'euros, à la fondation Martial Monclar qu'elle a créée en 2005 pour soigner les enfants atteints de la leucémie. Elle a laissé une lettre au nom de Fabrice Monclar, celui qu'elle a engendré comme on expulse un excrément, a-t-elle écrit sur l'enveloppe. Avant de signer, Pierre mentionne qu'il souffre lui-même d'un cancer du foie et qu'il n'est pas fâché de s'en aller bientôt. Faute de pouvoir faire davantage pour cet ami, il lui écrira le plus souvent possible. En ce qui concerne la prose de Sidonie, il a attendu qu'il fasse nuit pour lire les malédictions de la sorcière.

> Maudit sois-tu, le misérable, dont la conduite indigne a scandalisé tous ceux qui t'ont connu.
> Maudit sois-tu, l'égotiste, qui n'as vécu que pour soi et ignoré autrui.
> Maudit sois-tu, le renégat, qui n'as cessé de trahir, de mentir, de tromper notamment une épouse admirable.
> Maudit sois-tu, l'écrivain raté, dont la littérature satanique a perverti les esprits faibles.
> Maudit sois-tu, le dépravé, qui n'as vécu que pour assouvir tes immondes besoins sexuels.
> Maudit sois-tu, le matricide, dont les ignominies ont lentement tué ta mère.
> Maudit sois-tu. Crève dans des souffrances atroces, un avant-goût de celles, plus atroces encore, que tu subiras pendant l'éternité.

Depuis qu'il est à Dakar, Fabrice a essayé de lui pardonner le mal qu'elle lui a fait. Ce testament démontre la noirceur de son âme et la haine implacable qui l'a nourrie toute sa vie. Il lit ces béatitudes à l'envers à la lueur d'une lampe torche. Toutefois, en dépit de ses propos déments, il ne peut s'empêcher de penser qu'elle a raison sur le fond. Il a été tout cela : misérable, égotiste, renégat, écrivain raté, dépravé. Mais il conteste matricide : infanticide conviendrait mieux, mais à elle. Son décès met un point final à soixante-quatre ans d'une relation maléfique. Un coup de coude du docteur, qui lui tend une flasque de whisky, le ramène à son présent sénégalais. Une bonne lampée lui met le feu au ventre. En bon musulman, Omar refuse. Il est 23 heures 55.

*

Mardi 16 janvier

La chaleur est étouffante. 1 heure 58. Appel d'Abou. Un copain lui signale que quatre Mercedes, semble-t-il, viennent de se garer rue Mangin dans une zone non éclairée. Ils sont quinze qui se déplacent vers la prison de Rebeuss. Puis coupent à travers champs. Ils longent le terrain de foot. Le groupe se scinde. Neuf silhouettes contournent le Centre. Les six autres s'approchent du portail. La voix d'Abou le ramène à la réalité.

— Fais gaffe, ils sont lourdement armés. Les neuf hommes s'approchent des chambres. Avec Moktar et Diowé, nous les avons suivis. Ils sont toujours à l'extérieur. Voilà ! Ça y est. Ils se préparent à escalader l'enceinte avec une échelle de cordes. On attaque ?

— Attends qu'ils soient à l'intérieur. As-tu repéré Khadir et Taylor ?

— Uniquement Taylor. C'est marrant. Il est tellement gros qu'un type le pousse pendant qu'il monte.

À peine Taylor est-il parvenu au sommet de l'enceinte qu'il vacille et tombe de l'autre côté. Ses complices se retournent et ouvrent le feu. Du côté de Fabrice, les six qui s'efforcent d'ouvrir le portail offrent une cible immanquable. Ils sont exterminés.

— Pas de casse ?

Un silence. Un sanglot.

— Ils ont eu Yoro. Et eux ?

— Sept liquidés, les autres en fuite. On arrive.

Omar est profondément ému en voyant Fabrice serrer dans ses bras Abou en larmes. C'est un vaillant combattant avec un cœur d'enfant. Les conflits armés sont cruels. On ne s'habitue jamais à la mort d'un copain. Par contre, il n'a pas raté Taylor. Quatre corps gisent devant le portail. Un camion débouche du chemin qui mène à l'entrée de Yallah.

Six membres des Forces Spéciales débarquent. Le plus haut gradé, un lieutenant, salue Fabrice, qui lui fait rapport.

— Un mort de notre côté. Neuf du leur dont Taylor Thiam. Un blessé, les autres dans la nature.

— Emmenez les morts et faites-les disparaître. Faites soigner le blessé et déposez la dépouille de Taylor devant le domicile de Khadir, commande le lieutenant.

2 heures 50. Abou et ses amis se sont fondus dans la nuit en emportant le corps de leur héros et les armes de leurs ennemis. Julia et Oulimata sont restées au lit. Julia a encore trop de fièvre. Une fois de plus, ils s'en sont tirés. Le seul Charles Gallois ne se départit pas de son calme. La mort, il connaît. Il allume un cigare. Omar s'excuse, mais il est crevé et regagne sa chambre à l'école. Fabrice est allé chercher sa pipe.

Ils ne dorment pas beaucoup cette nuit-là. Chacun revit dans sa tête ce qu'il a ressenti, ce qu'il a vu, ce qu'il a redouté. Aussi passent-ils la journée suivante comme ils peuvent. Seule Julia reste alitée au dispensaire, assommée par le somnifère puissant que lui a administré le médecin. À l'exception de quelques voisins que les coups de feu et les bruits de moteurs ont réveillé, aussi étrange que cela paraisse, personne ne se manifeste à Yallah au cours de la journée. Solar a barré les chemins qui mènent au Centre.

Un bouquet de lys et une lettre d'Ismaïl Diop rendent son dynamisme pugnace à Oulimata. Il se félicite de la disparition d'un de ses oncles. Il regrette l'absence de l'autre. Peut-il lui rendre visite? Il réitère l'affirmation de la profondeur de ses sentiments. Elle répond qu'elle le remercie de l'intérêt qu'il lui porte.

Le soir venu, l'état de Julia s'est amélioré. Après avoir dîné sans grand appétit, bien qu'il y ait du ragoût de mouton au menu, et malgré le conseil bienveillant de Charles Gallois de ne pas prolonger la soirée, elles retournent dans les eaux troubles du passé de Fabrice, si proche, d'une certaine manière, de leur présent mouvementé. Il porte son stetson. Il commence par leur lire le testament de Sidonie Bourrin. Julia manifeste son dégoût. Quant à Oulimata, elle s'exprime avec véhémence en wolof, ce qui est toujours chez elle le signe d'une grande agitation intérieure.

— C'était bien une mère indigne, dit Julia.

— Sidonie a terminé son parcours. Je pense qu'elle a payé sa méchanceté en pleurant tous les jours son fils mort tout en exhalant l'exécration de celui qui était en vie.

Il ajoute avec une évidente difficulté :

— Paix à son âme !

Il revient à son récit.

« Nous en étions aux conférences et à la petite dame qui m'a rivé mon clou. J'aurais dû y penser plus tôt, mais mon ignorance du christianisme m'interdisait d'en parler. Les polymères, Julia, tu te souviens ? J'avais besoin de réactiver la religion de mon enfance. J'ai donc demandé à Paul L'Herbier, un jeune prêtre progressiste, de s'en charger.

— On réactive une religion comme une centrale nucléaire ? observe Oulimata en roulant de grands yeux. C'est vraiment bizarre.

— C'est ce qu'a dû penser Paul L'Herbier. L'expression correspondait à la réalité. Rien de ce qu'il disait ne pénétrait en moi. Je m'informais, je ne me convertissais pas. Après deux mois, suite à un exposé sur la résurrection de Jésus, l'événement central du christianisme, que j'avais écouté distraitement, en consultant ma montre toutes les cinq minutes, Paul me regarda : *words, words, words,* dit-il avec tristesse avant de s'en aller. Deux jours plus tard, il me téléphonait. Nos entretiens étaient inutiles. Je ne serais jamais un chrétien. J'étais un matérialiste sans disposition aucune pour le spirituel. Je l'avais contacté pour être à même de répondre aux questions qu'on me poserait, mais nullement par besoin de m'approfondir. Il proposait de rester amis. Peut-être qu'un jour...

Il a laissé sa phrase en suspens. J'avais quand même accru mes connaissances religieuses comme on apprend l'histoire à l'école. Puis je me suis entiché de Nietzsche. Dans *Par-delà le bien et le mal,* je tombe en arrêt devant une phrase qui me laisse perplexe : « Les chrétiens ont trahi Jésus, ont défiguré sa parole. Jésus ne disait-il pas que la loi est pour les esclaves. Aimez Dieu comme je L'aime, en fils : que nous importe la morale à nous, fils de Dieu ». Le titre! *Que nous importe la morale* raconte l'histoire du frère Florian, moine bénédictin, en plein doute sur la réalité de sa vocation. Encore un roman dont il est inutile de parler. Oulimata s'agite dans le lit que le docteur a mis à sa disposition en sorte que Julia ne soit pas seule.

— Il est quand même plus simple de professer notre foi, de prier cinq fois par jour, de faire l'aumône, le pèlerinage de La Mecque et de jeûner pendant le mois de ramadan que de se compliquer la vie avec des tas de trucs théologiques auxquels on ne comprend rien. Les vrais musulmans, je ne parle pas des fanatiques, rient beaucoup. Les Occidentaux imaginent que les femmes de chez nous, par exemple, sont cloîtrées comme vos nonnes. Pas du tout! Elles ont des enfants, des amies, elles prennent le thé ensemble, elles papotent, se divertissent avec des riens, elles avalent un peu trop de gâteaux babouche qui les rendent obèses à quarante ans. Julia jette un œil à Fabrice qui acquiesce de la tête. Pas de controverses ni d'objections.

— À l'époque où j'écrivais *Que nous importe la morale*, je ressemblais à Baudelaire : vous vous souvenez, le type qui n'aimait pas les Belges? Ce toxico alcoolique passait sans transition de l'église Saint-Loup à Namur au bordel d'en face, du délire mystique aux débordements pornographiques les plus salaces, du sordide au sublime. Entre deux séances d'écriture... Je préfère m'arrêter ici. Je ne veux pas scandaliser deux dames honorables.

— Pourquoi? J'adore les histoires scabreuses, rigole Oulimata.

— Calamité! Pendant l'été, Annabelle réussit à se soustraire à la plage de La Baule. Sa mère est alitée. Au cas où son état s'aggraverait, persuade-t-elle son benêt de mari, il est préférable qu'elle demeure à Paris. Son aveuglement m'intrigue. Je lui pose la question.

— Parce que c'est un enfant de sa maman qui n'a pas grandi et n'a jamais ouvert les yeux sur le monde réel. Il a quelques plaisirs dont je t'ai parlé, le reste ne l'intéresse pas.

— Il te fait l'amour?

— S'il ne me rosse pas, le samedi soir quand il a bu, pendant cinq minutes, dans l'obscurité.

— Tu jouis?

— En pensant à toi.

J'émerge de cette nouvelle frénésie bachique en septembre. Évidemment, je n'ai rien écrit. Je m'y remets. Harcelé par Bernard dont je soumets les nerfs à rude épreuve, je progresse lentement, usant et abusant de la patience de Paul L'Herbier. Lors d'une conversation téléphonique, il prononce une phrase qui me turlupine pendant plusieurs jours: « L'homme capable de penser à Dieu, s'il s'abandonne à ce qu'il a de plus ineffable, lui ou Dieu, plutôt lui, je suppose, n'est plus très loin de Le rencontrer ». Ineffable! Le dictionnaire définit ce mot d'après son étymologie: *fari* en latin signifie parler, donc qu'on ne peut formuler. Si je comprends bien Paul, il y a en nous un écran de fumée nous cachant la présence divine et nous empêchant de la déceler, phénomène qu'un écrivain anonyme appelle *Le Nuage d'inconnaissance.*

Dans ce cas, comment s'abandonner à ce qui échappe à l'entendement?

Cette fois, c'est Julia qui intervient. Fabrice admire l'effort qu'elle fait pour être attentive alors qu'elle transpire abondamment. Veut-elle qu'ils en restent là pour aujourd'hui? Elle le prie de continuer.

— Je me sens mieux en t'écoutant, mais ici je ne comprends rien et je présume qu'Oulimata aussi a décroché.

— Mais non. Fabrice veut dire que le dico n'a pas le vocabulaire pour traduire le senti. Un coucher de soleil m'a toujours ému, mais je serais bien en peine d'exprimer cette émotion avec des mots.

Fabrice et Julia sont éberlués par une telle sagacité.

— Je veux comprendre. Je n'ose pas déranger Paul qui prêche une retraite à des huiles ecclésiastiques. En désespoir de cause, j'appelle une poétesse éditée par Bernard. Son accueil est peu amène. Je bredouille ma requête.

— L'ineffable ressortit à ce que perçoit le cœur.

— Le cœur a ses raisons...

— Taisez-vous. Vous êtes trop trivial. L'ineffable n'est transmissible que par des métaphores.

— C'est donc de la poésie?

— De la poésie imaginale. Désolée, mais je ne puis rien pour vous. Retournez vous asseoir sur la lunette de vos chiottes. Là, vous êtes dans les dispositions les plus favorables à votre genre littéraire.

Là-dessus, elle raccroche. Je râle un bon moment avant de me rendre compte qu'elle m'a refilé un tuyau; il faut recourir à des métaphores pour transposer les élans du cœur. À partir de là, Florian émet des formules mallarméennes, empruntées au *Tombeau d'Edgar Poe*. J'espère que, si moi je n'y entends goutte, mes lecteurs, les plus snobs en particulier, s'extasieront sur leur abyssale profondeur. Ce charabia sonne faux. Je me contredis, je m'embrouille, je m'égare. Pour en sortir, un pentecôtiste aurait dû pratiquer une transfusion spirituelle à fleur d'âme. Vaille que vaille, je griffonne 250 pages émaillées de slogans ésotériques. Bernard s'y trompe : « Cette fois, tu voles très haut ». *Que nous importe la morale* parut en février 1983. Il fut bien accueilli. « Une œuvre originale, audacieuse, forte » écrit un critique du *Figaro*. En revanche, le monde religieux ne fut pas dupe. « À l'évidence, ironisa un jésuite dans la revue *Études,* Monclar n'a jamais pratiqué Eckhart ou Lulle. S'il pense qu'il suffit d'enduire sa mauvaise prose de vaseline cabalistique pour nous convaincre qu'il est un visionnaire, il se fourvoie. Une écriture qui absorbe la lumière et la réverbère dans l'âme du lecteur n'est pas à la portée de ce charlatan. »

Julia et Oulimata se sont endormies. Fabrice se retire sur la pointe des pieds.

*

Mercredi 17 janvier

Ce n'est pas la grande foule au cimetière de Yoff. Il y a les épouses de Taylor qui ne semblent pas éprouver beaucoup de chagrin, pas plus que ses enfants d'ailleurs, et une soixantaine de mines patibulaires dont l'activité principale n'est certainement pas une œuvre de bienfaisance. L'arrivée d'Oulimata, endeuillée, accompagnée de Julia, crée une certaine agitation. Plusieurs assistants sortent leur téléphone portable. À n'en pas douter, ils avertissent Diop de la présence de la nièce. Et de fait, dix minutes plus tard, il descend de sa limousine et se précipite vers la tombe de Taylor au moment où quatre hommes, dont Khadir, viennent de déposer la civière sur laquelle repose sa dépouille. Diop embrasse Oulimata avec une effusion inconvenante. Elle le remercie et le repousse doucement. Elle réussit à verser une larme quand le corps est mis en terre. Diop la serre de près. Elle bouillonne de rage, mais s'efforce de n'en rien laisser paraître. Sitôt qu'elle le peut, elle demande à Julia de la ramener au Centre. Oulimata éclate de rire en voyant s'éloigner la silhouette de Diop, figée à l'entrée du cimetière. Elle confesse qu'elle a été tentée de l'expédier d'une bourrade dans le trou prévu pour accueillir le linceul de Taylor.

— On nous suit, dit Julia. Je ralentis ou j'accélère?

— Laisse venir cet imbécile.

Diop les dépasse et leur fait une queue de poisson. Il est tout miel quand Julia abaisse la vitre.

— Vous ne m'avez pas donné l'occasion de vous remettre ce cadeau.

Il tend un paquet à la conductrice et se retire à la hâte comme s'il était sous le coup d'un accès de timidité. Oulimata ouvre le paquet. C'est une version de luxe du Coran.

— C'est enrageant. Il me fait le seul cadeau que je ne puis mettre à la poubelle.

Pendant le repas du soir, Oulimata raconte les funérailles de Taylor et le comportement hystérique de Diop. Charles Gallois, Omar Kitané et Gautier y participent. Ce dernier est pensif.

— À chaque fois que se produit un événement, comme Diop aujourd'hui qui offre un Coran à Oulimata, j'éprouve le même malaise. Je ne sais si vous avez lu les aventures d'Arsène Lupin. Depuis plusieurs jours, une phrase m'obsède: « Le Château de l'Aiguille dans la Creuse n'est pas l'Aiguille creuse. »

— J'ai lu ce roman pendant mon enfance. Il m'avait fasciné. Que voulez-vous dire? demande Julia.

— Obsessionnelle, la même question revient. Sommes-nous victimes d'une illusion d'optique? Nous sommes-nous suffisamment interrogés sur le fil des événements qui se sont produits depuis ce fameux dîner à La Parilla? Tragédie ou comédie? Dès le début, Ismaïl Diop, qui fut un universitaire brillant, qui a fréquenté le beau monde avant de devenir le criminel que nous connaissons, se conduit étrangement. Il déclare sa flamme avec une telle maladresse et un tel excès qu'on peut sérieusement douter de sa sincérité. J'ai comme l'impression d'assister à un mélo joué par un acteur de seconde zone. De quoi sommes-nous sûrs? Khadir et Taylor avaient besoin d'argent, d'où la vente d'Oulimata. Habib, Taylor et deux imans ont été assassinés. Amasova a tenté de tuer Oulimata.

— Tout cela nous le savons. Qu'est-ce qui vous fait problème? demande Fabrice.

— La crédibilité. À votre avis, d'après ce que nous savons de lui, Ismaïl Diop est-il homme à tomber amoureux fou alors qu'il sera la prochaine « Tête de dragon »? Dit-il la vérité lorsqu'il attribue l'attaque contre Yallah à la jalousie d'Amasova ou quand il prétend que Li Pen souffre de l'Alzheimer? Qu'est-ce qui lui prend d'offrir un Coran de luxe à Oulimata?

Le docteur Gallois examine le cadeau de Diop sous toutes ses coutures. Il lève la tête.

— Je vous ai entendu, Gautier. Supposons que vous ayez raison, que tout cela soit une vaste comédie, pourquoi Diop offre-t-il à Oulimata un cadeau d'une valeur inestimable?

Tous les regards se tournent vers le médecin.

— Il date du XIe siècle. C'est un manuscrit provenant de Cordoue, à une époque où l'Andalousie était le centre de la splendeur de la civilisation arabe. Une époque où chrétiens, juifs et musulmans vivaient en paix et partageaient leur culture respective. Ce Coran est sans doute un exemplaire unique qui n'était pas destiné au premier venu, mais probablement à la prestigieuse mosquée de Cordoue ou au Calife en personne.

Le livre passe de main en main pendant que Charles Gallois explique le comment et le pourquoi.

— Il contenait même une lettre, chère Oulimata. Je la lis?

> Oulimata chérie,
>
> On dit toujours qu'il faut offrir à celle qu'on aime ce qu'on a de plus précieux. Ce Coran est ce que j'ai de plus précieux. Quand répondrez-vous à mon amour?
>
> Votre Ismaïl

— Venant d'un homme dont un Procureur de la République passerait deux jours à lire le casier judiciaire dans un procès d'assises, cette prose est grotesque, dit Gautier pendant que les autres s'esclaffent.

— *Votre Ismaïl,* ricane Oulimata. Vous avez raison, Jacques. Dans quelle pièce jouons-nous? En bonne logique, quand un amour n'est pas partagé, on renvoie à l'expéditeur les cadeaux de valeur. Je ne le ferai pas pour celui-ci. D'abord, parce que Diop l'a certainement volé, ensuite parce que le bénéfice de sa vente servira au Centre.

Omar est confus, mais heureux. Il imagine déjà tout ce qu'il pourra faire avec les millions que rapportera le Coran. Gautier se fait fort de l'expédier à Paris par la valise diplomatique. Il connaît un commissaire-priseur qui en fera le meilleur usage.

— En réponse à votre question, Jacques, ma réponse est que nous voguons sur la *Nef des fous.*

— Vous lisez l'arabe, docteur? s'enquiert Kitané.

— Depuis le temps que je les soigne, j'ai assimilé leur langue.

Ce soir-là, après le départ des autres, Oulimata interpelle Fabrice

— Alors, JR, où en étions-nous?

— Je citais un jésuite de la revue *Études* qui me traitait de charlatan, mais avant de continuer, je suis curieux de voir ta réponse à ce dingue.

— Qu'à cela ne tienne. Tu notes, Julia.

> Cher monsieur
>
> Si j'étais honnête, je vous renverrais le cadeau stupéfiant que vous m'avez fait, votre bien le plus précieux dites-vous. Cependant, je ne le ferai pas, étant donné qu'il sent le soufre. Je l'offre au Centre Yallah. Avec le bénéfice de sa vente, il permettra à notre directeur d'entreprendre des travaux. Considérez que vous vous êtes montré très généreux, mais, de grâce, oubliez-moi.
>
> Oulimata Boye

— C'est excellent, mais gare à sa réaction. *Wait and see.* Je reviens à ces années où je torchonnais des bouquins qui berluraient l'opinion. Cependant, les sifflets des oiseaux de mauvais augure furent couverts par les vivats. Échaudé par mes expériences précédentes, je déclinai toutes les invitations à débattre autour du thème, ô combien délicat, de *Que nous importe la morale*. Déjà que j'avais éprouvé les pires difficultés avec la doctrine catholique, je ne me voyais pas disserter sur *les fondements de la métaphysique*... Je ne me souviens pas de la suite.

— ... *des mœurs. La métaphysique des mœurs,* précise Julia.

— C'est exactement cela. Tu es calée, Julia. Bravo. Je ne me voyais pas décréter que la morale n'était plus nécessaire pour qui était en prise directe avec Dieu. J'imaginais mes réponses balbutiantes et les *lazzi* qu'elles susciteraient. Bernard eut beau me harceler, me rappeler qu'on vendait beaucoup de livres lors de ces conférences, je m'en tins à ma résolution. J'assistai, depuis mon bureau, à la marche triomphale de cet attrape-nigaud. *Que nous importe la morale* était mon dixième roman. J'étais désormais célèbre, mais pour que ma consécration fût totale, il me manquait un grand prix. Je m'ouvris de ce rêve à Bernard.

— Pour décrocher le Goncourt, dit-il en se pourléchant, il faut veiller à la perfection du signifiant comme disent les structuralistes. Jusqu'à présent, tu ne t'es préoccupé que du signifié. Il faut éviter les polémiques qui sont vouées à l'oubli et surtout avoir l'aval de plusieurs maisons d'édition.

Oulimata est perdue.

— Signifiant, signifié, qu'est-ce encore que ce galimatias?

— Pardonne-moi. Cela veut dire qui privilégie la forme.

Je fis remarquer à Bernard que *Tristes Barricades* avait obtenu deux voix bien que ce fût un brûlot.

— En soixante-dix, ces messieurs-dames du Goncourt étaient eux aussi contaminés par le virus de la contestation. Relis les prix récents. Je te recommande *Rue des boutiques obscures* de Modiano.

Il allait ajouter quelque chose lorsque sa secrétaire fit irruption sans frapper.

— Que se passe-t-il, Fabienne?

— C'est Clarisse, monsieur. Elle est comme folle. Elle exige que vous la receviez sur-le-champ.

Bernard manifesta une vive contrariété.

— Elle râle parce que je n'ai pas encore édité son dernier recueil de poésies.

— Clarisse Durand? fis-je, étonné.

C'était elle, « la poésie imaginale ». La porte s'ouvrit avec fracas. Une furie déboula dans le bureau, talonnée par Fabienne qui s'efforçait de la retenir.

— C'est scandaleux. Voilà plus de six mois que je t'ai remis mon manuscrit et rien ne se passe. Évidemment, les déjections de cette barrique sont prioritaires. La « barrique » se retourna ; une petite boulotte au crâne rasé, en tenue de motard, me foudroyait du regard.

— Si dans un mois *Roses de sable* n'a pas paru, ta femme apprendra son infortune.

Elle sortit, non sans renverser une pile de livres. Nous étions en plein vaudeville. Il était l'amant de la poétesse. Bernard était effondré. Je pleurais de rire.

— Ne te marre pas. Si je ne la publie pas, elle me démolit. Pas de Paulette, pas d'argent ; pas d'argent, pas de maison d'éditions.

— Comme je pensais que tu l'appréciais, je l'ai appelée lorsque j'étais enlisé dans mon bouquin précédent.

Je relate mon bref entretien avec Clarisse. Malgré la gifle qu'il vient de recevoir, il esquisse un sourire.

— C'est bien elle. Elle se prend pour une grande poétesse.

Il se lève, cueille un volume dans une armoire vitrée. Il l'ouvre au hasard et lit :

— *Sigisbée coruscant*
Armure robotique
J'immole mon vagin
Sur ton bûcher extatique.

Elle appelle ces borborygmes de la poésie mystique.

— *Chants d'éternité.* C'est à vomir.

— Pourquoi l'édites-tu ?

— Tu l'as vue en action. C'est une pro du chantage. Je suis coincé. Je refuse, elle me dénonce. J'accepte, je perds de l'argent. *Chants d'éternité* s'est vendu à 112 exemplaires. Elle avait exigé que j'en imprime 3000.

Je ne lui ai jamais vu un tel désarroi.

— Publie son truc. Rien ne t'oblige de lui dire le nombre d'exemplaires que tu as fait imprimer. De mon côté, je me charge de l'éreinter sous un pseudo.

Ses traits s'éclairent. Au moment de prendre congé, il me rappelle de lire les derniers Goncourt. J'ai suivi son conseil. Je ne me souviens que de Modiano. Il m'a fait une forte impression. Écriture sobre. Dialogues brefs au service d'une intrigue simple. Chez lui, les silences sont les ombres de mots. Une rue de Rome au nom étrange lui sert de titre. Elle symbolise la mémoire, qui est sillonnée d'artères bordées de boutiques closes dont on ne possède pas la clé et qui gardent à jamais leurs secrets.

— Je l'ai interviewé pour la sortie de *La Petite Bijou*. Un homme charmant, timide, effacé. Rien en commun avec les plastronneurs qui se pavanent sur les plateaux de télévision, mentionne Julia.

— Après la parution de *Roses de sable*, fidèle à ma promesse, sous la signature de Jules Dupont, j'ai exécuté en trente lignes, dans une revue littéraire, ce fourre-tout d'une stupidité confondante. Le rédacteur en chef m'a montré les deux pages d'insultes « très imaginales » adressées à Jules Dupont. Bernard fut ravi tout en ne se leurrant pas : tôt ou tard, elle rappliquerait. Quant à moi, le reste de l'année, j'ai piétiné, hanté les bars, arpenté les boulevards.

— Si vous avez encore un peu de courage, j'en arrive à un épisode qui ne manque pas de sel, reprend Fabrice.

— Jusqu'à ce que nous nous endormions, sourit Julia.

— Un dimanche après-midi, je remonte les Champs-Élysées. Un violent orage m'oblige à me réfugier dans une brasserie. Je trouve un coin discret. Je pense à Annabelle, qui a dû accompagner son mari, envoyé par son entreprise en mission à la Martinique. Elle m'a raconté des craques à son sujet. On n'envoie pas à la Martinique un ivrogne qui tape la carte et fréquente les bordels. Il suffit de voir comment elle s'habille pour se faire une idée du salaire du mari. Je ne suis pas fâché de ce répit. Une menteuse adorable, mais collante. Un monsieur exprime le souhait de s'asseoir à ma table vu que toutes les autres sont occupées. Nous passons commande. Un muscadet pour l'inconnu, un cognac pour moi. Je l'observe du coin de l'œil. La soixantaine allègre. Des cheveux bien lissés avec une raie, un bronzage naturel, deux yeux pétillants, des pommettes saillantes, un nez busqué, des lèvres minces, un menton ferme caractérisent la noblesse de ses traits. Il est vêtu d'une veste pied-de-poule, d'une chemise bleue, d'une cravate ornée d'une perle. Il porte une chevalière à l'annulaire gauche. La classe!

— Nous sommes-nous déjà rencontrés? s'enquiert-il.

— Pas à ma connaissance.

— Votre visage ne m'est pas inconnu. Je me présente: Louis-Marie de Saint-Ange.

Il incline la tête avec une once de raideur.

— Fabrice Monclar.

— L'écrivain?

— Lui-même.

— Ravi de faire votre connaissance.

D'une manière inattendue, il me tend la main par-dessus la table. Éberlué, je lui tends la mienne. Il la saisit et la secoue avec enthousiasme.

— Permettez-moi de vous congratuler. Vous avez brillamment pourfendu ces hérésiarques. Ma famille est acquise à ce courant passéiste. C'est dire si je me suis délecté en vous lisant.

— Vous ne partagez pas les convictions de votre famille?

— Je les combats comme vous le fîtes dans ce roman dont le titre m'échappe.

— *Un Chrétien ordinaire.*

— C'est cela. *Un Chrétien ordinaire*, répète-t-il. Les traditionalistes sont les adeptes d'une religion prudhommesque.

Je dresse l'oreille. L'aristo commence à m'intéresser.

— Qu'entendez-vous par là?

— Je ne souffre pas « les parfaits ». Ils sont banals et ennuyeux. Ils condamnent ce qui soulage l'homme d'un fardeau qui s'alourdit d'année en année. Des ennemis du bonheur, des éteignoirs, des pisse-froid!

Son langage châtié fleure bon l'Ancien Régime.

— Je présume que vous êtes croyant.

— Catholique fervent, enfant de Marie, membre de l'Ordre Souverain de Malte, fidèle à un Dieu d'amour et non à un jean-foutre obsédé par les ribauderies de ses créatures. Et vous, cher monsieur, si je ne suis pas indiscret, en quoi croyez-vous?

J'adopte une moue dubitative.

— Ah! Je vois. L'agnosticisme des intellectuels! Dieu existe. Dieu n'existe pas. Un libertin moderne du siècle des Ténèbres. Creuser. Trouver par soi-même. Trop fiers pour s'abandonner. Nier Dieu en attendant de Le découvrir et mourir, en froid avec Lui, à cause de sa dérobade. N'allez pas imaginer que ma foi soit inébranlable. Face à Son silence, le doute m'effleure, suivi d'un rebond: je doute de mon doute. En réalité, mon Dieu est à mon image: faible et impuissant.

Cette conversation métaphysique, ponctuée de coups de tonnerre, un dimanche après-midi, dans une brasserie bondée et enfumée est surréaliste. Louis-Marie est intarissable.

— La perspective d'une existence à laquelle la mort mettrait un terme définitif m'est intolérable. C'est une pierre d'achoppement à rebours.

Qu'est-ce qu'il raconte? Il perçoit mon embarras.

— Pardonnez-moi. Je m'exprime avec maladresse. Je veux dire que la majorité de nos congénères jouent leur va-tout sur le bref laps de temps passé dans cette vallée de larmes et maudissent l'inéluctable trépas. À l'inverse de ces faquins, dans l'expectative de ce moment unique, je suis enclin à le considérer comme une aubaine. Il ne peut pas ne pas se passer quelque chose et cela m'intrigue furieusement.

Je n'ai rien à dire. Je n'ai jamais envisagé ma mort. Je n'en attends rien. Je l'écoute disserter sur cette vieille querelle, qui, de toute façon, n'a ni vainqueur, ni vaincu. Néanmoins, un voyant lumineux clignote dans mon cerveau.

— Il n'y a qu'une alternative, enchaîne-t-il d'un ton passionné. Ou il n'y a rien et nous nous dissolvons dans le néant ; ou il y a quelque chose et nous nous ébrouons dans une céleste orangerie, différents ou les mêmes, les mêmes de préférence. Si je survis, tous survivent. Confronté à mon créateur, je lui dis le fond de ma pensée. Ce face-à-face donne la chair de poule à ces paltoquets de traditionalistes.

Il pointe son doigt dans ma direction.

— Le péché originel, cette invention géniale, a fait de nous des délinquants congénitaux, en détention préventive sur cette planète, en attente du jugement. C'est une galéjade d'un goût douteux. Je conçois mon rendez-vous avec le Seigneur comme une offre d'embauche *ad aeternitatem*. Imaginez la scène, Monclar. Je présente mes doléances. Je prends la liberté de déplorer sa déplaisante manie d'être aux abonnés absents. Sa réponse me confond. Il s'émerveille du courage avec lequel j'ai enduré cette satanée vie, chiffonne mon billet de confession, m'ouvre les bras. Je me noie dans un océan de tendresse. Notre dernier soupir est le début d'une prodigieuse aventure.

— Et le diable ?

Ma question est une provocation.

— Un épouvantail destiné à faire marcher au pas de l'oie.

— Pas d'enfer, pas de diable ?

Il hausse les épaules. Nous devisons encore quelques instants. L'orage est passé. Nous échangeons nos bristols. Avant de quitter la brasserie, il prononce une phrase qui m'interpelle : « L'humanité n'a de sens que si elle est un mystère ». Je suis rentré chez moi en taxi pour noter la teneur de ce monologue hors du commun. Cet aristo si attachant m'avait offert un titre : *Pierre d'achoppement.*

Julia s'est endormie. Cinq minutes plus tard, Oulimata se lève péniblement, la prend dans ses bras et va la mettre au lit avant de regagner le sien.

Fabrice va fumer une pipe dans la nuit sénégalaise.

*

Jeudi 18 janvier

L'ambiance qui règne au Centre est de plus en plus pénible. Tout ce que ses enseignants ont essayé de construire pendant des années part en quenouille. Agressivité, violence, indiscipline ont remplacé la joie de vivre et la soif d'apprendre qui y régnaient. Tout cela depuis qu'un mafieux s'est entiché d'Oulimata et que des salafistes y ont vu un terrain favorable au recrutement d'adeptes.

Après les cours, Gautier revient défendre sa théorie de l'illusion d'optique. Fabrice abonde dans son sens.

— Vous m'avez troublé et impressionné, Gautier. J'ai consulté un psychiatre de mes amis qui, non sans réticences, a accepté de faire un portrait psychologique de Diop à partir des éléments que nous possédons. Avec les réserves d'usage, il est parvenu à la conclusion que ce voyou était incapable d'aimer. Il suffit de voir sa mère pour s'en convaincre. Il n'y a pas de place pour autrui dans un ego démesuré. Bien qu'il l'ait épousée avant leur suicide mutuel, il est impossible qu'Hitler ait aimé Eva Braun. Si nous suivons cet avis, votre scénario est plausible et le Coran, qui est une babiole pour lui, devient l'instrument de sa supercherie. Il nous en met plein la vue pour nous aveugler.

Gautier n'aime pas les psys, ce qui l'amène à se contredire.

— Je me suis toujours méfié des disciples de Freud. Ils ne tiennent pas assez compte de l'unicité de la personne, réplique Gautier. Diop est peut-être tel que le dit votre psy, mais il peut être tout autre.

Après le départ de Gautier, Fabrice fume sa pipe sur la terrasse devant la porte de sa chambre. Faut-il faire part du scénario de Gautier au colonel? C'est un militaire pour qui seuls comptent les faits et leurs conséquences. Il regrette d'avoir omis de demander à Gautier, qui est un intime de Solar, s'il lui en a touché un mot. Fabrice l'appelle sur son portable : non, il ne lui en a pas parlé.

Une idée l'a effleuré, elle revient, plus impérative, comme une évidence. Il souhaite un entretien avec Irina Amasova.

Un petit paquet est arrivé pour Oulimata. Des boucles d'oreilles en or.

— Décidément ce crétin n'a rien compris. Il m'offre un Coran historique. Je lui réponds que je le ferai mettre en vente pour le Centre et il rapplique.

Comme toujours chez elle, elle commence par exploser. Elle balance les boucles d'oreilles par la fenêtre et traite Diop de sous-merde. Après un deuxième verre de vin, elle s'esclaffe.

Fabrice s'abstient de tout commentaire. Julia les rejoint. Dîner. Puis, retour du côté de Louis-Marie.

« Avec le recul, il est navrant de penser que je n'ai retiré de ses paroles qu'un thème romanesque. Aucune question sur moi-même, sur le sens de la vie, sur Dieu. Navrant d'avoir vécu éparpillé dans le remuement du quotidien sans ressentir le besoin d'une synthèse. Je crois que c'est à ce moment de ma régurgitation, lors de ce dimanche mémorable, que je rebranche le téléphone, animé par l'espoir que les jésuites ne m'ont pas oublié.

Période plus tranquille. Annabelle, un peu calmée, demeurait mon repos du guerrier. Yolande visitait des malades et des pauvres, mais avait pris ses distances avec Duponchel. Pierre buvait. Edmée causait. Sidonie se desséchait. J'écrivais *Pierre d'achoppement.* Quant à Bernard, chaque fois qu'il me téléphonait pour me demander quand j'aurais fini, mon Jules II s'entendait répondre par son Buonarroti : « Quand j'aurai fini ».

— C'est qui ce Buonamachin, murmure Oulimata à l'intention de Julia.

— Michel-Ange, quand il peignait le plafond de la Chapelle Sixtine. Je ne comprends toujours pas, Fabrice, comment tu parviens à t'abstraire de la tourmente présente et à relater ton passé avec une précision telle qu'on s'y croirait.

— Pendant la Première Guerre mondiale, englués dans la boue des tranchées, sous la mitraille, des soldats racontaient des histoires à leurs camarades pour les distraire de l'enfer qu'ils vivaient. En juillet, Louis-Marie m'invita sur ses terres ; une gentilhommière du XVIe siècle située dans le Cher à l'orée de la forêt de Vierzon. On évoquait la mort tout en banquetant comme des mousquetaires. Je me souviens d'une phrase : « Les hommes prennent la mort comme un navire prend l'eau ; naufragés en pleine mer, ils s'inquiètent de bouées et de gilets de sauvetage. Tôt ou tard, ces peigne-culs se noieront. » Je suppose qu'il voulait dire qu'il valait mieux savoir nager que d'avoir une bouée. Quand nous ne tutoyions pas les sommets, il m'entretenait de ses ancêtres. Il n'était question que de beuveries, de servantes culbutées, de coups d'estocs, de maris trompés, de folles chevauchées, de croisades, de gibets. La plupart de ses anecdotes était d'une violence et d'une paillardise à ébranler les plus endurcis. Le contraste entre ses propos philosophiques et ses croustillantes histoires de famille faisait partie de son chic. Il s'intéressa à mon roman. Quand il prit conscience qu'il en était le personnage principal, que le nom que je lui prêtais était Gonzague de Sainte-Hermine, il éclata d'un rire bruyant. Par la suite, souhaitant mieux le connaître, je me suis efforcé de le faire parler de lui, de son épouse, de ses enfants, du métier d'avocat qu'il avait pratiqué pendant quarante ans. J'ai fait chou blanc. D'un sourire soyeux, il éluda toutes mes tentatives de fracturer son intimité. Il partageait sa pensée, il taisait son cosmos privé. »

— Qu'est-ce qu'on fait avec Diop?

— Je remercie en trois lignes. Je ne fais aucune allusion aux boucles d'oreilles.

— Il ne va pas apprécier.

Elle explose à nouveau.

— Mais, par Allah, je n'en ai rien à cirer de ce gommeux!

— Quoi que tu écrives, il le lira à genoux, fit Julia.

Vendredi 19 janvier

La nuit porte conseil, dit-on. Fabrice appelle Abou sur son portable.

— Tu connais certainement des gars de ton âge qui rackettent pour la mafia.

— Quelques-uns. Mais, si tu veux, j'ai aussi un salafiste.

— Excellent. Dis-lui que Fabrice Monclar désire rencontrer Irina Amasova. À elle de fixer le lieu, le jour et l'heure du rendez-vous.

— Qui est Fabrice Monclar?

— C'est moi dans une autre vie. Oulimata te racontera.

— Et tu veux rencontrer, Amasova? Tu perds la tête, papa. Cette femme est un monstre.

— Fais ce que je te demande. Toi et tes amis, vous serez dans les parages.

Fin de la communication. Abou sait combien papa est obstiné. Quand il a une idée en tête, il n'en démord pas.

Le soir venu, ils retrouvent leurs habitudes.

« En septembre, je patauge toujours. La rentrée littéraire me titille les neurones et la jalousie, ce carburant énergétique, fait tourner le moteur. Je rends ma copie à Bernard en décembre. Sa secrétaire me convoque huit jours plus tard. Il y a du changement. Son bureau a doublé de volume. Le mobilier est design, les murs sont peints en couleur paille, la moquette est bleue. Il y a quelques copies de peintres modernes et les bibliothèques grimpent jusqu'au plafond. Le décor de l'homme qui a réussi. Il me regarde venir en se caressant le menton comme un proviseur sur le point de commenter le bulletin d'un cancre. Sépulcral avant l'annonce de la bonne nouvelle. C'est son côté Buster Keaton.

— Tu as fait des progrès.

Je ne bronche pas pendant qu'il feuillette mon manuscrit.

— Style concis. Moins de lourdeurs que d'habitude, peu d'emphase, ni d'épithètes criardes et d'adverbes toutes les deux lignes.

C'est la première fois qu'il souligne des défauts régulièrement relevés par les critiques.

— J'ai suivi ton conseil. Je me suis imprégné de Modiano.

— Qu'en as-tu retiré?

— Des histoires tristes écrites dans une langue dépouillée.

— Pourrais-tu modifier le nom de ton héros, Gonzague de Sainte-Hermine. C'est d'un ringard. Donne-lui un nom républicain.

Son objection m'amène à lui raconter Louis-Marie.

— Un aristo qui préfère la métaphysique au golf et à la chasse! Il t'a vraiment impressionné?

— De nombreux propos de mon héros sont de lui.

— Il est au courant?

— Au courant et consentant.

— Gonzague de Sainte-Hermine! Tu n'as rien de mieux.

— Je n'ai rien de mieux. C'est à prendre ou à laisser.

— Bon! D'accord, ils vont tous se foutre de toi. Gonzague de Sainte-Hermine! se marre-t-il, la bouche en cul-de-poule.

— Comment se porte ta poétesse?

Son visage s'allonge. Son cou s'affaisse sur ses épaules. Il se tasse dans son trône directorial.

— Elle écrit un roman!

« À ce stade de mes souvenirs, une question de Louis-Marie refait surface: est-ce que vous vous sentez écrire? Pourquoi l'ai-je éludée et oubliée comme tout le reste? Parce que je ne sentais rien. Émotionnellement neutre, je pratiquais une forme d'écriture automatique. Aujourd'hui, j'ai compris qu'il me demandait si j'accompagnais de l'intérieur la trajectoire de mes personnages. J'ai reproché à Theodora d'exercer son métier de manière inhumaine. Mes patients de papier n'étaient pas mieux lotis. Mes livres ne m'ont rien appris, parce que mes personnages étaient des silhouettes interchangeables, les marionnettes d'un guignol en carton.

Écrivaillon, pas romancier. Mes lecteurs compensaient mon insensibilité en enrichissant mes fictions de leurs propres expériences.

Pierre d'achoppement parut en mars 1985. « Pour notre plus grand plaisir, Monclar change son fusil d'épaule, mentionna un critique. Même teinté de pessimisme, cet hymne à la mort est de nature à nous réconcilier avec elle. Un habile mariage entre littérature et philosophie. Rédigé dans une langue épurée, *Pierre d'achoppement* nous épargne les redondances dont Monclar est coutumier. Chapeau, maître! »

— Si vous n'êtes pas trop fatiguées, j'en viens à un des épisodes les plus inavouables de mon existence, qui, à lui seul, m'aurait valu l'enfer s'il existait.

Oulimata tressaille.

— Tu ne crois pas à l'enfer?

— Pendant des siècles, l'enfer a permis aux curés d'exercer un chantage systématique sur leurs ouailles. On n'en parle pas dans l'Évangile. Il n'existe comme dogme que depuis le XIIe siècle. Racket avant la lettre, il était possible d'y échapper si on léguait ses biens à l'Église. Comme paradis ou enfer était un peu trop manichéen, un optimiste a inventé le purgatoire un siècle plus tard. L'achèvement de *Pierre d'achoppement* a creusé un vide que je tentai de combler dans les bras d'Annabelle par une boulimie sexuelle. Si j'écrivais ma biographie, je dissimulerais, j'exciserais, j'enluminerais, mais, en pensée, il est plus malaisé de se mentir.

La chambre de Fabrice est brusquement plongée dans un silence opaque. Ses deux auditrices perçoivent son accablement.

— Qu'il est douloureux de réveiller les morts! Au cas où l'enfer existerait quand même, si je suis damné, ce sera pour avoir piétiné la vie de cette femme adorable. Ils sont peu nombreux à connaître mes coordonnées. Le courrier qui m'est adressé atterrit sur le bureau de Fabienne qui me le transmet. L'une de ces missives attire mon attention. Elle émane d'une écrivaine nantaise, Clémence Leduc. Je suis son idole et son modèle. Elle a publié deux romans. Puis, elle est tombée en panne d'inspiration. Elle résume sa vie en quelques mots: « divorcée, solitaire, 27 ans, pas moche ». Elle termine par un « Respectueusement vôtre » suivi de trois petits points. Au lieu de flanquer cette invite grossière à la poubelle, comme un érotomane invétéré flairant la bonne affaire, je réponds que je la recevrai volontiers afin de l'aider à sortir de son ornière littéraire et je lui donne mon numéro perso.

Elles s'exclament toutes les deux en même temps qu'il est un parfait imbécile.

— Trois jours plus tard, elle me téléphone de Paris. Elle a fait le voyage pour me rencontrer. Elle est pimpante dans un ensemble noir. Petite, pas enveloppée, des cheveux jais coupés à la garçonne soulignent le relief de son visage. Je ne m'attarde pas sur les autres parties de son anatomie.

— Tu fais bien, cochon, rugit Oulimata.

— Nous parlons livres. Elle, toute ouïe, la prunelle étincelante ; moi, le grand homme distillant sa sagesse. Quand je mets un terme à l'entretien. Elle se lève, s'approche et me plaque un baiser sur la bouche. *Je suis si heureuse de vous connaître.* La semaine suivante, cette connaissance prend un tour biblique. Puis, j'entre dans une période de yoyo. Tantôt Clémence, tantôt Annabelle. Cette situation dure jusqu'à l'après-midi fatal. Après l'amour, nue, Annabelle s'est endormie et ronfle en sourdine. Je la détaille d'un œil critique. Un pli par-ci, un bourrelet par-là, des rides, un léger embonpoint, victime, comme n'importe quel bipède, de l'irréparable outrage des ans… la date d'expiration de sa splendeur est inscrite sur tout son corps. Je me rhabille, griffonne un mot l'informant que j'ai oublié un rendez-vous important avec mon éditeur. Je la rappelle demain. Je ne l'ai pas rappelée. Elle a téléphoné encore et encore. Supplications, larmes, lettres enflammées n'y ont rien fait. Pour mettre un terme à ma liaison avec Annabelle, je rédige une missive immonde : « Yolande s'est rapprochée de moi. Des scrupules de conscience m'interdisent de nous revoir. Il n'y a plus de place pour une maîtresse dans mon existence. Ce serait péché. » Je conclus par un adieu sans équivoque et des remerciements hypocrites.

Silence. Fabrice a les larmes aux yeux. Elles viennent spontanément près de lui et le serrent dans leurs bras.

— Tu ne dois pas raconter la suite. On la devine.

— J'abrège. En mai 1985, je ne sais plus comment j'ai appris qu'elle s'était ouvert les veines dans sa baignoire. Le seul sentiment que j'éprouvai fut une peur panique. Pourvu que la police ne trouve pas ma lettre. Des jours durant à trembler ; de l'angoisse pour moi, pas de tristesse pour elle. Il ne s'est rien passé. Cette belle âme avait sans doute détruit la preuve de mon inconduite. J'avais sacrifié Annabelle pour Clémence. Grave erreur. Elle me signifia mon congé suite à mon refus d'intervenir auprès de Bernard pour qu'il publie son nouveau roman. À la fin de l'été, lors d'un brunch, un journaliste qui nous avait vus ensemble me dit qu'elle vivait avec son agent littéraire, une femme. Clémence était une lesbienne notoire. Il n'y avait que moi pour l'ignorer.

— Va te reposer, Fabrice.

Oulimata l'embrasse. Il se retire. Il va fumer une pipe sur la terrasse. Le récit qu'il vient de faire l'a démoli. Il est 9 heures 20. Sa pensée flotte un instant avant de se préciser. Aussi bien dans son présent que dans son passé, il est prisonnier du temps que nul ne maîtrise, parfois long fleuve tranquille, parfois cheval emballé. Ces considérations sont stériles aussi longtemps qu'il n'aura pas avoué le pire.

*

Samedi 20 janvier

Pendant la récréation, Omar remet une lettre à Fabrice. Celui-ci sent son estomac se nouer.

Monsieur,

Votre message m'est parvenu. Soyez sur la plage à hauteur de Yallah. Un bateau viendra vous prendre à 17 heures. Venez seul et sans armes.

Irina Amasova

Dans une île! Très astucieux. Impossible de couvrir ses arrières. Aujourd'hui à cinq heures. Une heure plus tard, il fait nuit. Il appelle Gautier pour qu'il prévienne le colonel de son initiative. Il s'attend à ce qu'il pousse de hauts cris. La réponse de Gautier le surprend:

— Qu'avez-vous à lui dire?

— Cela dépendra de son attitude.

— Vous rendez-vous compte que le moindre mouvement sur l'océan sera repéré au radar, le nôtre comme le leur? Personne ne peut vous accompagner. Elle a bien joué son coup. Elle vous reçoit, mais vous êtes sans défense. Vous savez, Fabrice, que vous êtes un type emmerdant. La politique du fait accompli est une de vos spécialités. Bon! Allez-y. Solar sera furieux, mais fera son possible pour assurer vos arrières.

Une heure plus tard, un quidam remet à Fabrice un portable d'aspect normal. Il lui recommande d'appuyer sur la touche numéro un en cas de danger.

Abou enrage de ne pouvoir en être.

À 17 heures, un hors-bord s'arrête à côté du ponton d'où les élèves se jettent à l'eau lors des cours de natation. Fabrice n'a sur lui qu'un mouchoir, son portable et son portefeuille. Il contient les lettres de Diop, qui accusent Amasova, l'interview de Julia et les boucles d'oreilles. Le conducteur du hors-bord le fouille, le prie de s'asseoir dans la cabine à côté d'un comparse et de n'en pas bouger. Dix minutes plus tard, ils accostent un quai dans une crique de l'Île de la Madeleine. Un homme l'attend qui le conduit à travers un paradis de verdure jusqu'à une demeure de l'époque coloniale. Au moment où ils longent la piscine, une belle femme musclée en sort. Elle s'empare d'une cape de bain, dévisage Fabrice sans la moindre aménité. Pas un bonjour, aucun geste d'accueil. L'homme le fait entrer dans un petit salon. Avant de le laisser seul, Fabrice subit une deuxième fouille. Ouf! On ne confisque pas son portable. Quelques instants, plus tard, vêtue d'un paréo, Amasova le rejoint. Elle s'assied en face de lui, allume une cigarette et se tait. Comment aborder cette femme au visage dur et fermé qui le fixe avec un regard polaire?

— Bonsoir, Irina Amasova. Je vous remercie de me recevoir dans votre superbe propriété.

Il prononce cette phrase en russe. Un des membres du personnel de Yallah la lui a apprise cet après-midi. Regard gris d'une fixité inquiétante, pas même un battement de paupières. Il ne faut surtout pas avoir l'air impressionné ou faire preuve de timidité. Sa voix est ferme et claire.

— Ainsi que vous le savez, je fus écrivain. En tant que tel, je m'intéresse encore aujourd'hui à des personnalités hors du commun. D'après votre réputation et ce que j'en ai vu moi-même, vous n'êtes pas banale.

Silence. Que dire pour la faire réagir?

— Vous n'êtes pas sans savoir que je travaille au Centre Yallah où j'alphabétise des jeunes.

Elle parle.

— Rien à foutre.

— Rien, assurément. Cependant, vous êtes certainement au courant que j'ai une collègue dénommée Oulimata Boye.

À l'énoncé du nom maudit, ses traits se déforment.

— Ismaïl Diop semble être tombé amoureux fou d'Oulimata qui, je vous le garantis, ne ressent que du mépris à son égard. J'ai cru comprendre que vous étiez la maîtresse de Diop et qu'être débarrassée de votre rivale ne vous déplairait pas.

Fabrice est en train de trouver le ton juste dans cette joute très particulière. Le visage d'Amasova exprime une férocité qui donne froid dans le dos. Au moment où elle ouvre la bouche, Fabrice la devance.

— Taisez-vous. Je vais vous raconter une histoire.

Elle est tellement estomaquée par son aplomb qu'elle se tait. Fabrice brosse à grands traits son existence passée et insiste particulièrement sur les morts qu'il a sur la conscience.

— J'étais comme vous, complètement insensible à la vie d'autrui, d'un égotisme forcené qu'on pouvait raisonnablement qualifier de pathologique. Je dis *comme vous* puisque vous ne nierez pas avoir commis bon nombre de crimes immondes.

Ces fortes phrases ne la laissent pas indifférente. Elle est hors d'elle. Elle se lève. Fabrice est d'un calme olympien.

— Asseyez-vous. Je n'ai pas terminé.

Subjuguée, elle obéit.

Il lui explique que la prise de conscience de ce qu'il était l'a transformé et qu'il a compris qu'on était un peu plus heureux - parce que vous n'êtes pas heureuse - lorsqu'on s'intéressait aux autres; il avait aussi compris que le criminel était affligé d'une déficience d'être qu'il tentait inconsciemment de combler en détruisant autrui.

— Plus je tue, plus j'existe, n'est-ce pas, Irina Amasova. C'est la première chose que suis venu vous dire. Quoique vous ayez fait, il vous reste une chance, une seule, de retrouver une vie meilleure avant que celle que vous menez ne se termine mal. Telle que vous êtes, vous ne ferez pas de vieux os.

Il l'empêche à nouveau de réagir.

— Vous seriez donc amoureuse d'Ismaïl Diop. Je possède deux lettres écrites de sa main qui ne laissent planer aucun doute sur les sentiments qu'il vous porte.

D'un geste lent, Fabrice tire son portefeuille de sa poche et en extrait les lettres en question. Elle les lui arrache. Elle lit. La transformation de cette femme en tigresse est fascinante. Il a l'impression qu'elle est incandescente. Elle tend à nouveau la main. Fabrice y dépose les boucles d'oreilles.

— Une confirmation?

Il lui lit l'interview parue dans *Le Soir*. À son tour de fixer Amasova droit dans les yeux.

— Vous êtes à la croisée des chemins, Irina Amasova. Vous n'êtes que vengeance et haine. Ou vous poursuivez votre cavalcade infernale jusqu'aux flammes de l'enfer; ou vous faites preuve d'intelligence et vous changez d'existence. Vous êtes riche. Vous pouvez tout vous payer. Vous modifiez votre look de sorcière, vous devenez la belle femme que vous êtes, vous mettez votre fortune et vos nombreux talents inexploités au service de l'humanité. Ce faisant, vous méprisez Ismaïl Diop, auquel vous avez été enchaînée, dont vous avez été, dont vous êtes encore la chose. Un vilain monsieur, un lâche qui ne vous est même pas reconnaissant de tout ce que vous avez fait pour lui. Est-on reconnaissant vis-à-vis d'un animal de compagnie, Irina Pavlovitch Amasova?

En terminant avec son nom complet, Fabrice estime en avoir dit assez. La minute de vérité s'éternise. Elle va craquer. Raté. Elle se maîtrise.

— De quoi vous mêlez-vous?

— Je protège Oulimata Boye contre les menées d'un voyou, votre ex-amant, Ismaïl Diop, et contre la jalousie maladive d'une damnée en puissance. Une dernière question: votre vie infâme vous satisfait-elle? Si oui, vous êtes irrémédiablement perdue.

Elle tient toujours à la main les deux lettres, l'article de Julia et les boucles d'oreilles.

— Que décidez-vous? La haine, la guerre, le jusqu'au-boutisme suicidaire ou le changement de cap vers le large, là où l'air est pur, vers l'horizon où l'océan et le ciel se rejoignent? Là où, qui sait, l'amour vous attend. Je suis la vie, j'étais la mort. Vous êtes la mort, mais vous pouvez encore choisir la vie.

Elle se lève et sort. Il consulte sa montre. Il est 19 heures 55. Pas une seconde il n'a eu peur d'elle. Elle paraît implacable, mais ce n'est qu'une façade. Elle terrorise pour sublimer sa propre panique. Il le lui dit en partant. Quelques instants plus tard, il est dans le hors-bord.

Ils sont tous là. Gautier a amené Solar. La démarche de Fabrice a dû l'énerver, puis l'intriguer. Son retour sans une égratignure a incité Solar à se déplacer parce que, lui aussi, s'interroge sur Amasova. Fabrice rapporte fidèlement son monologue. Oulimata enregistre ses paroles. Puis, ils dînent. Solar partage leur repas.

— Vous avez gagné votre duel contre ce monstre femelle. Elle ne vous a pas menacé, elle vous a écouté, elle vous a laissé partir en dépit des énormités que vous lui avez lancées au visage. Je pense qu'une chose est acquise: ses relations avec Diop sont définitivement rompues. Suivra-t-elle votre conseil?

— Engluée dans le mal jusqu'au cou comme elle l'est, cela me paraît très improbable, fait remarquer Julia.

— Comme je l'étais, rétorque Fabrice.

— Rien ne prouve qu'elle n'a pas joué la comédie, dit Solar.

— Pour l'avoir eue en face de moi pendant près de deux heures, j'ai la conviction qu'elle est droite et logique avec elle-même. Elle adhère à la mafia. Elle était amoureuse de Diop, désormais elle le hait. C'est ce qu'elle m'a montré.

Il est presque 22 heures lorsqu'on frappe à la porte, c'est un gamin avec une enveloppe destinée à Fabrice. Il l'ouvre. Elle ne contient qu'un mot : « Merci ».

Lorsqu'ils ont tous regagné leurs pénates, Fabrice, assis sur la terrasse, fumant la pipe, contemple le ciel qui se couvre rapidement de gros nuages sombres. L'orage éclate. Il est violent, mais sans commune mesure avec la foudre qui carbonisera Diop.

*

Dimanche 21 janvier

Aux environs de 9 heures 30, une DS entre dans la cour. Fabrice quitte sa classe et se porte à la rencontre de Gautier. Celui-ci a reçu un coup de fil de Solar, il y a une demi-heure : la voiture de Khadir a explosé cette nuit alors qu'il regagnait son domicile. Fabrice donne du travail à ses élèves. Il emmène Gautier dans sa chambre.

— S'agit-il d'une conséquence de ta rencontre avec Amasova ?

— C'est possible. Elle s'est énervée, fâchée, mais n'a pas ouvert la bouche. Cependant, il y a ceci.

Il lui montre le « Merci » d'Amasova que Gautier n'avait pas vu parce qu'il était parti tôt hier soir. Puis, ils se rendent dans le bureau d'Oulimata. En apprenant la mort de Khadir, elle bondit de joie.

— Encore un salopard de moins. Les heures de Diop sont comptées.

À peine a-t-elle prononcé son nom qu'Omar vient lui remettre une lettre dont elle reconnaît l'écriture.

— Le pourri en remet une couche !

> Ainsi ton comparse Monclar, qui ne perd rien pour attendre, a fait parvenir à cette saleté d'Amasova deux

> lettres que je t'avais écrites ainsi que le cadeau que je t'avais fait. Contrairement à ce que tu as pu penser, les sentiments que j'exprimais étaient sincères. Je n'avais jamais aimé que moi-même. Tu auras été la seule et la dernière. Plus personne ne bernera Ismaïl Diop. Tu m'as trahi, charogne, à genoux... supplie-moi... on ne trahit pas sans frais Ismaïl Diop, le futur maître de La Triade. Tu connaîtras le feu de l'enfer, putréfaction. Quant à cette chienne d'Amasova, je lui réserve une interminable agonie. Encore un mot, avec la mort de cette crapule de Khadir, ne va pas t'imaginer que tu es libre. Tu m'appartiens, tu es ma chose. Quand je le voudrai, d'un coup de talon, je t'écraserai comme un cafard. J'ai la haine très tenace et très cruelle. Même ton colonel d'opérette ne pourra rien pour toi. Sois maudite. Je pendrai Amasova à un croc de boucher. Je lui arracherai les yeux. Moi, Ismaïl Diop, je suis ton maître, toi tu es mon esclave... Je t'accorde une dernière chance. Viens de ton propre gré me demander pardon... seule, sans ton chien de garde et ta meute de singes... à genoux... Je suis ton maître, tu es mon esclave...

Rédigé d'une main tremblante de rage, ce texte incohérent dont plusieurs passages sont illisibles, la fin en particulier, est celui d'un fou en liberté. Son auteur inspire la terreur, mais en même temps, atteste qu'il ne jouit plus de toutes ses facultés mentales, qu'il commettra des erreurs qui le perdront. En ce sens, les anathèmes de Diop ne pourront que réjouir le colonel « d'opérette ». Fabrice songe à Amasova, à sa détestation de l'humanité. Semant la mort sur son chemin, elle n'a été l'objet d'aucune tendresse. Ce qui a fait d'elle le robot sanguinaire dont Diop s'est servi pour accomplir les basses besognes, mais c'est terminé, Amasova s'est humanisée.

Oulimata n'assista pas aux funérailles de Khadir. La journée se passa entre anxiété et soulagement.

Si, en janvier 2007, le destin d'Oulimata se précisait au fil des heures, celui de Fabrice Monclar allait prendre une tournure des plus inattendues le dimanche 7 novembre 2004.

« Annabelle !

J'aurais dû la regretter, verser un pleur, fleurir sa tombe. Ni choqué, ni affligé, ni fautif. Uniquement mortifié de m'être fait avoir par Clémence. Par ailleurs, le tragique destin d'Annabelle Charroux était un beau sujet de roman.

Exclamations indignées.

— Rassurez-vous, il resta à l'état d'ébauche. En novembre, *Pierre d'achoppement* obtint trois voix au Goncourt. Ce nouvel échec m'atterra. Je me remis à boire. Solitaire, parano, aigri, je périclitais. En réalité, le Goncourt a été le détonateur de ma dépression. Il n'en fut pas la cause. Une puissance occulte avait mis Clémence en circulation pour me perdre. Prostré jusqu'en janvier 1986. Les jours et les nuits se confondent. Désespéré par l'impossibilité d'être, j'ai perdu mes repères. Les femmes, les livres, mon encrier, tout me fait horreur. Je fais la navette entre mon lit et mon canapé. Soûl dès dix heures du matin, je me néglige, je ne m'habille plus, je pue. Catherine m'apporte ma pitance trois fois par jour. Je l'entends encore se lamenter : « Si c'est pas malheureux ! » Monique nettoie ma porcherie deux fois par semaine. Je ne sors que pour acheter du carburant que j'introduis par la porte de service. Je suis mûr pour le cabanon ou le cimetière. Et les autres, me direz-vous ? J'ai su plus tard que le médecin de famille avait conseillé de me laisser mariner dans mon jus ; il arrive un moment où la déchéance est telle qu'elle déclenche un réflexe salutaire. Je n'en suis jamais arrivé à ce point. Un événement dramatique m'a sauvé de l'autodestruction.

— Pourquoi Yolande et Pierre, qui ne te rejetaient pas, ne t'ont-ils pas secouru ? fait Julia.

— Ils vinrent, mais je les ai injuriés et mis à la porte.

— Et le médecin?

— Remballé.

— Quel a été cet événement? demande Oulimata.

— Un dimanche après-midi, bourré, je somnole. Je perçois une présence. J'ouvre un œil. Je reconnais Pierre. Il se tient debout au pied de mon canapé, raide, me fixant dans les yeux.

— Ça ne peut plus durer, Fabrice.

— Qu'est-ce qui ne peut plus durer?

Ma voix est à peine audible.

— Ton comportement.

Je l'avise d'un regard torve. Je me méprends sur la tristesse de ses traits. Je bredouille:

— Ne t'en fais pas.

— Je ne m'en fais pas pour toi, mais pour Yolande.

— Yolande?

— Oui, ma fille, ta femme, Yolande. Elle est malade. Gravement malade. Edmée et moi, sommes venus nous installer chez vous puisque tu n'es plus bon à rien.

Je mets un certain temps avant de mesurer la portée de ses paroles.

— Vous vous êtes installés chez moi, sans m'en parler?

— Pas chez toi. Chez Yolande qui va mourir d'un cancer du sein détecté trop tard. Elle va mourir lentement. Il lui resterait quelques mois. Avant de trouver son repos, elle connaîtra l'humiliation de la dégradation physique.

Je suis dégrisé.

— Elle est au courant de son état?

— Elle sait.

— Et...

— Elle assume avec courage.

Pierre en a assez de mes questions. Il élève le ton, ce qui est rare chez lui.

— Elle a besoin de toi.

— Elle te l'a dit?

— Elle me l'a dit. En dépit de ce que tu penses, ça aussi elle me l'a dit, elle t'aime. Dans le cas contraire, elle t'aurait flanqué à la porte depuis longtemps.

— Pourquoi n'est-elle jamais venue?

— Tu ne te souviens pas nous avoir interdit ta porte? Non. Aucune importance. Maintenant ça suffit, Monclar. Pour une fois, tu vas te préoccuper d'autre chose que de toi. Même si j'ai compati à ta situation, j'ai aussi compris depuis longtemps qui tu étais.

Je dois être complètement hébété, le cerveau sous le niveau de la mer, abruti, parce que je mets un certain temps à comprendre ce qu'il est en train de me dire. La violence de ses propos me désenivre. La preuve est que je me les remémore.

— Un monstre d'égoïsme, doublé d'un menteur et d'un mégalomane. Tu n'as pas obtenu le Goncourt. Le monde s'écroule et tu sombres dans le grotesque. Regarde-toi dans un miroir. Tu es pitoyable. Il n'y a que toi, toi seul, nombril du monde, pauvre con. Que Yolande souffre, que les hommes, les femmes et les enfants meurent, tu t'en contrefiches.

C'est Pierre, mon ami Pierre, qui dit tout cela! Je tends la main vers mon verre de whisky à moitié plein, il me l'arrache et le fracasse contre le mur.

— Il suffit, tu m'entends, il suffit.

Il a crié. Son visage est pathétique.

— Tu es répugnant. Tu vas te raser, te doucher, t'habiller décemment. Tu vas te conduire en homme.

Comme je demeure immobile, il empoigne le col de ma veste de pyjama, me met debout et me propulse vers la salle de bain.

— Je te donne un quart d'heure pour être présentable.

Je me meus comme un automate. Quand je réapparais, il semble satisfait.

— Maintenant, nous nous rendons chez Yolande. Tu t'abstiendras de persifler. Enfonce-toi dans le crâne que c'est elle la malade, pas toi. Elle a besoin de la tendresse d'un époux, pas du délire d'un alcoolique.

Il me remet un tube contenant des pilules pour une haleine fraîche et m'oblige à en prendre deux.

Julia et Oulimata ont perdu la parole. Elles n'en croient pas leurs oreilles. Que cet homme, admiré par tout le monde, ait pu tomber aussi bas est inconcevable.

— Les épaules couvertes d'un châle, Yolande est assise dans un fauteuil, un livre à la main, pâle mais apparemment en bonne santé. Edmée se tient à ses côtés avec une tête qui donne à penser que c'est elle qui souffre d'un cancer. Au contraire de ma belle-mère dont les traits se figent, Yolande me voit et me sourit. Edmée est sur le point de dire quelque chose, mais Pierre lui impose le silence. D'un geste autoritaire, il la prend par le bras, la force à se lever et l'emmène avec lui. Avant de sortir, il me lance un regard noir, lourd de menace, comme pour dire : « Gare à toi si tu ne te comportes pas bien ! »

Mal à l'aise, je pose une bête question. La même que Theodora.

— Comment te sens-tu ?

— Certainement mieux que toi. Tu as une mine épouvantable.

Elle sait évidemment où j'en suis. Elle a dû recevoir les doléances du personnel domestique, contraint de s'occuper d'un porc dans sa soue. Yolande me raconte son cancer comme si elle l'attribuait à une tierce personne. Elle évoque mon dernier roman qu'elle a trouvé trop pessimiste.

— La mort, Fabrice, est la porte du paradis. Je ne crains pas de la franchir même si, comme tout le monde, je n'ai aucune envie d'avoir mal. Bien qu'on soit dimanche, me dit-elle d'une voix douce, mais ferme, j'ai demandé à Catherine et Monique de faire des heures supplémentaires. En ce moment, elles décrassent courageusement ton bureau et ta chambre. Mon père veille à évacuer les bouteilles d'alcool et tous les médicaments qui s'entassent sur ta table de nuit. Je vais mourir. Tu vas vivre. Tu m'accompagneras à la messe aussi longtemps que j'aurai la force de m'y rendre. Pour le reste, écris un livre. Je t'aiderai, si tu veux.

Je suis médusé. C'est une nouvelle Yolande qui me parle. Celle qui est déjà dans son avenir, qui me tend la main pour m'aider à redresser le paralytique. Je suis vaincu. Je capitule. Qu'est-ce que je ressens? De la pitié, de la tendresse, du remords? Rien de tout cela. De l'étonnement. Comme d'habitude, dans une situation inconfortable, je me compare à la personne que j'ai en face de moi. Yolande, en l'occurrence. Yolande qui va s'en aller. À sa place, je déjanterais. Cependant, sa bravoure a une influence inconsciente sur mon comportement. Sa mort prochaine est une sève. Je revis.

Un soir de mars ou d'avril, mes beaux-parents ont emmené ma mère à la Comédie pour assister à une représentation de *Phèdre*. Catherine a desservi. Nous sommes seuls. Yolande me dévisage avec cette bienveillance désarmante à laquelle j'ai du mal à me faire.

— Combien de femmes as-tu eu dans ta vie, Fabrice?

Je savais qu'elle me poserait un jour cette question embarrassante et je savais aussi que, pour une fois, il me serait impossible de lui mentir.

— Un certain nombre.

Ma réponse ne la satisfait pas. Elle exige des précisions, des noms. Je murmure comme si je m'adressais à elle à travers la grille d'un confessionnal. J'éprouve de la peine à lui répondre. J'ai oublié. Je m'attends à un sermon. Elle se contente d'un sourire. La suite est inattendue.

— Tu as eu raison. Je n'ai pas été une bonne épouse.

Fabrice avait commencé le récit de cette journée particulière avec sérénité. À mesure que ce dimanche s'écoulait, d'épisode en épisode, face au regard limpide de ces deux femmes, non seulement il perdait contenance, mais une sourde angoisse montait en lui. Incapable de dormir après l'évocation du suicide d'Annabelle, de la maladie de Yolande et conscient de ce qu'il allait devoir dire, il fume sa pipe devant la porte de sa chambre.

Il y a le passé qu'il vient de quitter et le présent qui se complique. Comment vont-ils éviter la confrontation avec la mafia qui jamais ne renonce à châtier ceux qui la menacent? Solar a raison. Les jours qui viennent seront difficiles. Omar devait le guetter car, à peine est-il installé dans son fauteuil que celui-ci vient s'asseoir à côté de lui. C'est fou ce qu'il a vieilli en quelques jours.

— Je n'en peux plus, Fabrice. Cette fonction me tue. Latif est un brave homme, mais il n'avait aucune rigueur. Il y a plusieurs erreurs dans sa comptabilité. Nous sommes dans le rouge. Les quinze mille dollars de la quête ont servi à payer des dettes. Certains parents d'élèves renvoyés me menacent d'un procès. Des mafieux laissent entendre que je truque les résultats de leur fils ou de leur fille. Qu'il va m'en coûter. À tout moment, on me compare à Latif. Je le supporte de plus en plus mal.

Il met ses mains devant son visage.

— Je me donne encore une semaine avant de démissionner afin de vous permettre de trouver la personne qui convienne le mieux au Centre.

Fabrice essaie de le réconforter.

— La transition a été trop brutale, Omar. Rien ne te préparait à diriger Yallah. Par ailleurs, je n'ai pas tenté de le faire changer d'avis parce qu'il avait raison. Notre communauté court un grave danger qu'il n'est pas à même d'assumer. Nous avons besoin d'un homme énergique. En peu de temps, tu as fait un travail formidable. Tu as expulsé les indésirables, restructuré les classes, amélioré l'horaire. Tu as engagé d'excellents professeurs en remplacement de ceux que tu avais licenciés. Et maintenant, tu t'attaques à la comptabilité et tu découvres qu'elle a été mal tenue. Quel est le montant des pertes?

— Plus ou moins dix mille dollars. Comment vais-je faire pour la nourriture par exemple?

— Avec vingt mille dollars, tu t'en sors?

— Largement.

— Tu les auras demain.

— Comprends-moi bien, Fabrice. Je n'accuse pas Latif d'avoir détourné de l'argent. C'est un honnête homme, mais aussi un grand négligent.

— Bien sûr, Omar. Aussi je te promets de tout faire pour que tu retrouves tes cours d'éducation physique dans dix jours si c'est cela que tu souhaites. Toutefois, souviens-toi de tous les événements tragiques qui se sont produits. Yallah a besoin de toi. Une dernière suggestion: pourquoi ne pas partager tes responsabilités avec Oulimata? Confie-lui la partie administrative et financière. Ses capacités t'étonneront.

Omar va un peu mieux. Sans oublier la vente du Coran, qui prendra encore un certain temps, lui a dit Gautier, la perspective des vingt mille dollars et l'implication d'Oulimata dans la gestion du Centre le remettent d'aplomb.

— Quant aux mafieux, ils cherchent à t'intimider, mais jamais ils n'oseraient s'en prendre ouvertement au directeur d'une école.

Fabrice sait qu'ils en sont capables, mais il faut qu'Omar tienne le coup.

Lundi 22 janvier

Oulimata s'occupe désormais de l'administration. Avec les vingt mille dollars de Fabrice, elle peut assainir les finances du Centre. Omar s'occupe des classes. Fabrice s'escrime avec les tables de multiplications. Julia écrit. Une journée sans nuages. Après le dîner, retour du côté de Yolande.

« Où en étais-je?

— Tu confessais ta boulimie sexuelle à Yolande.

— Oulimata, peux-tu mettre un écriteau sur la porte: « Prière de ne pas déranger »?

— Yolande me donne raison et reconnaît qu'elle n'a pas été une bonne épouse. Sa réaction est époustouflante. Une fois n'est pas coutume. Je me lève et je l'embrasse. Plus tard, sous l'effet de son amnésie innée le vilain Monclar interprètera sa magnanimité comme une impulsion irraisonnée et non comme un geste gratuit d'amour. Tout était de sa faute. Sa frigidité a fait de moi un débauché.

Elles n'en reviennent pas. Comment un type pareil risque-t-il sa vie pour Yallah? Il disait: « Ange ou démone ». Comment passe-t-on de l'un à l'autre? C'est Julia qui pose la question.

— Une secousse sismique intérieure, répond Fabrice. En 1986, je considérais la sexualité comme un droit au même titre que la propriété privée. En réalité, je le sais maintenant, je l'aurais trompée quelle qu'eût été son attitude. Donc sidéré, mais nullement repentant. Si l'enfer existe, il est peuplé de types comme moi, de ceux qui se dédouanent de leurs infamies par une dialectique fallacieuse. À force de mentir, l'autojustification devient une seconde nature. « Dommages collatéraux », disent les salafistes lorsqu'un attentat tue des enfants; je ne disais rien d'autre en brisant mon couple et en ruinant la vie d'autrui. C'est ainsi que je me suis comporté avec Yolande. C'est moi qui lui ai pardonné !

— Immonde salaud.

Oulimata passe à nouveau d'un présent à l'autre. Elle est en 1986 quand elle le traite de salaud. En 2007 quand elle l'embrasse.

— Quelques jours avant son admission à l'hôpital de Villejuif, le médecin de Yolande, le professeur Obrenovitch, un cancérologue de grand renom, décrit en termes simples le mal implacable qui la ronge. Il tente une dernière opération par acquit de conscience. Le détachement avec lequel j'enregistre ses explications doit l'étonner. En vérité, la mort prochaine de mon épouse m'arrange. Veuf, peinard, Fabrice le bienheureux. L'opération a lieu en avril. Je passe mes soirées à son chevet, en mari affligé, mais courageux. Deux jours avant son opération, sur le point d'entrer dans sa chambre, j'entends une voix désagréablement familière : « Les voies du Seigneur sont impénétrables ». Duponchel est assis sur une chaise, une main serrant son chapelet, l'autre posée sur le front de Yolande. Il se retourne, me voit, bredouille une excuse et se hâte de vider les lieux. Au passage, je l'apostrophe : « Vous ne pensez pas, Duponchel, que les cantonniers célestes feraient œuvre de salubrité paradisiaque en entretenant ces fameuses voies ? Depuis le temps, leur impénétrabilité fait désordre. Okay ! » Il m'excommunie du regard. Yolande a entendu ma facétie. Lorsque la porte claque, elle éclate de rire.

— Tu l'as mouché, Duponchel, dit-elle.

Elle regrette d'avoir vécu sous influence. Elle en veut aux traditionalistes d'avoir miné notre ménage, à sa mère, à son père. Je vais de surprise en surprise. Elle se paie la tête de Cyprien. Confrontée à la mort, Yolande se décante, s'humanise, embellit.

L'opération échoua. Une autre femme revint au Parc Monceau. Elle s'habilla « en jeune », fit installer une télévision dans sa chambre, prit goût aux romans policiers, écouta de la musique moderne, toutes choses qui lui étaient étrangères. Son salon ne désemplissait pas : la famille, les paroissiens de Saint-Nicolas, Duponchel et ses pairs, des amies perdues de vue, des personnes auxquelles elle avait rendu service et… madame mère, endeuillée de la tête aux pieds, comme si chacune de ses visites était la dernière. Elle rassemblait les siens autour de repas qu'elle faisait venir de chez Fauchon. Il y avait des fleurs partout. Elle voulait que son dernier voyage fût une joyeuse croisière. Avec le temps, les traditionalistes se firent rares ; je suppose qu'ils considéraient cette approche de la mort comme du paganisme, alors qu'il fallait aborder le jugement de Dieu avec crainte et tremblement. Pierre et moi étions au four et au moulin. Jamais notre maison n'avait été aussi animée. Jusqu'à la fin, je serais un mari attentionné. Au-dessus de mon avenir, le ciel était sans nuage. Yolande en partance, pas d'attitrée en chantier, un compte en banque sur lequel le soleil ne se couchait jamais et un éditeur qui, comprenant la situation, me laissait m'occuper de mon épouse à laquelle il rendit d'ailleurs plusieurs visites. Bref, la mort programmée de Yolande était pour moi l'annonce d'une délivrance.

Oulimata se contient. Julia change de sujet.

— Tu n'as pas encore évoqué la tante Mathilde, peintre célèbre, dont à peu près tout le monde m'a parlé. J'ai vu certains de ses tableaux chez Pierre. Elle avait une conception très personnelle de l'art.

— Je suis heureux qu'ils soient chez lui. Tu poses la question au moment précis où elle fait une entrée fracassante dans notre vie. Je savais qu'Edmée avait une sœur cadette, le mouton noir de la famille, qui, au début des années soixante avait largué son mari pour rejoindre une communauté hippie en Californie. Sitôt que je la vois, je sais que nous nous entendrons. La chevelure en bataille, cette grande rousse aux traits sensuels avec des yeux marron effervescents et une bouche à feu, aux formes rebondies, en parfaite contradiction avec la mode qui contraint les femmes à ressembler à des stalagmites, affiche sa différence sans complexe. Elle est vêtue d'une longue et ample robe bariolée. Lorsque Monique l'introduit dans le salon, Edmée fait un bond comme si un serpent l'avait mordue.

— Que viens-tu faire ici?

— Voir ma nièce, répond l'autre avec effronterie.

— Dehors, traînée!

Yolande n'apprécie pas l'attitude de sa mère. Elle le lui fait savoir sans ambages.

— Je te signale, chère maman, que je suis chez moi. Je suis heureuse de rencontrer enfin tante Mathilde dont j'ai si peu entendu parler. Elle est beaucoup mieux que ce que tu m'en as dit.

Edmée blêmit, ravale sa fureur et déguerpit. Nullement impressionnée, Mathilde plaque deux baisers sonores sur les joues de sa nièce. Elle se redresse. M'empoigne par les épaules et me prodigue une étreinte tentaculaire, style boa constrictor, qui provoque une décharge de cent mille volts du côté de mon point G au masculin.

— C'est donc toi l'écrivain, m'apostrophe-t-elle.

— Fabrice pour vous servir, m'inclinai-je, grand seigneur.

Elle pouffe de rire. Yolande fait chorus.

— J'ai pas piffé tous tes bouquins, chéri. Certains étaient carrément merdiques. J'ai bien aimé ton dernier. C'était quoi le titre?

— *Pierre d'achoppement*, murmure Yolande.

— Merci, chérie. Celui-là m'a bottée.

— Vous peignez, madame, dis-je pour faire diversion.

— Madame! Tu l'entends, chérie. Il est coincé ou quoi? Mon blase est Mathilde et on se tutoie. Vu!

Son langage faubourien, mâtiné d'un accent américain légèrement rauque est au diapason de son look. Un coup d'œil à Yolande. L'irruption de cette tante dévoyée la comble d'aise. Elles se mettent à papoter comme des amies de longue date. Je fais mine de me retirer. Yolande me fait signe de rester. Chacune y va de sa biographie. J'admire l'élégance avec laquelle Yolande ment sur sa vie, sur la mienne, sur la nôtre. À l'entendre, nous formons un couple harmonieux et je suis un mari attentionné.

Oulimata pousse une exclamation.

— Comment as-tu pu louper une femme pareille pour courir la gueuse?

Je réponds par un geste fataliste.

Mathilde ne demeure pas en reste. Quatre mariages, autant de divorces. Trois enfants issus de lits différents. Des jules à la pelle. Pas de domicile fixe. Elle bourlingue à travers le monde jusqu'au jour où elle plante son chevalet face à la montagne Sainte-Victoire. En quelques coups de pinceau, elle réalise qu'elle a le don. Elle recourt à la chnouf comme elle dit.

— Tu devrais essayer, ma chérie. Rien de tel qu'un bourre-pif pour se mettre le ciboulot en technicolor et se donner des frissons dans la grotte magique.

— Que deviennent tes enfants?

— Les cartes postales qu'ils m'envoient m'apprennent qu'ils vivent aux États-Unis, qu'ils gagnent bien leur vie, qu'ils ont divorcé quelques fois et que je suis cinq fois grand'ma. À part ça…

— Mais tu es heureuse? demande Yolande.

La physionomie de Mathilde se rembrunit.

— Je vous confie ce que je n'ai dit à personne. Je ne suis pas heureuse. Je ne l'ai jamais été. Toutes mes frasques n'avaient d'autre but que de donner le change. Le bonheur n'existe pas. C'est l'invention d'un humanitaire pour empêcher les hommes d'aller se pendre.

Son mélange de gouaille et de profondeur m'intrigue. Il y a ce qu'elle montre, il y a ce qu'elle dissimule.

— Crois-tu en Dieu, ma tante? s'enquiert Yolande.

Mathilde pousse un hennissement.

— Comme le bonheur, Dieu est une escroquerie à l'espérance. Je dis cela, mais je ne suis pas contre. S'Il m'invite au buffet campagnard paradisiaque, je ne ferai pas la fine bouche.

Elle se tourne vers moi.

— Quand on lit tes bouquins, on se dit que tu ne crois en rien. Tu fais du religieux comme on fait du porno. Pour plaire, parce que c'est la mode.

Yolande se porte à mon secours au moment où Pierre vient saluer sa belle-sœur. Même scène d'effusions. Ceux-là s'aiment bien. Pierre propose le champagne. Mathilde bat des mains.

— De quoi parlait-on? dit-il.

— De Dieu, fait Yolande. Il m'est d'un grand secours dans ma maladie.

— Pardonne-moi, chérie. Je cause, je cause alors que tu n'es pas bien. Je t'ai apporté un cadeau. Il est dans ma bagnole.

Pendant que Pierre sert le champagne, elle sort précipitamment et revient avec un paquet rectangulaire enveloppé dans du papier kraft. Elle le déballe. C'est un tableau. Nous demeurons muets de stupéfaction. Des arbres calcinés dans un désert rougeâtre sous un ciel d'un noir encre de Chine. À l'avant-plan, un squelette de bébé en position fœtale. Près de lui, un hochet à la main, une femme nue, mamelue, callipyge. Sur son corps voluptueux est peinte une sorte de bande dessinée. La seule source de lumière émane de son visage. Cheveux au vent, les yeux exorbités, la bouche ouverte comme si elle poussait un cri de douleur ou de joie à la vue de son enfant mort. Dans le coin inférieur droit, un nain coiffé d'un haut-de-forme braque une longue-vue en direction d'un horizon clos par une grille devant laquelle s'agitent les ombres chinoises d'un peuple lilliputien. Certaines parties sont peintes avec des couleurs criardes, d'autres à peine esquissées.

— C'est quoi ça, ma tante?

Yolande est hilare.

Pierre et moi, nous nous regardons, interloqués, l'air de dire: « C'est fou, ce truc ».

— Une allégorie, chérie.

Pierre porte un toast à Mathilde et à son œuvre. Mathilde fait cul-sec et lui tend son verre afin qu'il le remplisse.

— Toi, l'écrivain qu'est-ce que tu vois?

Que dire de cette toile hallucinante?

— Une belle femme pleure son enfant mort-né.

Sourire ironique de Mathilde.

— Et alors?

Pierre répond à ma place.

— À y regarder de près, je présume que le polyptique peint sur le corps de la femme représente les différentes étapes de la vie de son enfant, s'il avait vécu.

— Bien vu, Pierre. Ton mariage avec Edmée n'a pas détraqué tes neurones. Et Fabrice, voit-il autre chose?

— Un nain, coiffé d'un haut-de-forme, avec une longue vue.

— Décidément, chéri, tu n'as aucune imagination.

Horripilants, ces chéris, chéries, qui entrelardent ses répliques.

Yolande intervient.

— Naître, c'est être condamné à mort. Elle pousse un cri de joie. Son enfant n'aura pas à endurer les scènes de son existence représentées sur le corps de sa mère. Il va à l'école, il pleure. Il est soldat, il est mutilé. Il se marie, il est cocu. Il travaille à l'usine, il perd son boulot. Il est agressé par des voyous. Une guerre atomique éclate, il est irradié.

— Bravo, Yolande. Ce n'est pas la porte du Paradis de Ghiberti, mais celle de l'enfer de Mathilde Fougasse.

— Et le nain? fais-je

— Il figure l'homme, ce nabot qui scrute l'horizon au cas où le salut viendrait de là. Il porte le chapeau de Monsieur Loyal, celui qui annonce les entrées des clowns dans l'arène du cirque de l'humanité.

— Il perd son temps, fait remarquer Pierre. La grille symbolise les barreaux d'une prison.

— Il n'y a rien à espérer, chéri. Au-delà, c'est le néant.

— Comment as-tu appelé ton tableau? demande Yolande.

— *Happy New Year*!

Yolande nous prie Pierre et moi de décrocher *Les Trois Grâces* qui trônent sur un mur et de les remplacer par le chef-d'œuvre de Mathilde. J'imagine la tête d'Edmée quand elle verra ça.

— Pourquoi *Happy New Year*! ma tante? Je ne vois pas le rapport.

— Chaque année, les gens se décarcassent pour envoyer des vœux de bonheur. Ce sont des vœux de convenance puisque l'année qui vient sera semblable à celle qui meurt avec des tas de problèmes et d'embêtements, mais pas de bonheur. Souhaiter une heureuse année, c'est se foutre du monde.

— Ce n'est pas un peu pessimiste, ma tante?

— Ta litote me flatte. C'est franchement accablant.

— Pourquoi un tel désespoir?

— As-tu mérité ce qui t'arrive, chérie? Telle que je te vois, tu n'as pas dû faire beaucoup de mal. Pourquoi une innocente comme toi souffre-t-elle et pourquoi des tas de salopes homologuées deviennent-elles centenaires? Parce qu'il n'y a pas de règles. Rien que le hasard.

Quelle femme étrange! Tantôt populacière, tantôt philosophe.

Oulimata brûle d'impatience.

— Quelle a été la réaction d'Edmée? s'exclame-t-elle.

— Elle a failli tomber en pâmoison, puis s'est mise à hurler qu'on la débarrasse de cette saleté. Yolande a levé la main. Sa mère s'est tue.

— Tu n'es pas chez toi ici, maman. Après ma mort, Fabrice fera ce qu'il voudra, mais d'ici là ce tableau restera à la place de ces trois tas de saindoux.

C'est Yolande qui parle ainsi. Du jamais entendu!

Il est dix-huit heures, Mathilde se lève pour prendre congé. Yolande la convie à dîner. Pierre et moi sommes enchantés. Enfin une distraction. Edmée refuse d'y assister sous prétexte qu'elle est de faction à la paroisse. Pendant le repas, elle parle autant qu'elle picole. À un moment, sur un signe de Pierre, je l'emmène dans la chambre d'amis. Elle s'écroule sur le lit. Je l'entends grommeler: « Chienne de vie ».

Fabrice sourit. Le souvenir de Mathilde est une médaille d'or. Il ferme les yeux. Ce soir-là, Yolande lui a demandé de dormir avec elle.

Oulimata et Julia se retirent sur la pointe de pieds.

*

Mardi 23 janvier

Ramata doit attendre longtemps avant de pouvoir servir le petit déjeuner qu'ils prennent désormais, ainsi que les autres repas, dans une des chambres de l'hôtellerie transformée en salle à manger. Une pièce confortable qui peut accueillir huit convives. Elle sait que Julia et Fabrice sont très fatigués. Seule Oulimata est en pleine forme. Vers dix heures, le lieutenant Mbenge réveille Fabrice. Le colonel désire le voir dans les plus brefs délais. Mais qu'il prenne son temps, il le conduira lui-même à Mbao.

— Pour le moment tout est calme, dit Solar. Li Pen a certainement lavé les oreilles de Diop qui s'est conduit comme un irresponsable. S'il ne se reprend pas rapidement, on peut conjecturer que les Chinois le liquideront. Nous avons passé au peigne fin la propriété d'Amasova dans l'Île de la Madeleine. Il n'y a plus aucune trace de sa présence. Un jardinier insomniaque qui travaille au service d'entretien a expliqué à l'un de mes hommes qu'un yacht est venu au cours de la nuit du 29 au 30. Grâce à un clair de lune très lumineux, il a observé pendant plus de trois heures le va-et-vient ininterrompu de types qui embarquaient de nombreuses caisses, d'autres attisaient un grand feu où ils brûlaient des papiers, des classeurs. Nous avons fouillé dans les cendres. Certains fragments nous donneront des informations sur les activités d'Amasova. Un, notamment, sur lequel apparaît le mot Sinaloa, qui est le cartel mexicain de la drogue. À l'aube, plusieurs personnes sont montées à bord et le yacht a levé l'ancre. Ce même jour Khadir a rejoint ses ancêtres. Je vous ai réservé le meilleur pour la fin. J'ai dit qu'il n'y avait plus de traces de la présence d'Amasova. Ce n'est pas tout à fait exact. Lorsque nous pénétrons dans le vaste salon, nous avisons une grande malle en osier. Ce n'est pas le genre d'objet qu'on s'attend à trouver dans un living-room. Deux d'entre nous l'ouvrent. Elle contient un cadavre. Suffoqués, nous reconnaissons Cheik Abdul Sissoko, l'allié de toujours d'Amasova, une balle en plein front. Elle lui fournissait des armes, il lui apportait des bras. Que s'est-il passé dans la tête de cette femme? Elle liquide Khadir et elle trucide le djihadiste dont sa maison était probablement le repaire. Sissoko était un prophète aux yeux de ses disciples. Sa parole répercutait la volonté d'Allah. Lui disparu, les salafistes seront moins organisés et moins nombreux au Sénégal. Irina Amasova a terminé en beauté. Je suis persuadé que nous n'entendrons plus parler d'elle. Elle a réglé les affaires courantes et fermé boutique.

Cette nouvelle incroyable l'étonne à moitié. Fabrice avait perçu une étincelle d'humanité dans le regard de cette femme démoniaque.

— Et le yacht?

— Disparu.

Il se tait quelques instants pour ménager le suspense.

— Son propriétaire est Ismaïl Diop. Le domaine de l'Île de la Madeleine lui appartient. Quant au yacht, elle le lui a emprunté à son insu. Ne me demandez pas comment elle s'y est prise, je l'ignore. Elle fait saboter la Mercedes de Khadir et disparaît. Toutes nos recherches pour la retrouver se sont avérées vaines. Elle s'est vengée de Diop. Sa position dans la mafia devenue intenable, elle a suivi votre conseil et choisi la voie de la métanoïa.

— Métanoïa? fait Oulimata.

— Le chemin de la conversion.

Le soir venu, Julia écrit un article. Fabrice fume sa pipe à côté d'Oulimata qui lit un roman policier dans un transat. Il s'endort. Oulimata l'entend murmurer: « Amasova… Yolande ». Après le repas, poursuite de l'interminable interview. Oulimata lui fait remarquer qu'il a parlé pendant son sommeil: « Amasova… Yolande. T'en souviens-tu? »

— J'ai dit cela?

— Tu l'as dit, confirme Oulimata.

— J'ai sans doute fait allusion à la coïncidence entre la mort annoncée de Yolande dans mon récit et celle, bien actuelle, qui menace Amasova. Yolande représente ce que l'humanité a de meilleur. Amasova, ce qu'elle a de pire. Les pires peuvent-ils changer, comme ce fut mon cas? Comme c'est peut-être le cas d'Amasova? Les peuples peuvent-ils changer? Pour faire face à une catastrophe, par exemple. Le monde est-il condamné à l'esclavage ou des Yolande fleuriront-elles pour le sauver? C'est sans doute ce que mon subconscient m'a inspiré. Preuve qu'une rupture brutale avec un certain passé peut être une bonne ou une mauvaise chose.

— Pourquoi une mauvaise chose? s'étonne Oulimata.

— Imagine que les républiques islamiques se multiplient. À moins d'une secousse sismique intérieure et d'une réaction commune salvatrice, au nom des valeurs qui ont fait notre grandeur, ce serait non seulement la fin de notre civilisation, mais la fin de la vie humaine tout court. Où en étais-je?

Oulimata, qui est allée chercher Julia, voudrait savoir comment lui est venue l'idée de se rendre chez Amasova.

— Par instinct. Sans plan préconçu. Une impro. Ça passe ou ça casse.

— Tu as eu du bol. Cette femme était pire que la Gestapo.

— Qui sait si elle n'est pas en train de se transformer.

À peine Julia s'est-elle assise qu'une déflagration retentit du côté de la Medina. Peu après, Gautier leur apprend que c'est le troisième salafiste aujourd'hui qui se fait exploser dans des lieux très populeux à Thiès, à Touba. Ils vengent la mort de Sissoko. À l'heure actuelle, le bilan est de 125 morts et 293 blessés. Appel d'Abou.

— Selon les renseignements glanés par les FSS, confirme-t-il, Diop aurait renoncé à une attaque massive. Il veut Oulimata intacte. Il faut donc trouver un moyen pour s'emparer d'elle sans avoir à subir de pertes. Li Pen, semble-t-il, aurait été très clair. La Triade ne doit plus perdre un seul homme pour satisfaire les passions de Diop. Les complices d'Abou confirment. Des hommes se déplacent, mais ne se rassemblent pas. Ce changement de tactique permet de fuir plus aisément, mais aussi d'être plus visibles. Sous les ordres du lieutenant Mbenge, les FSS ont adopté la même tactique en multipliant les contrôles d'identité et les arrestations administratives.

Abou restait persuadé que, même dispersés, leurs adversaires étaient très nombreux, mais le principe était de ne pas prendre d'initiative et d'attendre l'occasion.

Contrairement aux habitudes, le couvre-feu avait été fixé à minuit. Hormis les forces de l'ordre, pas un seul citoyen honorable ne serait dehors tard dans la soirée. On pouvait donc être certain que les types qu'on rencontrait étaient des mafieux. Mbenge les interceptait et les faisait conduire dans un camp au nord de Dakar. Vers 11 heures, il y eut un incident tout près du Centre, un civil fut abattu alors qu'il rentrait chez lui et tentait d'éviter la patrouille qui l'interpellait. Solar comprit : ils n'étaient pas dehors, ils étaient dedans. Que faire ? Fouiller toutes les maisons et risquer de se dégarnir à l'extérieur ou s'attendre à une attaque à partir d'un point précis ? Toute cette comédie était de la poudre aux yeux.

*

Mercredi 24 janvier

Fabrice est dans sa classe avec ses élèves. Ils étaient 21 il y a un mois, ils ne sont plus que 12. Il écoute Abou lire un passage de son livre de lecture lorsqu'on frappe à la porte. Il a bien vu par la fenêtre un jeune garçon en interroger un autre qui a tendu la main dans sa direction. Il lui remet une enveloppe adressée à Jacques Berlière. Après Abou, c'est au tour de son voisin de s'exercer. Assis au fond de la classe, Fabrice la lit discrètement.

Mon cher Fabrice,

J'ai choisi la vie. Quand vous lirez ces quelques lignes, je serai loin et je serai autre. Irina Petrovitch Amasova est morte pendant la nuit qui a suivi votre visite sur l'Île de la Madeleine. Amasova avait encore deux tâches à accomplir avant de partir à la recherche d'elle-même. Avant votre venue, jamais je n'aurais imaginé qu'une onde de choc d'une telle intensité puisse se propager en moi. Votre courage, votre audace, votre passé de mauvais sujet, votre sagesse ont détruit un barrage, qui semblait indestructible, dressé entre moi et les autres. D'un coup, à la fin de notre entretien, je ne me suis plus sentie seule. Je vais vous imiter. J'irai très loin du Sénégal, quelque part où me rendre utile. J'ai 36 ans. Vous avez raison, Fabrice, je peux tout reconstruire. Vous m'avez rendue à moi-même. Vous m'avez sortie du marécage du mal où j'étais enlisée. Bornée, brutale, insensible. Pour la première fois, je comprends ma vie, comme vous avez compris la vôtre, ce dimanche, à la veille du Goncourt. Peut-être même suis-je capable d'aimer? Vous avez le charisme de l'espérance. Pour peu, je croirais qu'il y a un Dieu qui vous anime de l'intérieur. Je vous dis adieu, merci et... je vous embrasse.

Natacha Borowitz Petrova
(C'est le nom de ma mère)

Fabrice ne se souvient pas d'avoir pleuré. Ce jour-là, des larmes roulent sur son visage. Abou lui lance un regard effaré. Fabrice lui fait signe de le rejoindre. Lorsqu'ils sont assis côte à côte, il lui fait lire la lettre de la nouvelle Natacha Borowitz Petrova. Il l'aide à comprendre certains mots, certaines phrases. Abou la relit une deuxième fois, lui aussi étreint par une intense émotion. Ce soir-là se passe dans une ambiance particulière, chacun renvoyé à lui-même par l'impensable métamorphose d'Irina Amasova. Oulimata fait des photocopies pour Gautier, pour Solar, pour Jaques Gallois. Cette improbable résurrection pose question. Pour Julia et Oulimata, la clé de ce renouveau est à chercher dans le passé de Fabrice. N'importe qui d'autre aurait échoué, mais Amasova a perçu la vérité de son propre vécu à travers celui de Fabrice.

« Mathilde nous quitta le lendemain après le petit déjeuner. Elle s'excusa d'avoir pété les plombs et nous arracha la promesse de venir à Bougival où se trouvait son atelier. Nous promîmes d'autant plus volontiers que cet oiseau rare nous avait impressionnés. En mai, commencèrent les pénibles séances de chimio. Après la troisième, Yolande décréta que cela suffisait. Mourir un peu plus tôt ne changeait rien. En ce qui me concernait, après m'être réjoui de mon avenir dégagé, je ne savais plus où j'en étais. Je ne savais plus ce que je deviendrais sans elle. Sa mort programmée donnait un sens à ma vie. Après... Malgré de nombreux essais, je ne savais plus écrire : bien plus important pour moi que la mort de mon épouse. C'est du moins ce que je croyais.

Retour à ce dimanche 7 novembre 2004. Il est 19 heures 40. *Je viendrai ce soir à neuf heures.* Quand les jésuites vont-ils m'appeler, s'ils m'appellent?

— On ne pourrait pas aller à la messe ailleurs. Je ne supporte plus Saint-Nicolas. S'il te plaît, Fabrice, emmène-moi à Notre-Dame. Quand j'étais petite, c'est là que nous allions. Je levais la tête. La lumière irisée des verrières investissait mon regard. Dans mon imagination enfantine, elle émanait du Paradis.

Je ne prise guère la grandiloquence hugolienne de l'emblématique cathédrale, mais elle vaut mieux que le repaire baroque des traditionalistes. Yolande émet cette suggestion lors d'un dîner. Pierre et moi approuvons. Désormais nous irons à Notre-Dame. Edmée tremble de colère. Elle vocifère que nous sommes des apostats. Du grand spectacle! Rouge de rage, la belle-doche face à sa fille, paisible et détendue. Le pot de fer contre le pot de terre. Pierre la prie sèchement de respecter notre liberté de conscience. « Nous ne voulons plus d'une religion macabre », dit-il d'une voix forte et claire. En reniflant bruyamment, Edmée évoque notre ingratitude, l'affliction du bon abbé Duponchel, ce saint homme auquel notre famille est redevable de tant de bienfaits. Pierre ne se contrôle plus.

— Ce n'est pas toi qui vas mourir. Yolande est libre. Quant à ton Duponchel, « notre bienfaiteur spirituel », laisse-moi rire. Hormis le fait que je lui reconnais un dévouement sans limite, je le considère comme un aigri, un manipulateur, un sectaire. C'est à croire qu'il n'a jamais lu l'Évangile! Ne t'avise plus d'inviter cet ivrogne à notre table. L'interdit s'applique également à la mère de Fabrice. Il est temps d'aérer cette maison!

Edmée reste sans voix. Pierre a dit amen à tout ce qu'elle décidait. Il vient de prendre le pouvoir. Elle quitte la table, en larmes, la main sur la bouche comme si elle était sur le point de vomir. Yolande la suit pour tenter de la réconforter. Pierre est soulagé. Il s'est enfin libéré. La mort prochaine de sa fille a fait tomber les masques... sauf le mien. Quand elle revient, toute triste parce que sa mère n'a pas voulu l'écouter et s'est rendue immédiatement à Saint-Nicolas-du-Chardonnet, Pierre nous remercie.

— Grâce à vous deux, je ne verrai plus ces éteignoirs. Je suis honteux qu'il m'ait fallu autant d'années pour dire ses quatre vérités à Edmée et, par ricochet, à cette bande d'illuminés.

Yolande est consternée.

— Depuis combien de temps penses-tu ce que tu viens de dire, papa?

— Depuis le premier jour où j'ai mis les pieds à Saint-Nicolas.

— Pourquoi n'as-tu pas manifesté ton désaccord?

— À cause d'une lâcheté typiquement masculine, ma chérie. Rendre les armes pour avoir la paix.

Lorsque nous nous retrouvons seuls dans sa chambre pour la sieste de l'après-midi, elle pleure.

— Pourquoi pleures-tu?

— Je pense à papa. Je l'ai toujours préféré à maman. Il est plus humain qu'elle, mais je suis fâchée contre lui. Si, dès le début, il avait mis le holà à la fréquentation de cette paroisse sans âme, je ne me serais pas laissé endoctriner. Nous aurions vécu plus heureux. Le malheur a voulu que je ressemble à ma mère, aussi butée, aussi entière, aussi stupidement chrétienne. Une servante de curé, voilà ce que je fus.

— Si j'ai bien compris, les traditionalistes, c'est fini.

— Je ne veux plus en entendre parler. Comme papa l'a dit tout à l'heure, je vais mourir bientôt. Le Dieu que je rencontrerai ne ressemble en rien à celui qu'on m'a inculqué depuis mon enfance. J'ai désormais opté pour un Dieu de tendresse et d'amour.

Oulimata est en larmes.

— Voilà ce que ces imams bornés devraient dire aux jeunes. Allah aime chacun d'entre eux. Il condamne toute violence. À votre contact, je me rends compte que je crois en un Allah qui est aussi le Dieu de Yolande et sans doute celui de tout le monde. Mais je récuse ce prophète sanguinaire, misogyne, qui a écrit, que ce soit lui ou ses disciples, des appels au meurtre incompatibles avec ses phrases sublimes. Je le récuse et je ne le comprends pas. On ne parle pas d'amour et de tuer en même temps.

Fabrice intervient.

— Tais-toi, Oulimata. Tu fais partie d'un monde qui croit à la lettre ce qui est lancé et auquel on n'a pas appris l'esprit critique et la tolérance. Pour les avoir côtoyés depuis deux ans, je sais que les musulmans sont des braves gens et peut-être le sont-ils particulièrement à cause de l'unanimité de leur foi en Allah. Ta religion ne peut pas être mauvaise, elle a été détournée par des malfaisants qui s'en servent pour conquérir le monde. Mais, de grâce, garde pour toi ce que tu viens d'exprimer. Aussi longtemps que toute critique est un sacrilège, il vaut mieux tenir sa langue. Un milliard de croyants n'est pas encore prêt à exiger une religion ouverte qui libère l'homme. Un jour, ce sont les femmes, qui feront pencher la balance du bon côté et donneront tout son sens au mot *islam*.

*

Jeudi 25 janvier

Pendant la pause de midi, Fabrice se repose dans son fauteuil sur la terrasse. La vague d'attentats, comme si les salafistes avaient voulu honorer Sissoko par une hécatombe, est terminée. Charles Gallois quitte le dispensaire et vient s'asseoir près de lui. Le médecin n'a pas son air habituel. Son regard est sombre.

— Cher Fabrice, je te fais part d'une décision longuement mûrie. Ma santé se détériore. Je suis fatigué physiquement et moralement. Je ne suis plus à même d'exercer mon métier correctement. Ma sœur vit près de Millau dans l'Aveyron. Son mari qu'elle adorait est mort d'un infarctus il y a un mois. Elle n'a jamais eu d'enfant. Bref, elle est seule et malheureuse, je suis vieux et las, nous terminerons notre vie ensemble le plus paisiblement possible. Je vais la rejoindre la semaine prochaine avec ma bonne Fatima. Un humanitaire arrive dans deux jours qui me remplacera. Je suis désolé. Nous nous entendions bien. Nous avons fait du bon boulot ensemble. Par bonheur, la lettre d'Amasova tombe à point nommé. Si une telle femme peut changer du tout au tout, c'est la preuve que l'homme possède des ressources infinies et qu'avec ce mammifère atypique rien n'est jamais définitif. Déterminé comme n'importe quel animal, unique comme aucun.

Fabrice est tellement estomaqué qu'il demeure muet. Charles Gallois se lève, pose la main sur son épaule.

— Ne dis rien. Je sais ce que tu ressens. Continue ton chemin. Va de l'avant. Ne te retourne pas.

Fabrice est accablé. Ce départ est une catastrophe. Avec Latif, il était l'âme de Yallah.

Au soir, il évoque le vide que va laisser Charles.

Oulimata ne peut retenir ses larmes. Il a tant fait pour le Centre et pour elle-même ; il lui a rendu sa virginité. Ils évoquent le bon docteur pendant plusieurs minutes. Pourvu que son remplaçant soit à la hauteur !

— C'est trop triste. Parlons d'autre chose, fait Oulimata. De toi, par exemple. Où en étions-nous ?

— La maladie de Yolande, le tableau de Mathilde, le rejet des traditionalistes.

Le portable de Fabrice sonne. Il écoute pendant quelques instants.

— Tout est calme, mais le lieutenant Mbenge nous recommande de ne pas relâcher notre attention, car tous les signes sont réunis pour une opération d'envergure.

Fabrice revient à Yolande qui le connaît mieux qu'il ne l'imaginait :

— Quant à toi, Fabrice, tu désires m'agréer, mais j'ignore en quoi tu crois. Ni en moi, ni en l'amitié, dit-elle. En Dieu certainement pas. Au fond, cela n'a aucune importance.

Croire, aimer ou leur contraire ne sont pas du ressort de la volonté. Si Dieu est tel que je l'imagine aujourd'hui, il ne tiendra rigueur à personne de ne pas L'avoir reconnu. Il accueille chacun tel qu'il est, tel qu'il a vécu en boitant, en pleurant, en se trompant. Tu vois, la grenouille de bénitier a viré sa cuti.

Elle sourit, change de sujet.

Nouveau coup de fil.

— Cette fois, c'était Solar, convoqué ce soir par le Président Ba, qui commence lui aussi à en avoir par-dessus la tête de Diop et de ses fantasmes. Il semble que ce dernier ait été très affecté par les revers subis ces dernières semaines et qu'il serait sur le point de vouloir en finir.

Oulimata est sur le grill.

— On oublie ce cancrelat. Vas-y, Fabrice, continue ton histoire!

— Tante Mathilde en pince pour toi, dit Yolande.

— Qu'est-ce qui te fait penser cela?

— Elle te dévorait du regard, l'autre jour.

J'esquisse un geste fataliste comme pour dire que je n'y suis pour rien. Courte excursion à Bougival. Mathilde possède une grande maison inondée de lumière. Elle accueille Yolande avec fougue. En ce qui me concerne, son accolade est moins chaleureuse. Son atelier, éclairé par le haut, est une vaste pièce de quinze mètres sur dix. Deux chats se prélassent sur un fauteuil. Une cafetière, posée à côté d'un chevalet, avoisine avec un cendrier débordant de mégots. Nous nous approchons. Sur un fond gris sale, un homme nu est agenouillé, les mains jointes, sa tête porte une couronne d'épines. Son corps est couvert d'ulcères purulents. À l'écart, des personnages replets, richement vêtus, parlent entre eux. Ils ne se soucient pas du lépreux.

— *Le Roi lépreux. Tout le monde s'en fout,* ricane-t-elle dans notre dos.

Moi je pense à Jésus et aux cardinaux du Vatican.

Elle nous fait les honneurs de sa maison qui n'est pas le capharnaüm auquel nous nous attendions. Elle a préparé un déjeuner simple. Yolande touche à peine à son assiette. Pendant le repas, Mathilde évoque son exposition à la galerie Vieceli à Paris dont le vernissage aura lieu le mois prochain. Elle ne s'intéresse nullement à moi. Pas de regards aguicheurs, ni de moues équivoques. Aucune question sur mes écrits. Pendant la sieste de Yolande, je tente de l'entreprendre. Elle me repousse sans ménagement.

— Que tout soit clair, l'écrivain. Tu me plais. Je te plais. Mets-toi bien dans le crâne qu'il n'y aura jamais rien entre nous ni avant le décès de Yolande, ni après. Vu!

— J'aurais bien aimé la connaître, elle devait être sans pareille, dit Oulimata.

Sur le chemin du retour, Yolande s'aperçoit de ma mauvaise humeur.

— Quelque chose ne va pas, Fabrice?

— Tout va bien.

— Tu es contrarié. Tu as eu des mots avec tante Mathilde?

Je ne réponds pas. Elle répond à ma place.

— Ma tante est lunatique comme nombre d'artistes. Elle t'a accueilli froidement. Son humeur a changé depuis la première fois où elle est venue Parc Monceau. Abandonne les causes perdues d'avance. Sous ses dehors de walkyrie fantasque et amorale, Mathilde est une femme hors d'atteinte.

Cette tante de la main gauche viendra plusieurs fois par semaine, jusqu'à la fin. En sa présence, je me retire. Je n'ai jamais su de quoi elles se sont entretenues. Ces visites ont un effet bénéfique sur Yolande. Nous sommes en octobre 1986.

Depuis un an, mon Parker n'a pas quitté son étui. Au contact de mon épouse, je projette un roman sur le thème du mal. J'ai un titre : *Le Ver est dans le fruit*. Un procès très médiatisé me donna une idée.

Intervention d'Oulimata.

— Je parierais pour un thème sympa.

— Tu paries bien. Brillant professeur d'université, Jean-Jacques Danglois est accusé à tort de viol par une ses étudiantes éconduite et recalée. Il démissionne, s'expatrie. Il est condamné par défaut à six ans de prison ferme. Semblable au lépreux de Mathilde, rejeté par les siens, broyé, écorché vif, il patauge dans son sang, honnit l'humanité, renie Dieu.

— Mais, Fabrice, tu n'avais aucune imagination. Tes trucs étaient toujours les mêmes. Un héros qui te ressemble, du moins en fonction de l'idée que tu te faisais de toi, persécuté par une bonne femme déléguée par le syndicat des harpies, avec au bout du compte une vie complètement ratée.

— Ce schéma était héréditaire. Sidonie me l'avait transmis. Danglois fait l'expérience de la déréliction totale. Je m'arrête là. Je compte sur Yolande pour m'inspirer la suite, mais il est trop tard, elle est déjà ailleurs. Porteuse d'une sérénité qui défie la finitude, elle n'est plus qu'une âme. Elle écoute en silence ceux qui lui parlent, elle ne juge pas, ne donne aucun conseil, elle est une présence. Ses visiteurs repartent le cœur plus léger. Mais, pourquoi, bon Dieu de bon sang, son visage de ressuscitée ne m'a-t-il pas jeté à terre ? Pourquoi n'ai-je pas capté les fragments de lumière qu'elle a laissés dans son sillage ? J'étais incurable. Ces mois où elle était en partance me reviennent par bribes, dans le désordre, entre rêve et réalité. Je l'entends qui me parle.

Fabrice s'interrompt.

— La question que tout le monde se pose porte sur l'impression générale d'une mise en scène.

— Doit-on craindre l'attaque soudaine d'un petit groupe? demande Julia.

— Rien ne l'indique. Abou, qui voit tout et sait tout, me signale que tout est calme.

— Alors, continue, s'impatiente Oulimata.

« Quand mon heure viendra, je ne veux ni larmes, ni voilettes, ni vêtements de deuil, ni requiem, me dit Yolande. Je veux des fleurs, une musique joyeuse, du champagne comme à un mariage. Vous pouvez même attacher des casseroles à mon cercueil comme si je partais en voyage de noces. Je promis devant témoins de respecter ses volontés. Peu avant Noël, Duponchel à nouveau. Je laisse entrouverte la porte de la chambre de Yolande pour ne rien perdre de cette conversation unique en son genre.

— Vous avez là un tableau étrange, mon enfant.

— C'est une peinture allégorique de ma tante.

Le ton est suave. Elle a fait transporter *Happy New Year!* dans sa chambre. Je l'ai accroché au mur face à son lit. Duponchel ne fait aucun commentaire. Désire-t-elle se confesser? Elle répond qu'elle n'en ressent pas le besoin. Il affirme que cet acte d'humilité serait agréable à Dieu dont elle est l'obligée. Elle le prie de s'expliquer. Comment sait-il ce qui est agréable à Dieu?

— Un prêtre est le confident du Seigneur.

— S'ils ont une ligne directe avec le Seigneur, pourquoi tant de prêtres ne valent-ils guère mieux que ceux qui ne connaissent pas son numéro perso? Pourquoi les uns sont-ils progressistes et les autres rétrogrades?

— Parce qu'ils ne sont pas purs, ose Duponchel.

— Mais vous, monsieur l'abbé, vous l'êtes?

Ce duel prend un tour passionnant. Comment ce pauvre Cyprien va-t-il se dépêtrer de l'implacable dialectique de son ancienne paroissienne?

— Ce n'est pas moi qui suis pur, mais ceux qui me guident.

Le ton est agressif.

— Si je vous comprends bien, Eugène Ruquois est pur et c'est la raison pour laquelle, vous son disciple, vous ne pouvez vous tromper. C'est bien ce que vous prétendez?

— En quelque sorte, dit-il avec un manque flagrant d'assurance.

Il a perdu de sa superbe. La voix de Yolande est douce et ferme.

— Vous tenez un langage sectaire, monsieur l'abbé. Eugène Ruquois, votre gourou, détient la vérité. Vous l'écoutez. Vous lui obéissez. Vous et les vôtres serez sauvés. Tous les autres sont dans l'erreur. Ne vous est-il jamais venu à l'esprit que votre évêque est un schismatique qui a fondé sa petite église pour lui? Pour les avoir entendus, ses prêches ne sont pas ceux d'un saint, mais ceux d'un haineux, d'un aigri, d'un fasciste.

Je me serais volontiers livré à une danse du scalp. Duponchel suffoque de rage. Qu'une femme se permette de juger son évêque dépasse son entendement.

— Vous blasphémez.

— Je blasphème! Votre monseigneur n'est pas Dieu que je sache.

J'écarte le battant de la porte. Les mains agrippées aux accoudoirs, Duponchel se tient tout raide dans son fauteuil. Yolande, étendue sur son lit, m'aperçoit. Elle me fait un clin d'œil. Je lève le pouce droit en signe de victoire.

— Votre maladie a obscurci votre esprit. Vous vous êtes éloignée de Dieu. Vous avez renié ceux qui vous aiment. Votre mécréant de mari et votre père, qui ne vaut guère mieux, vous ont détournée de la vraie foi.

Le rire joyeux de Yolande fait écho à cette déclaration teigneuse.

— Vous dites n'importe quoi, monsieur l'abbé. Vous oubliez que l'être humain est libre. Il pense et il croit ce qu'il veut. Mon père est un homme remarquable que je chéris de tout mon cœur. Je vous interdis de le juger. Quant à Fabrice que vous méprisez, il est infiniment plus respectueux de mes convictions que vous.

— Vous n'avez pas lu sa littérature impie?

— Lue et approuvée dans le sens où il a le droit d'écrire ce qu'il lui plaît.

— L'esprit du mal a perverti votre conscience et faussé votre jugement. Vous crachez au visage de votre sainte mère...

Yolande le coupe.

— Ma sainte mère est une des nombreuses victimes du chantage au salut que vous pratiquez en brandissant la menace du feu éternel. J'ai découvert un autre Dieu avec un visage dont vous n'avez pas la moindre idée.

Elle lui cloue le bec avec la maestria d'un ténor du barreau. Duponchel, blême de fureur, se redresse, ouvre la bouche, mais n'émet aucun son.

— Rentrez chez vous, monsieur l'abbé. Vous êtes un brave homme. Je voudrais vous remercier, mais je ne le puis. À votre insu, vous m'avez fait beaucoup de tort. Au revoir et portez-vous bien.

Je m'assois sur la première marche de l'escalier qui mène aux étages, les mains jointes, le buste droit comme un orant. Il déboule dans le hall. Lorsqu'il me voit, ses joues de lapin tremblent, il a un mouvement de recul comme si j'étais l'Antéchrist.

— Alors, mon bon Cyprien, elle t'a bien eu, la petite oie blanche.

Un instant, je redoute qu'il ne se jette sur moi.

— ... Vous... Vous.

C'est tout ce qu'il trouve à dire. La porte de rue claque. Je grimpe l'escalier quatre à quatre. Yolande défaille. Elle est blanche comme une morte. Je m'étends à côté d'elle. Elle s'endort dans mes bras.

— Et tu ressens quoi? demande Julia.

— Rien. Puis, le temps passe. Son état empire. Elle est squelettique. Edmée ne lui pardonne pas d'avoir humilié le bon abbé. Pierre lui coupe la parole.

— Tu ferais preuve de bon sens en prenant exemple sur ta fille.

Elle veut polémiquer. Il la prend par le bras et la met à la porte. Plus jamais il ne sera fait allusion aux traditionalistes.

En février, Yolande refusa de se médicamenter. Obremovitch me prévint qu'il lui restait peu de temps. Je répondis qu'elle ne se battait pas pour vivre, mais pour mourir et revivre. Je ne pense pas qu'il me comprit.

— Tu disais de belles choses. Pourquoi du bout de lèvres et non de tout ton cœur, s'indigne Oulimata.

— Parce que les circonstances ne m'ont greffée une âme que tard dans ma vie, le soir du dimanche 7 novembre 2004. En temps normal, en fin d'après-midi, je suis poivré au Jack Daniel's, mais ce dimanche je ne suis pas dans mon état normal. Je découvre lentement qu'une vie peut en cacher une autre sous la forme d'une éclipse totale. Pour en savoir davantage, il faut fracturer les portes de mes boutiques obscures et il y en a une qui résiste toujours.

La fin est proche. Elle ne veut autour d'elle que ses intimes: ses parents, Mathilde, Paul L'Herbier et moi. Tous les autres, y compris ma mère, sont indésirables. Elle se claustre pour préparer son voyage dans l'autre monde. Sa lucidité, sa confiance, sa sérénité ne lui font jamais défaut. Par ailleurs, elle n'a rien d'une stoïque ou d'une illuminée qui fait de sa souffrance un spectacle, qui s'estime mandatée par le Seigneur pour donner l'exemple. Elle s'éloigne sur la pointe des pieds. Quand le professeur Obremovitch m'avertit de l'imminence de son décès, je fais venir Paul qui l'entend en confession et lui administre le sacrement des malades. Nous formons une couronne autour de son lit. Moi aux aguets : comment émigrera-t-elle vers les vergers d'Osiris ? Les autres, muets, figés sur place, accablés de douleur, même Mathilde semble tétanisée. À un moment, Yolande ouvre les yeux, tourne la tête dans ma direction et bat des cils. Je me penche jusqu'à sa bouche. « Pardon « chuchote-t-elle à mon oreille. En larmes, Edmée me demande ce qu'elle a dit. « Au revoir », réponds-je. Son âme fluide voltige encore quelques instants dans mes yeux ; quand elle ferme les siens, elle s'embarque vers le grand large. Son visage rayonne d'un éclat solaire. On est le 22 août 1987. »

Oulimata et Julia vont verser une larme dans leur lit.

Fabrice a besoin d'une pipe après ce dur moment. Omar Kitané se matérialise dans la chaise-longue voisine. Son moral est au plus bas. Ce n'est pas sa charge qui lui pèse. Il s'avère un bon directeur, mais c'est l'ambiance de Yallah qui se détériore lentement. Outre le docteur, il y a les départs d'enseignants, d'éducateurs ; des parents retirent leurs enfants du Centre. Fabrice ressent la même chose qu'Omar. Les relations entre élèves, enseignants, parents se dégradent. Il éprouve une impression de *fin de règne planifiée.*

*

Vendredi 26 janvier

Chaque article de Julia enfonce le clou. Elle traite tous les problèmes qu'elle vit de l'intérieur : la démocratie malade, la corruption généralisée, la délinquance, la drogue, la mafia, la condition féminine, la violence, la menace islamiste. Elle ne fait pas de théorie. Elle raconte le quotidien des habitants de ce pays, l'enfer des bidonvilles pour cinquante-deux pour-cent des autochtones. Elle décrit les éboueurs qui, au petit matin, ramassent les victimes d'overdoses, de meurtres sordides, du sida, de la faim. Elle focalise l'opinion sur les drames d'un peuple qui partage la condition de milliards d'êtres humains. « Nous assistons, impuissants, écrit-elle, à la mondialisation du malheur. Que les nantis ne se fassent pas d'illusion, le tsunami approche. » Elle dénonce sans ambiguïté la montée en force des extrémistes, des mafias, des salafistes qui profitent de la déliquescence politique pour occuper le terrain et réduire l'humanité en esclavage. Son insistance et la pertinence de ses analyses commencent à déplaire. Elle reçoit de plus en plus de lettres de menaces.

*

Samedi 27 janvier

En dépit de la mort de Sissoko, les salafistes ne désarment pas. Après plusieurs jours de silence, un nouvel imam, le troisième, dirige la prière à la mosquée Seybou Nourou Tall. La tactique a changé. Il explique le mot islam qui signifie paix. « Le Coran est un modèle grâce auquel la miséricorde, la tolérance, la compassion seront établies dans le monde. » Toujours aussi irénique, il commente un verset: « Quiconque accomplit une bonne action. Nous répondons par une plus belle encore. Allah est pardonneur et reconnaissant. » Un doigt se lève.

Le salafiste donne la parole à un jeune.

— Est-ce une bonne action de se faire sauter sur un marché noir de monde?

Tous les regards se braquent sur l'imam qui fait comme s'il n'avait pas entendu. Une voix retentit: « Hypocrite! Assassin! ». L'imam consulte sa montre et se retire. Au sortir de la mosquée, Abou se glisse aux côtés d'Oulimata : « Il ne faut plus les provoquer. Au contraire, on les endort en faisant semblant de les écouter avec la plus grande attention ». Oulimata reconnaît qu'elle a eu tort de s'en prendre à l'imam. Abou a raison. Il faut les laisser venir comme cette armée perse, dont Fabrice leur a parlé, lorsqu'elle s'engage dans le défilé. Il sera intéressant, ajoute Abou, de l'entendre demain, car la question lui sera posée à nouveau.

Le soir venu, Fabrice reprend son récit.

« Comme nous n'avons peur de rien et que l'histoire que je vous raconte a un lien étroit avec ce que nous vivons, il faut la mener à son terme. Les funérailles de Yolande se déroulèrent comme elle l'avait souhaité : des fleurs, de la musique. Nous renonçâmes aux casseroles. La suite est fragmentée dans mon esprit. J'ai dû croire en Dieu pendant cinq minutes. Cela dit, qui me pardonnera de m'être réfugié dans mon bureau le soir même de son inhumation, non pour cacher mes larmes, mais pour consigner mes dernières observations ? Qui ne s'indignera que je ne me sois pas interrogé sur le sens du mot qu'elle prononça de son vivant que j'interprétai au premier degré : « Je n'ai pas été une bonne épouse » ? Non seulement, je ne fus pas surpris, elle disait la vérité, mais je n'ai éprouvé aucune culpabilité d'avoir été un époux exécrable. Je n'avais cessé pendant vingt ans de lui mentir, de la tromper, de la dénigrer. Alors ? De quoi se repentait-elle ? Pendant quelques instants, je revois la scène. J'entends sa voix. Une voix très douce, nullement contrite. Et ses yeux, que je n'avais pas remarqués, lumineux comme des astres. Ils me révélaient le secret du paradis perdu. Elle s'excusait de me laisser continuer seul, de m'abandonner à mes démons, de ne pas avoir eu le temps de m'initier à la vérité qu'elle avait entrevue. Elle me connaissait. Elle ne me connaissait pas. Je ne disposais pas d'antenne pour capter la fréquence sur laquelle elle émettait.

On ne construit pas un palais sur un champ d'épandage. Il faudra ce coup de téléphone interrompu pour que j'emprunte un chemin montueux sans savoir que c'était celui de l'espérance, celui qui m'a conduit ici, près de vous deux, en instance de vie ou de mort.

Je fis beaucoup semblant de l'être, mais je ne fus pas malheureux. J'héritai du Parc Monceau et de trente millions de francs. Cet argent sale, gagné par un collabo pendant la guerre, qui avait fructifié dans une banque suisse, ne me dérangea nullement. Moi aussi, j'aurais dénoncé des juifs et des résistants, j'aurais fait partie de la Milice, je me serais égosillé : *Maréchal, nous voilà*, j'aurais participé à des rafles, à des pogroms. *Heil Hitler*! Quelques semaines plus tard, je remerciai le personnel et mis la maison en vente. À nouvelle vie, nouveau décor. J'achetai un cinquième, avenue Foch, avec vue sur l'Arc de Triomphe, où j'emménageai deux mois après la mort de Yolande. Je m'organisai une vie de célibataire. J'avais tourné la page. Ce qui avait été écrit sur la précédente avait disparu. Imperméable à la nostalgie, je ne connaissais du réel que le présent. Le passé s'évaporait comme neige au soleil. Je voyais Pierre de loin en loin. Il n'était plus le même homme. La mort de sa fille l'avait vieilli prématurément. Il démissionna de son poste à la banque. En novembre, Bernard approuvait le thème de *Le Ver est dans le fruit*.

— Rien de tel que le vécu pour produire un bon bouquin, surtout s'il est décoiffant. Peu d'êtres humains quittent cette existence aussi sereins et confiants que Yolande. Je suggère de mettre sa photo en quatrième de couverture à côté de la tienne. Ainsi le lecteur saura à quel point vous formiez un couple fusionnel.

Nouvelle scène d'Oulimata : « Mensonges ! » s'écrie-t-elle.

— Tout à trac, il dit que j'avais eu beaucoup de chance de vivre cette expérience. C'était certainement le fond de sa pensée.

Il devait songer à Paulette dont il ne serait pas fâché d'être débarrassé. Il me rappela au moment où je m'en allais.

— Ton titre n'est pas bon. Que penses-tu de *Par-delà la mort*?

— Il t'arrive d'avoir du génie, Bernard.

Oui, j'ai eu beaucoup de chance, mais pas au sens où Bernard l'entendait. Je revis Louis-Marie, veuf comme moi. Par le passé, il n'avait jamais évoqué sa femme. Je savais uniquement qu'il avait épousé Armande de Montauban sur l'ordre de son père. Aussi, fus-je étonné d'apprendre qu'il l'avait aimée et qu'elle n'était pas étrangère à sa vision optimiste de la mort. Avec ce tact qui le caractérisait, en se référant à lui, c'est à moi qu'il s'adressait. Cet homme de bien devait imaginer, malgré les réserves que j'avais émises, qu'entre Yolande et moi, à l'approche de sa mort, ce fut le grand amour retrouvé. Je ne le détrompai pas. Il fallait oser. Ma face cachée, dont tu as brillamment parlé, Julia, ressemblait à un tableau de Mathilde. Tout le monde s'y trompa. Par ailleurs, Louis-Marie n'apprécia pas que je romance ce qui devait rester une blessure secrète. Ses réticences firent que je l'évitai pendant plusieurs mois de peur qu'il ne vît clair en moi. *Par-delà la mort* parut en octobre 1988. Ce fut le roman, davantage encore que *Lafcadio B.,* qui me valut le courrier le plus abondant. J'avais touché ce point ultrasensible de la communication avec les morts. Je consacrai deux mois à répondre, moins par respect pour mes destinataires que pour incarner un chaman de théâtre. Le veuf transfiguré ! Puis, ce fut *Fenêtre avec vue sur cimetière :* une femme réanime son amant défunt par la puissance de son amour. Il déplut à Bernard.

— Tu vieillis, Fabrice. La guimauve n'a jamais été ta tasse de thé.

— Ce ne serait pas de la guimauve. De l'imaginaire dégraissé. Des phrases courtes, pas de mélo. Du fantastique qui ouvrirait des perspectives dans l'esprit du lecteur. Les gens sont tellement malheureux que le moindre conte à géométrie céleste leur apporte une bouffée d'espoir.

— Il n'y croyait pas. Je n'avais pas d'atomes crochus avec Bernard, mais j'avais confiance en son jugement. Je renonçai. Vint le contrecoup de la mort de Yolande. Elle et Pierre étaient les seules présences efficientes dans ma vie. Désormais livré à moi-même, aboulique, intempérant, je me goinfrais, je biberonnais. De tonnelet, je devins barrique.

— Aujourd'hui, tu es mince. Tu devras me donner ta recette, soupire Julia qui a une légère tendance à l'embonpoint.

Ramata a entendu Oulimata l'appeler Fabrice et non Jacques.

— Vous ne vous appelez pas Jacques, monsieur Berlière? demande Ramata

Il est étonnant que personne ne lui ait posé cette question jusqu'à présent.

— Parce qu'il y a deux hommes en moi, chère Ramata, un bon et un méchant. Le méchant s'appelle Monclar; le gentil s'appelle Berlière. Oulimata vous expliquera.

Il poursuit.

« Chaque fois que je risquais un œil sur le miroir de ma salle de bain, il me renvoyait l'image d'un homme usé avant l'âge. À quarante-huit ans, mon corps donnait tous les signes avant-coureurs de la décrépitude. Qu'est-ce qui pouvait encore attirer les femmes? L'argent, la notoriété? Je ne nourrissais plus aucune illusion sur mon pouvoir de séduction. Sans fric et sans gloire, j'étais une baderne vide.

Pour retrouver l'un et l'autre, j'aurais dû me mettre au régime, passer par la chirurgie esthétique, faire du vélo, de la course à pied, du culturisme, arrêter de boire. Je n'en avais ni le désir, ni la volonté. C'est à cette époque que Sidonie refait surface. J'encaisse au téléphone une volée de bois vert d'où il ressort que j'ai détourné Yolande de la religion, que je l'ai violée, que j'ai extorqué son héritage et que je ne l'ai même pas pleurée lors de son enterrement. Edmée lui a fait des confidences. Je raccroche furibard.

Ce fameux dimanche, je réalise que je suis son indigne rejeton et qu'à ce titre je n'ai rien à lui reprocher. Telle mère, tel fils. Le cloporte et la charogne. Cette similitude ne m'avait jamais frappé. Elle était pourtant obvie.

*

Dimanche 28 janvier

Ils ne revirent pas le salafiste. Après les cours, épuisé, un whisky à la main, Fabrice reste un long moment immobile et silencieux. Julia le rejoint. Elle a quelques questions sur des points de détail de son récit. Vers 18 heures, Charles Gallois vient leur dire adieu. Son avion décolle demain matin. Fabrice est confus. Avec tous ces événements, il a perdu de vue qu'il l'a invité à dîner. Il téléphone à La Croix du Sud. Il insiste pour qu'on apporte à Yallah quatre menus dans les plus brefs délais. Oulimata a eu une grosse journée. Elle arrive avec un peu de retard. En attendant, ils prennent l'apéro au champagne. Le médecin leur conseille de suivre son exemple.

— Et moi? dit Oulimata.

— Si nous partons, tu m'accompagnes. On se débrouillera. Dommage pour Yallah, répond Julia. Vivre au Sénégal ne sera plus possible pour toi. C'est regrettable, mais forcé.

— D'autant plus regrettable qu'ils s'empresseront de transformer Yallah en école islamique, maugrée Fabrice. En ce qui me concerne, je resterai en Afrique. J'irai au Congo par exemple.

Le dîner se passe dans un climat morose. Ils se quittent vers minuit. Les deux femmes pleurent à chaudes larmes. Gallois peine à cacher son émotion. Fabrice le regarde s'éloigner. Une larme roule sur son visage.

*

Lundi 29 janvier

Un jour triste. Une trentaine de fomenteurs de troubles ont été renvoyés. Charles Gallois est parti. Il laisse un grand vide. Il connaissait tous ces jeunes par leur prénom. Le directeur a réuni les élèves pour leur annoncer la nouvelle. La plupart retourne en classe le cœur gros. Omar Kitané lui-même est très affecté par ce départ, qui laisse le Centre orphelin d'un père attentionné dont le bon sens et l'humour étaient les premiers remèdes qu'il administrait à ses jeunes patients. Athée, il croyait en l'homme qu'il défendait contre le mal. Il était bien placé pour savoir que le mal ne se comprend ni ne s'explique. Il s'efforçait pour lui-même et pour les autres d'en faire un compagnon avec lequel cheminer. Des hommes pareils sont rares. Heureusement, songe Omar, il nous reste Fabrice, qui est de la même trempe que Charles Gallois.

*

Mardi 30 janvier

Julia presse Fabrice d'apporter la réponse à la question qu'elle est venue lui poser il y a plus d'un mois. Oulimata, elle aussi, voudrait connaître le fin mot de l'histoire.

« Le temps coulait sous les ponts et ma vie se noyait. Ma femme de ménage avait remis son tablier. Je ne sortais que pour m'approvisionner. Une société de nettoyage venait une fois par semaine. Je n'avais plus goût à rien. Mon état était le même qu'avant que Pierre ne vînt m'apprendre la maladie de Yolande. Je déprimais, je m'avilissais.

Un matin, je me réveille avec la tentation impérative d'en finir. Presqu'un an, jour pour jour, après la mort de Yolande, je griffonne quelques mots: « Je ne supporte plus cette putain de vie. Adieu ». J'ouvre la fenêtre. Le téléphone sonne. En principe, le gars qui se suicide ne décroche pas. Je décroche. Quand j'entends la voix de Jef, je sais que le destin a choisi à ma place. Jef Van Bellinghen est un ami belge. Un de ceux qui m'ont accueilli lors de mon exil. Pourquoi, diable, au moment du grand plongeon, m'invite-t-il à passer quelques jours chez lui? Sans hésiter, je me douche, m'habille, fais mes bagages. Une demi-heure plus tard, je suis au volant de ma Porsche. À mesure que je m'éloigne de Paris, je me sens plus léger. Jef, Gaby et leurs trois enfants habitent une fermette à La Hulpe dans la banlieue de Bruxelles. J'ignore s'il existe un Belge type, mais Jef correspond à l'image que se font les Français de leurs voisins du nord. Chauve, rubicond, bedonnant, il s'exprime dans un patois bruxellois, savoureux mélange de français et de flamand. Grand amateur de bière, de havanes et de « zwanzes ». À première vue, on le prend pour un nicodème, mais ce n'est qu'une apparence qu'il cultive en sorte de mieux abuser celui qui cherche à le rouler. À l'instar de Séraphin Lampion, ce finaud est courtier en assurances. Ses affaires sont florissantes. Il est très fier de sa réussite et s'en vante volontiers. Tout en roulant, Fabrice se souvient qu'on fait bombance à la table de Gaby, que les vins de la cave de Jef sont exceptionnels, tandis qu'il éclabousse les repas et les soirées de sa bonne humeur: « Tu ne connais pas la dernière, fieu ». Une cure de bien-être pour suicidaire. Après le souper, comme on dit en Belgique, nous nous prélassons dans des rocking-chairs en sirotant un vieil Hasselt, un tord-boyau du Limbourg. Jef fume un cigare, je tête ma pipe. Au bout de la pelouse tondue à ras un soleil crépusculaire se noie dans son sang. Une vache meugle au loin. À un moment, il pose la main sur mon bras.

— Je ne veux pas me montrer indiscret, Fabrice, mais tu n'es pas dans ton assiette.

Il m'écoute attentivement. Quand je me tais, il remplit nos verres, tire une bouffée de son cigare avant de réagir aux lamentos de ma triste existence. Nous parviennent les échos bruyants d'un thriller que les enfants regardent à la télé.

— Tu n'avais pas vraiment envie de te suicider. Tu étais trop clair dans ta tête. D'ailleurs, tu as renoncé sitôt que tu as entendu ma voix. Pour ce que j'en sais, les candidats au néant perdent la boule juste avant de passer à l'acte. Ils sont dans un trou noir, isolés du reste du monde. Ceux-là n'auraient pas entendu le téléphone sonner. Ton problème, Fabrice, si je peux me permettre, est que tu es un Parigot, qui ironise sur tout sauf sur ce qu'il prend très au sérieux, mais qui ne rigole jamais franchement parce que pour rire franchement il faut rire de soi. Tu tournes en rond, tu ne rencontres personne, tu rumines et bardaf, c'est la cata. L'an dernier, avec Gaby, nous avons fait les Caraïbes en amoureux. Quand tu rentres chez toi, fieu, avec une mer émeraude plein les yeux, tu vois le monde et les gens à travers un machin qui reflète les couleurs comme dans un film d'Hollywood.

— Un prisme !

— C'est ça, un prisme. Comme je le disais, quand ils reviennent, les gens ont pris des couleurs alors qu'ils étaient en noir et blanc au moment de leur départ. Ta vie est de la carabistouille. Qu'est-ce que tu attends pour mettre les bouts au lieu de faire la navette entre les moukères et tes bouquins? Je ne suis pas une célébrité comme toi, mais je me préfère comme je suis. Ne meurs pas. Fais semblant. Mets-toi en route pour Compostelle. Prends la mer. Si tu n'aimes pas bourlinguer, suis la trace de Brel, plante ta tente sous les cocotiers. Cela dit, il y a quand même un truc qui me chipote. Qui m'a soufflé de te téléphoner alors que ta fenêtre était déjà ouverte? Je ne suis pas très catho, mais là je suis quand même interloqué.

Puis, il fait une pirouette.

— Si tu crains les embrouilles, je te fignolerai un contrat qui couvre même les tsunamis.

Là-dessus, il éclate de rire, vide son verre et m'invite à l'imiter. C'est Jef tout craché, ce mélange de gravité et de gaillardise. Il a quelque chose de Mathilde, l'optimisme en plus.

Je séjourne une semaine à La Hulpe. Je regagne Paris requinqué. Jef a raison. *Une île... Voici venu le temps de vivre.* Un des flics avec qui j'avais collaboré lors de l'affaire Brébart, moyennant finances, m'obtient un faux passeport. Jacques Berlière passe six mois à Atuona où Gauguin et Brel sont enterrés. Un semestre entier, il s'abandonne au bonheur de l'instant. Manger, boire, lire, dormir sur le sable chaud, courir nu sous l'orage se jeter dans l'océan. Le bonheur!

Ce matin de mars 1989, Bernard explose sitôt qu'il me voit.

— Où étais-tu passé? J'ai été à deux doigts de déclarer ta disparition.

— Et la vie privée, qu'est-ce que tu fais de la vie privée? Je n'ai aucun compte à te rendre.

Je le calme en lui racontant les Marquises.

— Tu ramènes au moins un bouquin de ton escapade exotique?

— Rien. Pas une ligne. Ni femmes, ni télé, ni presse. Les doigts de pieds en éventail, le grand air, l'océan, une nourriture saine, pas d'alcool. Je reviens avec dix kilos de moins, prêt à me remettre au boulot.

— Tu allais si mal que cela pour fuir aussi loin?

— Après avoir été à quelques secondes de faire le grand plongeon.

Son visage exprime une complète incompréhension.

— Qu'est-ce qui t'a pris, tu as tout pour être heureux?

— Si tu définis le mot heureux par les facilités matérielles, alors j'ai tout pour être heureux. Mais si je veux plus, alors je n'ai rien.

— Je ne comprends pas.

— Moi non plus. C'est le nœud de mon problème. Parlons d'autre chose, si tu veux bien.

Il n'insiste pas, mais je le sens profondément perturbé. Mon comportement le dépasse. Je suis un écrivain connu, libre de mes mouvements, riche héritier d'une fille unique et, malgré cela, désespéré au point d'avoir voulu mettre fin à mes jours.

— J'efface tout et je repars de zéro.

— Tu étais satisfait de ton intrigue. Pourquoi en changer?

Comment lui faire comprendre qu'« autre part » a fertilisé mon désert. Les pêcheurs frustes que j'ai côtoyés ont tourné mon regard.

— Ce sera tout autre chose avec un titre légèrement modifié: *Fenêtre avec vue sur océan.*

Je transforme en odyssée une histoire de défunt réanimé par l'amour de sa femme; le héros va chercher le bonheur d'île en île jusqu'à la fin de ses jours. Il ne le trouve pas, mais de se dire tous les soirs « Ce sera pour demain » étoffe son existence. Devenu très vieux, il emprunte une barcasse et disparaît dans la brume. Le roman parut en janvier 1990, stagna un certain temps dans les arrière-boutiques avant d'être pilonné. « N'est pas Brel qui veut. On n'usine pas du rêve, monsieur Monclar, on le distille. Votre vide intérieur vous empêche de franchir *le Cap de Bonne espérance* ». Ces commentaires et quelques autres me blessèrent profondément sans cependant déclencher une crise majeure. Aurais-je mûri?

Début des années quatre-vingt-dix, la chute du Mur de Berlin, l'effondrement du communisme et la disparition de l'URSS bouleversèrent le monde. Comme à l'époque des *Golden Sixties,* je ne me sentis pas concerné dans la mesure où ces événements ne changeaient rien pour moi. En réalité, je n'avais aucun sens de l'universalité, je vivais en 2D. Il y avait moi et encore moi, quelques autres qui existaient par rapport à moi et tout le reste était sans intérêt. Aujourd'hui, je me rends compte à quel point j'étais un nullard. Seule importait la rédaction de mes bouquins. Je n'étais malgré tout plus tout à fait le même. Aucune femme ne me perturbait. Je fréquentais mes semblables. J'étais sobre. Je suis retourné chez Jef auquel je devais une fière chandelle. J'ai renoué avec Louis-Marie qui, en vieillissant, rabâchait ses obsessions: la vie, la mort, la vie. Pour ma part, j'étais passé de l'agnosticisme à l'athéisme. Dieu est un mot, une absence absolue. Bras d'honneur à toutes les religions. C'est du pipeau. Un épicurisme sécuritaire permet de surnager. Louis-Marie finit par percevoir mon désintérêt pour *les grandes questions.*

— Je vous sens blasé, Fabrice. Vous êtes différent. Si j'ai bonne mémoire, on retrouvait dans vos romans une approche, très évasive certes, de ce qui devrait être la grande préoccupation de l'homme: sa destinée.

Ce cher homme ignore que mes romans naissent de la dernière pluie, que je fais flèche de tout bois et que je girouette, comme disait Bernard.

— Mais dites-moi, Louis-Marie, depuis le temps qu'ils cherchent, qu'est-ce qu'ils ont appris sur Dieu, sur le bonheur, la liberté, l'amour, la raison de leur présence sur terre? Rien. Dans ce cas, pourquoi se creuser la cervelle? Un pragmatique *Carpe diem* est préférable à un stérile *Warum*. Dieu, par exemple, qui fut une évidence jusqu'il y a peu, s'estompe, devient erratique, meurt de vieillesse, d'inanition, devrais-je dire.

Il ne cède pas.

— Sitôt l'homme en scène, il a cru.

— L'homme passe sa vie dans une fourrière à aboyer après un maître imaginaire.

Deux irréductibles qui s'affrontaient à chaque rencontre. Toujours avec courtoisie et un grand respect de l'opinion de l'autre. Toutefois, dans mon for intérieur, je considérais désormais ces échanges comme un jeu de société et Louis-Marie comme un naïf. Je demeurai une huitaine sur les terres ancestrales de mon aristo. C'est au pied d'un vieux chêne que naquit l'idée d'*Autopsie d'un Dieu*. En standby dans le fameux tunnel, sorte de no man's land entre terre et ciel, deux défunts discutent.

Fabrice se tait brusquement. Il les dévisage l'une et l'autre.

— Je parle, je parle de l'essentiel de la vie, mais je ne vous ai jamais demandé ce que vous en pensiez.

— Je te l'ai déjà dit, fait Oulimata avec une étonnante sérénité, je crois à un Dieu d'amour et pas à leur Allah qui ressemble à Khomeini.

— Moi, dit Julia. Je ne crois en rien et je vais, l'esprit libre, là où le porte le vent. Bien faire son boulot, le temps d'une vie, est amplement suffisant. Quant au reste...

— Il est du ressort des impondérables, poursuit Fabrice. Je ne suis plus sûr de mon nihilisme. J'éprouve un étrange remue-ménage intérieur. J'ai peur de la mort et je n'ai pas peur de Lui. C'est ce que j'éprouvais tout à l'heure, en évoquant Louis-Marie.

Julia l'écoute avec attention.

— Tu as peut-être raison. Va savoir.

« Il est 20 heures 30 ce dimanche 7 novembre. Dépouillé de la carapace de l'écrivain, je suis nu. *Je viendrai ce soir à neuf heures*. Il reste 27 minutes. Je n'attends plus le coup de téléphone des jésuites. »

Fabrice se tait. S'ils s'en tirent, pense-t-il, Julia et Oulimata partiront bientôt. Comment supportera-t-il sa solitude? Il les aime toutes les deux d'un amour platonique. Le plus profond, paraît-il.

*

Mercredi 31 janvier

En ce début de soirée, Oulimata, Julia et Fabrice somnolent dans les transats de la terrasse. La journée a été particulièrement éprouvante à cause de la chaleur et de l'agressivité d'un certain nombre d'élèves. Dès qu'ils franchissent le portail du Centre, des manipulateurs leur montent la tête. La violence s'installe. Des petits groupes agressent verbalement les professeurs, provoquent des bagarres, des déprédations, jouent du couteau et rackettent les plus jeunes. Si le mouvement s'étend, Yallah deviendra ingérable. Omar Kitané a beau procéder à des renvois, en vain, ils ont trouvé la bonne stratégie pour en finir avec Yallah.

Fabrice est réveillé par Gautier qui leur accorde une demi-heure pour procéder à leur toilette.

— Je vous emmène au Dagorne, le meilleur restaurant de Dakar. Il se trouve tout près d'ici. Il vient de rouvrir.

Ils acceptent à contrecœur, mais il est évident que Gautier a besoin de parler, maintenant que Charles Gallois les a quittés. Pendant deux heures, c'est surtout lui qui tient le crachoir. Il évoque la situation internationale. De par sa position à l'ambassade, il sait beaucoup de choses qu'il a régulièrement besoin de partager avec des amis sûrs. Ce n'est qu'à la fin du repas, au moment de l'armagnac offert par le patron, que Gautier, légèrement éméché, évoque l'avenir en des termes d'un pessimisme effrayant. Partant de ce qui se passe au Sénégal, il prévoit un conflit qui ne trouvera pas d'issue, mais se généralisera et, le temps aidant, menacera la planète entière. Le mariage contre nature du salafisme et de la mafia est plus redoutable que le fascisme du XXe siècle et sera fatal à la démocratie. Cette affirmation catégorique provoque une levée de boucliers.

— Nous avons quand même des armes pour nous défendre, fait Julia.

— Et puis, ajoute Fabrice, c'est l'eau et le feu. Ce genre d'union n'est pas tenable à long terme...

Gautier l'interrompt avec une véhémence inhabituelle.

— Nous sommes en présence d'un ennemi invisible comme ces extraterrestres qui prenaient forme humaine, qu'on voyait dans les films de science-fiction d'autrefois. Par exemple, ce ministre, ce général, ce chef des Services Secrets n'est-il pas l'un d'eux? Les membres de la mafia s'infiltrent dans tous les secteurs rentables de la société. Cette organisation criminelle prend conscience de l'opportunité qui s'offre à elle de s'emparer du pouvoir dans le monde chaotique de l'après-guerre-froide. Elle se combine avec le djihad, qui rassemble de plus en plus d'adeptes, notamment chez les jeunes musulmans pour qui être démocrate équivaut à être complice des Américains. La théorie de la collusion entre l'extrémisme religieux et les associations criminelles tient la route.

Ça les démange de lui montrer la lettre de Ndao, mais ils estiment que la situation n'est pas encore assez grave pour qu'elle soit une révélation.

— Cette perspective permet d'élaborer de nombreux scénarios catastrophes qui ne seront plus du cinéma, mais la terrible réalité.

Le visage de Gautier est blême. Il vient d'exprimer le fond de sa pensée.

— À votre avis, sont-ils nombreux dans les chancelleries à redouter une telle stratégie? demande Julia.

— De plus en plus nombreux et, c'est heureux, parce que c'est le seul moyen de les combattre. Nous sommes dans une période transitoire. Notre chance de salut consiste à mesurer la dangerosité de notre avenir et à nous prémunir contre elle.

— À vous entendre, nous sommes perdus, dit Fabrice.

— Je suis un vieux pessimiste, mais je crois malgré tout que l'homme refusera la servitude et que chaque génération produira ses résistants. Je crois aussi que le matérialisme abrutissant, la vulgarité d'un monde consumériste et le mépris des droits de l'homme provoqueront un sursaut salvateur. Nous devrons sans doute déchoir encore davantage pour nous contraindre à déclarer une guerre sans merci aux négateurs de la transcendance. Il y a donc un léger espoir. L'homme, après une longue errance, revient toujours à des valeurs spirituelles. Mais aujourd'hui, nous ne pouvons plus nous voiler la face, nous entrons dans une ère de turbulence dont nous ne voyons pas la fin.

Ces propos sont insupportables. À la demande de Gautier, le garçon apporte l'addition en même temps qu'une lettre pour mademoiselle Boye qu'un gamin vient de déposer au bar. En voyant l'écriture, le corps d'Oulimata se cabre.

> Ne te réjouis pas trop vite, garce. Ni ton ami Demba ni tes copains français ne t'arracheront à moi. Dans quelques jours, tu sauras ta douleur si tu ne consens pas à m'épouser. Rien de ce que vous entreprenez ne m'échappe. La preuve: comment ai-je su que tu étais au Dagorne? À bientôt, Oulimata, dans mon lit ou viande froide dans un trou. Ismaïl Diop.

Ou main en main. Oulimata hurle qu'elle va le trucider. Elle tape du pied. Gautier forme un numéro sur son portable. Il lit la lettre à Solar qui prendra toutes les dispositions pour assurer la protection d'Oulimata. Gautier n'est pas conscient de l'effet produit par son analyse de l'avenir sur Julia, blême et sur Oulimata, en larmes. Quant à Fabrice, profondément ébranlé par la tension qui s'est accumulée ces dernières semaines, le stress permanent et le sentiment d'impuissance, il lance comme une bouteille à la mer une proposition insensée à Oulimata.

— Sèche tes larmes, ma chérie. Es-tu décidée à employer tous les moyens pour liquider ce salopard?

Elle incline la tête en signe d'assentiment.

— Dans ce cas, tu joueras le rôle de la chèvre. Tous tes mouvements sont surveillés. Pour avoir la peau de Diop... il faut qu'il t'enlève. Tu persistes dans ton refus, il décide de te mettre à mort. C'est à ce moment que nous intervenons. Plan très aléatoire, je le reconnais, mais diabolique et certainement pas prévu par le mafioso. Dès qu'il te tiendra, il triomphera. Nous ne pourrons peut-être pas l'empêcher de te violer, mais nous le surprendrons d'une manière ou d'une autre. Qu'en penses-tu?

La consternation se lit sur le visage de Julia. Gautier n'en croit pas ses oreilles. Seule Oulimata ne proteste pas.

— J'accepte, Fabrice. Ton plan est audacieux. J'irai faire un tour en enfer. Je suis prête à tout souffrir pourvu qu'on en finisse avec cette ordure.

Julia passe de la consternation à la colère.

— Tu as perdu la raison, Fabrice. Demain, Oulimata et moi prenons l'avion pour Bruxelles.

— Je ne veux pas aller à Bruxelles, s'exclame Oulimata.

Fabrice craque:

— Ma proposition est démente. Oubliez ce que j'ai dit.

Oulimata se redresse.

— Ton plan est le meilleur qui soit: se jeter dans la gueule du loup pour l'attraper.

Julia est hors d'elle.

— Qu'est-ce qui vous prend à tous les deux? Vous êtes cinglés.

Gautier s'interpose.

— Les mafiosi sont des professionnels de l'enlèvement, Fabrice. S'ils s'emparent d'Oulimata, vous ne la retrouverez jamais.

Il est 23 heures quand ils reviennent au Centre. Une dispute violente éclate entre Julia et Oulimata. Fabrice se réfugie dans sa chambre. « Mon ego fait une rechute. Je dérape dans ma tête », songe-t-il. Il se retrouve des années en arrière lorsqu'il se forgeait des chimères en utilisant les autres. Toujours en état second, il débouche une bouteille de whisky. Il boit à même le goulot. À la quatrième lampée, la bouteille, aux trois-quarts vide, lui échappe des mains et roule sur le plancher sans se briser. Les murs se mettent à tourner autour de lui. Il veut se lever. Il bascule sur le rebord de son lit et s'effondre, entraînant la table de nuit dans sa chute. Dans la chambre voisine, Oulimata et Julia se sont tues brusquement. Elles arrivent au moment où Fabrice vomit. Heureusement, le dispensaire jouxte l'hôtellerie et le remplaçant de Charles Gallois est arrivé la veille. Peter Neuhauss travaille pour Médecins sans frontières. Il ne pose pas de questions. Il demande un seau. Oulimata s'empresse. Il enfonce deux doigts dans la gorge de Fabrice. Le résultat ne se fait pas attendre. Il vomit en hoquetant.

Il le déshabille, le tient debout sous la douche pendant un bon moment, puis avec l'aide des deux femmes, il l'étend sur son lit. Il demande à Julia de lui faire du café salé. Après avoir ingurgité cette mixture, Fabrice finit de vider ses entrailles puis s'endort brutalement. Qu'elles ne se fassent pas de souci, il veillera sur lui. C'est l'affaire d'une journée. Les deux amies nettoient et remettent de l'ordre dans sa chambre. La peur qu'elles ont éprouvée en le voyant par terre les a réconciliées.

— Qu'est-ce qu'il lui a pris? fait Oulimata.

— Rappelle-toi comment il se comportait autrefois lorsqu'il subissait un revers. Il a soudain pris conscience d'avoir joué avec ta vie. Il a culpabilisé à mort. Il a retrouvé son ancien réflexe: boire par haine contre lui-même. Le docteur Gallois m'a dit qu'il avait eu un comportement identique lorsqu'il s'est senti moralement obligé d'accepter cette interview. Si j'avais su, je lui aurais fichu la paix.

Peter Neuhauss les entraîne sur la terrasse.

— C'est une chance que vous ayez entendu sa chute sans quoi c'était le coma éthylique.

— Je suppose qu'il est hors de danger. Asseyons-nous dans ces fauteuils. Je vais vous expliquer, dit Julia.

*

Jeudi 1er février

Fabrice dormit jusqu'au soir. La nouvelle de son *malaise* s'est répandue comme une traînée de poudre. Le bruit court qu'il a fait un infarctus.

Ses amis se relaient à son chevet. Quand il se réveille vers 17 heures. Abou est près de lui.

— Que m'est-il arrivé? Je me sens tout drôle. J'ai l'impression d'avoir un bloc de béton dans le crâne. Je dois faire pipi.

Abou lui tend un urinal.

— Ordre du médecin. Tu ne bouges pas.

— J'ai soif.

Abou lui donne un grand verre d'eau fraîche.

— Es-tu en mesure de m'écouter, papa?

Avant de lui raconter ce qui s'est passé, il lui montre la bouteille de whisky aux trois-quarts vide qu'ils ont conservée comme preuve de sa perte de contrôle. Il murmure:

— Comme autrefois. Pourquoi, Abou?

Julia et Oulimata viennent aux nouvelles. Julia lui donne les vitamines prescrites par le médecin. Oulimata s'occupe de sa toilette. Julia refait son lit. Abou aère et balaie la chambre. Fabrice reprend figure humaine. Il esquisse un léger sourire.

— J'ai voulu vous prouver que je ne plaisantais pas quand j'évoquais mes beuveries d'antan. Ce qui m'est arrivé s'est produit un nombre incalculable de fois avant que je ne vienne ici.

Sa voix est encore pâteuse et hésitante.

— Combien de jours a dit le médecin?

— Jusqu'à demain, répond Julia.

— À propos qui est-il, comment s'appelle-t-il, d'où vient-il?

— Peter Neuhauss est Suisse alémanique, dit Oulimata. Il a trente-deux ans. Il travaille pour Médecins sans frontières. Le directeur a vérifié, c'est exact. Il n'est pas marié. Il donne l'impression d'un homme sérieux, qui se consacre entièrement à son métier.

Fabrice passe sa montre à son bras.

— Qu'est-ce qui m'a pris? Pourquoi cette idée délirante? Maintenant que j'y réfléchis, j'ai pété un câble. La fatigue, le pessimisme de Gautier, la lettre de Diop ont fait un cocktail qui a explosé dans ma caboche. Cela ne se reproduira plus. Ce soir, j'en finirai avec mon triste passé et je répondrai à la question que Julia est venue me poser.

Vendredi 2 février

Il se rendort. Il se réveille à six heures. Assise dans un fauteuil, Julia le veille.

— Je me sens de mieux en mieux, dit Fabrice après avoir bu un litre d'eau.

Visite du médecin qui se réjouit de le voir à peu près retapé. Il lui permet de se lever.

— Un grand merci, Herr Neuhauss, pour la rapidité de votre intervention.

— Évitez de récidiver.

Vers 20 heures, un Solar très mécontent s'annonce.

— Que s'est-il passé dans votre tête de mule pour imaginer un pareil scénario? Gautier était très mal à l'aise, il m'a prévenu une demi-heure après avoir quitté le Dagorne. Il avait l'impression de trahir un ami, mais il considérait que ne pas contrer votre initiative insensée relevait de la non-assistance à personne en danger. Je ne vais pas vous faire la leçon, les événements l'ont fait à ma place. Maintenant, écoutez attentivement, Fabrice. Vous avez exposé votre plan au Dagorne à voix haute. Y avait-il du monde?

— C'était rempli. Une majorité d'étrangers et quelques Sénégalais.

— Quelques Sénégalais. Un de ces « quelques » Sénégalais vous a écouté. Ils épient tous vos déplacements. À tout moment, ils savent où vous êtes.

— Mais pourquoi, colonel? Nous sommes inoffensifs.

— Vous oubliez, mon ami, que tous ceux qui ont essayé de pénétrer dans le Centre y ont laissé leur peau.

Fabrice hésite. Va-t-il remettre maintenant la lettre de Ndao au colonel? Non, pas encore. Elle peut servir de monnaie d'échange.

— Dakar n'a pas encore été épurée des partisans de Sissoko. En conséquence, Diop est prévenu. D'où la lettre qui accompagne l'addition. Vous voyez, crétin, dans quel pétrin vous vous seriez fourré. Un de nos infiltrés nous a fait part d'une rumeur selon laquelle Diop s'active à kidnapper Oulimata. Je vous souhaite un prompt rétablissement. À bientôt et de grâce, ne perdez pas de vue que vous n'êtes pas Indiana Jones.

Fabrice est mortifié. Ainsi, amis et ennemis, tout le monde savait. Pendant qu'il déraillait, Diop planifiait tranquillement ses noces avec sa Dulcinée.

Samedi 3 février

Dès 18 heures, après un repas pris à la va-vite, Julia et Oulimata sont aux premières loges. Le brouillard qui enveloppait l'esprit de Fabrice s'est dissipé. Ils savent que leur situation est critique, mais Julia et Oulimata ont tellement attendu ce moment que leur impatience de savoir enfin est plus forte que la menace qui pèse sur elles.

« Deux défunts sont dans le fameux tunnel. L'un prétend qu'ils sont dans un état hallucinatoire, l'autre, au contraire, qu'ils sont dans l'au-delà. Un livre bref où s'affrontent un scientifique et un mystique. Je n'avais aucune disposition pour aborder un tel sujet. Redoutant un nouvel échec, Bernard me dissuada de poursuivre. Obsédé par le *médium de la folie,* je m'obstinai. Tout ce que j'écrivais était soporifique et convenu. Le délire! Où était le délire qui fait voir les choses telles qu'elles ne sont pas, mais telles qu'elles deviennent? Je terminais la lecture d'un essai sur *L'Invisible.* L'auteur enfilait les aphorismes plaqués or avec une maestria démoralisante pour moi, champion des truismes et enfonceur de portes ouvertes. J'avais déjà lu de lui un opuscule anarchiste, *L'Asile des mots,* qui encourageait les écrivains à utiliser les mots à contresens, conférant ainsi à la phrase un relief saisissant. *Autopsie d'un Dieu* ne parut pas. Deux ou trois bonnes pages dans un ensemble verbeux. Bernard l'avait prédit. Un cloporte n'a pas d'ailes ! Je ne me supportais plus. Je gisais par cent mètres de fond. Une enclume sur le crâne, affligé d'une paralysie de l'imaginaire, je flippais, je picolais, une fois de plus mon être était désaccordé. Je n'étais plus le chouchou de ces dames, pas plus que le pilier des éditions Brunel. Il avait découvert une jeune étudiante spécialisée dans la littérature érotique. *Le Chaudron* obtint le Prix Femina et se vendit à deux cent vingt mille exemplaires. C'est dire si j'étais dans les cordes. Pouvais-je lui en vouloir? Il faisait son métier. Seuls Pierre, Jef et Louis-Marie m'encouragèrent à persévérer. Scénario éprouvé. Pas de femmes, pas d'inspiration, la déprime. J'avais repris du poids. Le bonheur des Marquises était loin. Pourquoi ces descentes aux enfers à répétition ne m'ont-elles pas amené à me supprimer? Car enfin, quand plus rien n'a de sens, qu'est-ce qui vous retient de vous pendre? Une peur panique de souffrir et de mourir? J'allai consulter Prouvost. Il fut très clair ; je suivais un régime draconien ou je passais l'arme à gauche dans les trois mois. Il réussit à m'épouvanter. Six mois plus tard, j'avais maigri et tous les indices, qui étaient au rouge, passaient à l'orange. Comme il l'avait déjà dit par le passé, mon médecin répéta que l'écriture était le meilleur remède à mes infirmités. Il ajouta à mon grand dam :

— Même si ce sont des déjections.

Oulimata passe son bras autour de l'épaule de Fabrice et le serre contre elle.

— Comme il est bon de t'avoir près de nous, démon déchu !

Julia éclate de rire. Elle se lève, prend la main d'Oulimata.

— Viens, ma chérie. Allons dormir. Laissons « le démon déchu » fumer sa pipe.

Dimanche 4 février

« Fin 1992, un film sur la vie de Van Gogh m'inspire. Je parviens à me concentrer et ma plume se remet à noircir du papier. Cornelius vit à Delft dans les années cinquante. Enfant unique, à huit ans, par le trou de la serrure de leur chambre, il voit ses parents faire l'amour. Son univers bascule. Il les prend en grippe, ne leur adresse plus la parole. Les pauvres gens ne comprennent pas. Ils se tuent dans un accident de la route. Un oncle recueille l'orphelin. Plus il avance en âge, plus Cornelius se sent responsable de leur mort. Il attend le châtiment, mais il a le don de la peinture. Il croit échapper à la culpabilité en changeant de nom, en brouillant les pistes, en s'évadant. Il roule sa bosse en Provence, au Maroc, en Italie. Où qu'il aille, son enfer portatif l'accompagne. Ses tableaux sont d'effrayants reflets de son subconscient : des Martiens hydrocéphales, la bouche arrondie par un hurlement de terreur ; des planètes qui se heurtent et explosent, des petits bonshommes incandescents qui filent dans toutes les directions comme des shrapnels en fusion. Des trains qui se tamponnent dans un amas de ferrailles et de corps. Des animaux fabuleux qui sèment la panique dans les campagnes…

— Il s'y entend pour flanquer les jetons, s'insurge Oulimata.

Julia enchaîne.

— Pourquoi toujours nous raconter des histoires de barjos ? Il y a quand même des marrants sur notre planète, mais, à l'époque, l'humour et toi, Fabrice, face-de-carême, vous ne faisiez pas bon ménage.

— En mars 1993, je ressentis la nécessité de consulter un artiste peintre. Je songeai évidemment à Mathilde que je n'avais plus vue depuis les obsèques de Yolande. Sa dernière exposition avait connu un grand succès. On la considérait désormais comme un des grands peintres du XXe siècle. Il y a six ans, elle ressemblait à un modèle de Rubens. La femme qui m'ouvre la porte a pris un coup de vieux ; cheveux gris sales, visage sillonné de rides, corps obèse. Nul doute qu'elle se fasse la même réflexion à mon sujet. Son accueil est chaleureux. Je la félicite pour sa brillante carrière, puis je lui expose mes soucis romanesques. Un peintre que le sentiment de culpabilité a rendu fou.

— Tous les vrais artistes sont fous, maugrée-t-elle. C'est la raison pour laquelle tu n'en seras jamais un. Il faut du génie pour être fou et tu n'as aucun génie. Tu seras vite oublié, chéri, comme tous ces pseudos artistes et écrivains dont on fait grand cas dans les journaux et les salons.

Elle a toujours sa manie des « chéri ». J'ai apporté le texte où je décris les œuvres de Cornelius. Je les lui lis.

— Le thème de ton bouquin me plaît. Je vais te faire une fleur. Je vais peindre quelques-uns des tableaux de ton Hollandais. Celui des Martiens, par exemple. Tu pourrais même en faire la couverture. Tu as un titre ?

— Pourquoi pas tout simplement *Cornelius ?*

— C'est très bien.

Tout au long de notre entretien, elle fume un demi-paquet de gitanes sans filtre, tousse à s'arracher les poumons et avale deux whiskys.

— Ne parlons pas de corde dans la maison d'un pendu, se marre Oulimata. J'en connais pour qui deux ne sont qu'un début.

Elle se lève et embrasse Fabrice sur la bouche. Il caresse son beau visage ébène.

Mathilde s'étonne de ma sobriété.

— Si je replonge, je passe l'arme à gauche dans les six mois.

Son visage s'assombrit.

— C'est ce qui m'attend. Tu as peur de la mort?

Je hoche la tête avec fatalisme. Elle n'insiste pas. Elle répond ensuite à toutes mes questions concernant la technique picturale. Ma visite chez Mathilde m'enchanta. Elle enchanta davantage encore Bernard.

Cornelius devient célèbre. Ses expositions attirent les foules. Toutefois, ses démons ne le quittent pas. Accro aux paradis artificiels baudelairiens, au genièvre et à l'opium, il accumule les crises de delirium tremens.

— Chiche qu'il se suicide, fait l'optimiste Oulimata.

— J'aurais bien voulu le sauver, mais la logique romanesque me l'interdit. On me demandera pourquoi je ne l'ai pas imité. J'ai failli, mais je reste persuadé que Jef avait raison quand il disait que je n'avais pas vraiment envie de me suicider. La conscience verrouillée, j'étais blanc comme neige. Mon passé fossilisé, chaque nouvelle journée couvrait mon front d'un voile d'innocence. Chaque oubli m'absolvait.

Mathilde demanda un délai. En juillet, elle m'invite à Bougival. Le fruit de son travail est hallucinant : cinq tableaux où la virtuosité rivalise avec l'atrocité, *Les Martiens, Planètes folles, Foules paniquées, Le jour où le soleil explosa*. Et le dernier, inspiré par la peur du sida, *Pandémonium* : des monceaux de corps calcinés, enchevêtrés les uns dans les autres, figurent une gigantesque partouze transformée en brasier. Les masques noircis reflètent l'épouvante absolue. Des dinosaures monstrueux, sortis des entrailles de la terre, cuirassés d'écailles, jaillissent des flammes et poursuivent les survivants. Dans le coin supérieur gauche, une Vierge de Lourdes, minuscule point lumineux dans un ciel ténébreux, détourne son regard de cette humanité perdue.

La trouvaille de Mathilde pour *Les Martiens* est de n'avoir pas peint sur un support rectangulaire, mais sur un cercle de trois mètres de diamètre, symbole d'une planète infernale. Un critique dira plus tard : « Aussi impressionnant que du Jérôme Bosch. Vous avez un immense talent, madame Fougasse. » Quand Bernard m'accompagna à Bougival, sous le choc, il dut s'asseoir. « C'est... C'est... » fut tout ce qu'il trouva à dire. « C'est génial, Bernard, complétai-je ». Mathilde se tenait en retrait. Elle grimaçait un sourire sardonique en fumant un cigarillo. En septembre 1994, Bernard organisa une exposition des cinq tableaux de Mathilde décrits dans *Cornelius*. Elle expliquait. Je dédicaçais. Une semaine plus tard, cent mille exemplaires étaient vendus et quatre tableaux avaient trouvé acquéreurs, à prix d'or. Quatre parce qu'elle me fit cadeau des *Martiens* qui, comme convenu, illustraient la couverture et n'étaient pas pour rien dans le succès du roman. Les journalistes ne tarissaient pas d'éloges sur *le mariage de la peinture et de l'écriture*. Nous nagions en pleine euphorie. La foule était considérable. Des personnalités vinrent et nous congratulèrent. Mathilde était assaillie de commandes. Les médias s'arrachaient Fabrice Monclar. Bernard faisait ses comptes. Il y eut évidemment des fausses notes, des rabat-joie qui s'en prenaient à mon style, déplorant des outrances, une complaisance morbide pour l'abjection, des répétitions, des redondances. L'exposition se termina par un banquet honoré de la présence d'invités prestigieux. En y mettant les formes, Louis-Marie, qui avait assisté au fameux banquet, fit remarquer, plus tard, lorsque nous nous revîmes, que certaines critiques n'étaient pas infondées. Lui-même avait éprouvé un malaise en me lisant. Il cita Talleyrand : « Tout ce qui est excessif est insignifiant ». Mon sang ne fit qu'un tour. Je me fâchai tout rouge. Il eut beau s'excuser, son jugement sur *Cornelius* mit un terme à notre amitié. Il m'envoya des vœux à l'occasion de la nouvelle année. Je ne répondis pas.

— Et le comble, fait Julia, c'est qu'il avait raison. Ce sont les tableaux de Mathilde qui ont valorisé un roman médiocre. Que sont devenus *Les Martiens*?

— Avant de partir, ce fameux soir du 7 novembre, j'ai rédigé un testament holographe, que je fis signer par les concierges, faisant don de mon appartement et de tous mes biens meubles à Pierre, quitte à pouvoir faire appel à lui si c'était nécessaire. Je n'ai conservé que mon compte en banque au nom de Jacques Berlière. *Les Martiens* sont donc chez lui. Comme je l'avais fait avec Theodora, j'appelai Louis-Marie, mais une voix jeune m'informa qu'il était au Népal. J'ai réussi à perdre par un orgueil imbécile l'homme le plus remarquable que j'ai rencontré. L'heure avançait et toujours rien ne venait des jésuites.

Chirac succéda à Mitterand. Et moi, je n'étais nulle part. C'est à cette époque que Mathilde mourut d'un cancer au poumon. Elle entrait dans l'histoire comme un peintre hors du commun. Toute cette période est confuse et nébuleuse dans mon esprit.

Peter Neuhauss vient voir comment il se porte. Il l'examine, l'interroge et conclut : « Évidemment, avec deux infirmières pareilles, comment n'iriez-vous pas mieux? »

— Et vous, cher docteur, qu'est-ce qui a poussé à venir à Yallah?

— J'ai simplement voulu mettre mes connaissances au service des démunis. Je dois être une espèce d'idéaliste.

Fabrice ose alors lui demander s'il accepterait de rendre leur virginité aux femmes violées en pratiquant des hyménoplasties.

— Que faisait le docteur Gallois?

— Il a réparé comme il pouvait les mutilations génitales pendant plus de vingt ans.

— Dans ce cas, je le ferai.

— Vous êtes un type bien, Peter.

Fabrice n'était pas seul à le penser. Julia, la farouche Julia, n'avait d'yeux que pour le beau docteur, qui, de son côté ne semblait pas insensible au charme de cette belle blonde. Peut-être qu'un jour...

Toujours en convalescence, Fabrice s'installe dès l'aube suivante dans le fauteuil sur la terrasse. Pour oublier la double angoisse qui l'étreint, son indispensable aveu et la menace salafiste, il se plonge dans la lecture du Goncourt 2004, *Le Soleil des Scorta*, le roman qui s'est imposé grâce à son retrait. Ce n'est pas aujourd'hui qu'il terminera le chef-d'œuvre de Gaudé. À tout moment, des jeunes ou des gardes l'informent sur l'évolution de la situation. Il referme son livre. Comment va-t-il tenir le coup? Que répondre à ceux et celles qui lui demandent s'il faut rester ou fuir? Il parle beaucoup avec Julia et Oulimata pour tenter de les rassurer.

Solar a fermé l'école et confié la défense du Centre au lieutenant Mbenge, très énervé depuis qu'il s'est rendu compte qu'il est indéfendable. Il refuse de sacrifier ses hommes à une cause perdue d'avance. Il tente de persuader Fabrice d'intervenir auprès de Solar pour qu'ils abandonnent Yallah; c'est également l'opinion d'Omar Kitané. La journée se déroule dans la fébrilité et l'incertitude. Et la question revient, qui ne concerne pas la défense de Yallah, mais son évacuation avant qu'il ne soit trop tard. Que faire, par exemple, s'ils sont encerclés?

Après le repas du soir, ils se retrouvent pour la dernière scène.

« Je vous disais hier que cette période était nébuleuse. J'émigre à nouveau vers ma terre d'accueil. En juillet 1995, je louai une maisonnette à pignons, riveraine d'un des nombreux canaux qui sillonnent Bruges. Petite, mais amplement suffisante au dépaysement recherché. J'avais malheureusement emménagé au pire moment de l'année. La saison touristique battait son plein. Au cœur de l'été, Bruges n'avait rien de la cité rêveuse *où on entend les pas du silence*. J'escomptais qu'avec le retour de l'automne, embrumée, pluvieuse, les journées rythmées par les carillons sonnant la fuite du temps, elle retrouverait sa mélancolie et m'inspirerait. Je regagnai Paris en mars 1996 avec le premier jet d'une tragique histoire d'amour. Du Shakespeare à la sauce Monclar.

Oulimata se bouche le nez.

— Au contact de Jef et de ses amis, dont les ancêtres étaient Flamands, j'avais perçu qu'il s'agissait d'un peuple unique. Sous des dehors réalistes et breughéliens, ces terriens assis sur leurs sous, nationalistes, terre à terre, cachaient une nature mystique étrangère à mes compatriotes. *La Béguine de Bruges* raconte l'histoire d'une passion. Avant que la Venise du nord ne s'ensable, à l'époque où elle était un port de mer, Mina s'éprend de Piet, un marin dont les yeux clairs évoquent d'autres cieux, d'autres contrées, d'autres humains. Bravant l'interdit paternel, elle s'embarque avec son amant. Mais à peine la caraque a-t-elle levé l'ancre qu'elle est abordée par des pirates. Mina échappe à la mort grâce à l'héroïsme de Piet qui donne sa vie pour elle. Inconsolable, elle passe le reste de ses jours au Béguinage. Elle devient une des plus grandes mystiques de son temps.

— Ça, c'est une belle histoire, s'emballe Oulimata.

— Un peu cucul tout de même, enchaîne Julia.

— C'est exactement ce que je ressentis, une fois rentré à Paris.

La réaction de Bernard me surprit.

— La vie déçoit. À force de vivre au ras du sol, abrutis par une actualité désespérante, nos contemporains ont soif d'absolu. Ton roman débute comme une épopée et finit par une ascension. L'amour perdu transfiguré en vie unitive. Ceci dit, ça manque d'actes mystiques. Des trucs spectaculaires qui font courir les foules comme à Lourdes. Émanant de ce prosaïque pour qui seul comptait le nombre d'exemplaires vendus, ce langage était pour le moins inhabituel. Je connaissais toutes ses grimaces et ses mimiques, mais cette fois ses traits étaient différents. Le plus étrange était la fixité de son regard.

— Pourquoi cet intérêt soudain pour l'ésotérisme?

Il rougit comme un gosse pris en faute.

— Clarisse!

Encore cette poétesse!

— Elle a beaucoup changé. Elle a écrit *L'Initiée.*

Je ne pose pas de question.

— À paraître le mois prochain.

— Tu vis avec elle?

Sa figure s'allongea.

— Oui, murmura-t-il. Paulette et moi sommes séparés.

Ce chef-d'œuvre n'en était pas un; si l'intrigue tenait plus ou moins la route, en revanche l'écriture était en dessous de tout. Encore pire que la mienne. Ce qui n'est pas peu dire. Clarisse Durant fut exécutée par la critique. Tout le monde connaissait les déboires amoureux de Brunel. Il en prit pour son grade. « Brunel a perdu la boule », conclut Gérard Rovère dans *Le Monde.*

J'hésitai longtemps avant de reprendre *La Béguine de Bruges.* Faisant fi de ce que Mauriac avait préconisé autrefois concernant les romans spirituels, je forçai la dose. Visions, extases, lévitations, stigmates. La totale! Peu avant Noël, je déposai mon manuscrit chez Bernard. J'attendis une réaction qui ne vint pas. Je téléphonai tous les jours. Fabienne répondait d'un ton gêné que Bernard était débordé et qu'il n'avait pas encore eu le temps de lire mon texte. Quand je lui demandais de me le passer, elle tergiversait, bredouillait de vagues excuses et m'exhortait à la patience.

Un matin de janvier, je me réveille en rogne. J'en aurai le cœur net. Je force l'entrée de son bureau. À ma vue, il amorce un geste de dénégation comme pour dire qu'il est occupé. D'autorité, je m'assois en face de lui. Je le fixe droit dans les yeux. Il est pâle. Il a maigri. Ses paupières sont enténébrées de cernes sombres.

— J'attends tes explications.

Il attrape mon regard au vol et grommelle d'une voix mal assurée.

— Ce n'est pas fameux.

J'explose.

— Pas fameux ! Tu es drôlement culotté. Il y a neuf mois, tu trouvais mon roman excellent. Il lui manquait du spectaculaire.

— C'était il y a neuf mois.

— Avant que ta poétesse ne se fasse trucider et que tu prennes un bouillon.

Il déglutit péniblement. Sa physionomie vire au funèbre.

— Autant que tu le saches, c'est fini entre Clarisse et moi.

Bien qu'il soit pitoyable, j'éclate de rire.

— Je parie qu'elle t'a imputé la responsabilité du bide de son navet. Pourquoi l'as-tu publiée?

— Elle menaçait de me laisser tomber et de révéler à la presse certaines pratiques de la maison.

— Je ne m'intéresse pas à tes pratiques. Je prends acte qu'elle t'a plaqué et que je suis la dupe.

— Ce n'est pas cela, Fabrice. Je ne suis pas arrivé au bout de ton bouquin tellement il m'insupportait.

— Il t'insupportait, pauvre cloche, parce qu'il abondait dans le même sens que les gribouillis de ta Clarisse. « Tu n'as qu'à transformer ton amour perdu en vie unitive. » Tu te souviens, c'est ce que tu m'as dit. Si tu ne publies pas *La Béguine de Bruges,* je change d'éditeur.

Il enfouit son visage dans ses mains. Soudain il se débonde.

— Ma vie est un enfer. Clarisse me démolit partout où elle passe. Son torchon s'est vendu à 800 exemplaires. Elle exige des droits d'auteurs faramineux. Mes enfants me battent froid. Deux auteurs m'ont quitté. Mon compte en banque est dans le rouge et Fabienne parle de démission.

Il l'a bien cherché, le bougre.

— Et *La Béguine de Bruges,* fais-je, machiavélique.

Il ouvre un tiroir, en sort mon manuscrit et me le tend.

— Je te le rends.

Je suis hors de moi. Il a un geste apaisant.

— Je te le rends afin que tu t'immerges dedans et que tu émerges avec une farce baroque et érotique.

Fabrice interrompt soudain son récit.

— Comment fais-tu, Oulimata, pour plaisanter, être attentive à tout ce que je raconte, faire ton boulot chez Omar et ne pas cauchemarder alors que tu es sous le coup d'une terrible menace?

— D'abord, ton exemple. Tu étais un lâche, tu ne l'es plus. On peut donc passer du mal au bien, de la faiblesse à la force. Ensuite, Diop ne me fait pas peur parce qu'il est amoureux, ce qui me donne un énorme avantage sur lui. Enfin, vous me protégez et surtout je suis née sous une bonne étoile qui me fait tout voir positivement. Qu'il vienne, qu'il m'enlève, ce sera sa perte. Et, pour finir, si tu veux tout savoir, j'espère en Allah. Pas l'Allah des courbettes, des formules et des appels à la guerre sainte, mais un Dieu qui aime l'homme, tous les hommes. Celui-là, un crapaud comme Diop, ne me l'enlèvera pas. Et la suite, Fabrice ? On veut savoir.

— Bernard se remit en ménage avec Paulette. Clarisse dénicha un autre pigeon. Quant à moi, je transformai un drame romantique en farce truculente. Je chamboulai l'intrigue. Piet ne se sacrifie plus pour sa bien-aimée. Il l'abandonne pour une harengère. Dépitée, Mina se retire dans le Béguinage. Elle assouvit sa vengeance à coup de visions supposées, de miracles postiches et d'extases érotico-mystiques. Canonisée de son vivant par la *vox populi,* elle accuse son ancien amant de sorcellerie. Elle est crue sur parole. Il est écartelé sur la Grand-Place de Bruges. Mina décède peu après d'une syphilis contractée dans les bras d'un capucin hollandais. Paru en septembre 1997, ce roman déclencha un immense éclat de rire et me réconcilia avec le Tout-Paris. J'étais dans la soixantaine. Bien qu'il fût gangrené, mon organisme résistait. Prouvost n'en revenait pas. Il multipliait les mises en garde, prescrivait toutes sortes de remèdes destinés à prolonger mon espérance de vie. Je pouvais mourir demain, après-demain, dans un mois. Tout m'était égal. J'étais las de l'existence.

— Un jour que je mettais de l'ordre dans mon bureau, je découvris au fond d'un tiroir une farde contenant un projet de roman : *Le Mythe d'Éson.* Proust a écrit quelque part que *les vrais paradis sont les paradis perdus,* faisant allusion à son enfance lumineuse à jamais disparue. Si on trouvait un moyen d'y retourner, peut-être s'accorderait-on une seconde chance. La résurrection par la fuite en arrière est vouée à l'échec. Tôt ou tard, on émerge de son rêve pour se retrouver dans le lit de son présent, un peu plus vieux, un peu plus décati, un peu plus naufragé. La mémoire, fût-elle vive, est impuissante à conjurer la fatalité. Il faudrait un miracle qui serait l'œuvre d'un démiurge. *Le Mythe d'Éson* raconte l'histoire de ce miracle. Avais-je le pressentiment que ce roman serait mon chant du cygne? Malgré Prouvost, pour qui mon temps était compté, je ne me suis pas hâté. J'ai soigné la forme comme jamais auparavant. Pour la première fois, j'ai associé Bernard à la confection du livre. Il m'en a su gré. Ses remarques et corrections étaient pertinentes. Avec l'âge, il avait retrouvé un second souffle. Il s'était humanisé. Les attentats du 11 septembre 2001 avaient changé le monde. J'avais le sentiment de ne plus en faire partie. Je fus soudain impatient d'en terminer avec *Le Mythe d'Éson* et sans doute avec ma carrière d'écrivain. Bernard n'en finissait pas de le peaufiner, de m'inviter à réécrire tel passage, à supprimer tel autre si bien qu'il ne parut qu'en mai 2004. Les critiques lui prédirent un bel avenir. Et début octobre, il figurait, avec la cote de favori, sur la liste des cinq romans présélectionnés pour le Goncourt.

Oulimata et Julia sont suspendues aux lèvres de Fabrice. Le dénouement est proche. Elles vont enfin savoir.

— *Je viendrai ce soir à neuf heures.* Nous sommes le dimanche 7 novembre 2004. Il est 21 heures 02. Le téléphone sonne.

La voix de Fabrice est frémissante. Il éprouve une certaine difficulté à respirer.

— Qu'est-ce que tu as? Tu as l'air tout drôle, fait Oulimata.

Il se racle la gorge, boit un verre d'eau. Elles ne s'en rendent pas encore compte, mais il est comme en agonie. C'est l'instant de l'aveu.

« Le téléphone sonne.

— Monsieur Monclar, le père Savary. Je suis en possession du renseignement que vous m'avez demandé ce matin.

Crispées sur le combiné, les phalanges de mes doigts blanchissent. Les battements de mon cœur s'accélèrent.

— Vous vous souvenez de ma dispute avec Mauregard qui mit un terme à notre collaboration. Vous vous souvenez comment elle s'est terminée? Julia consulte ses notes.

— Il a dit: « Tu crèves d'orgueil, mon petit bonhomme. Change d'éditeur. Je m'en contrefous ».

— J'ai volontairement omis sa dernière phrase: « À propos, dis-moi qui est l'auteur de *L'Ombre de la nuit s'avance?* Si c'est toi, moi je suis président de la République ».

Les yeux d'Oulimata et de Julia sont quatre intenses points d'interrogation.

Fabrice les ignore et revient au père Savary.

— Le bibliothécaire ne retrouvant pas la liste des noms des élèves de cette année, j'ai contacté le père de Gerville, reprend le père Savary.

Fabrice est si blême que Julia lui demande s'il a un malaise. Oui, Fabrice a un fameux malaise.

— Il est toujours en vie?

— À quatre-vingt-quinze ans, il a encore toute sa tête. Il se souvient de vous et vous souhaite bonne chance pour demain. Sa mémoire est prodigieuse. Je vous faxe la liste.

— Nous étions quarante-trois. Comment m'y retrouver? J'eus soudain une idée. Je demandai au Père Savary le numéro du père de Gerville. Il hésita, puis il me le donna en me recommandant d'être le plus bref possible. Je demandai à mon ancien titulaire qui était à l'extrême gauche de la dernière rangée. J'entendis comme un sanglot étouffé.

— Jacques Merovici fut sans doute un des élèves les plus brillants qui fréquenta Pierre-Fabre. Il avait notamment un talent littéraire exceptionnel. Pour une raison que personne n'a comprise, puisqu'il n'a pas laissé de lettre justifiant son geste, il s'est suicidé en août 1959.

Le vieux jésuite voudrait bien continuer la conversation. Je balbutie un remerciement. Je raccroche. Hiroshima dans mon crâne. Je me laisse tomber dans un fauteuil et je revois toute la scène.

Les mains de Fabrice tremblent. Il est blanc comme un mort.

— Mais qu'est-ce que tu as? s'inquiète Oulimata.

D'un coup, Julia connaît l'insoutenable vérité.

— Ton premier roman n'est pas de toi.

Fabrice ouvre la bouche comme s'il manquait d'air.

— *L'Ombre de la nuit s'avance* est de Jacques Merovici... Comment avais-je appris qu'il avait écrit un roman? Par la rumeur, je présume. Profitant de la récréation, je me suis glissé dans sa chambre. Sur sa table de travail, une farde grise contenait les 165 pages de son roman. Je me le suis approprié et, au fil du temps, je me suis persuadé en être l'auteur. Mais alors, qui m'a appelé ce matin? Le temps de me poser la question, le téléphone sonne à nouveau.

— Fabrice Monclar?

— Lui-même.

— Excuse-moi, vieux. C'est moi qui t'ai appelé ce matin. Nous avons été coupés. J'ai essayé de te joindre à plusieurs reprises, mais c'était toujours occupé. Je ne sais pas si tu te souviens de moi, Maurice Perret. Nous étions chez de Gerville.

Comme je reste muet, il ajoute en riant:

— Biquette!

— Biquette! Maintenant que tu le dis, je me souviens très bien. Un marrant boulimique.

Il s'esclaffe.

— Ta mémoire est excellente. Je bosse au *Nouvel Obs.* Je me suis dit que tu m'accorderais peut-être une petite interview en souvenir du bon vieux temps. Je devais venir ce soir, mais ma bagnole a rendu l'âme et je crèche en banlieue. Peut-on se voir un moment demain après ton sacre?

Je suis tellement interloqué que j'accepte. Rendez-vous est pris chez Flore à seize heures.

Je débranche le téléphone. Mes jambes flageolent. Je me sers un énième Jack Daniel's. Un grand. Je l'avale d'un trait. Je suis soudain en proie à une nausée titanesque. Je me précipite aux toilettes. Je vomis longuement. Je reprends la photo de classe. Je contemple le visage mélancolique de celui qu'on surnommait le Rital. Je suis responsable de sa mort comme je le fus de celles de Maryse, de Brebart, d'Annabelle et de plus de 350 Burkinabés. L'homme qui va obtenir le Goncourt est un criminel. Brusquement, la question surgit: pourquoi la communication avec Biquette a-t-elle été suspendue ce matin? Elle rejoint celle de Jef: « Qui m'a soufflé de te téléphoner alors que tu étais déjà devant la fenêtre? » Quelqu'un, sans doute Yolande, a voulu m'éclairer sur ce que fut ma détestable vie, m'a empêché de me tuer et donné de vivre moralement le mythe d'Éson. Je suis condamné à exister avec la pleine connaissance de mes méfaits. Il est 21 heures 30. Ce voyage au bout de moi-même m'a débilité. Tout mon passé s'est vidé de sens comme un corps se vide de son sang. En définitive, je ne suis pas un écrivain. Un écrivain écrit avec son âme. Et je n'ai jamais eu d'âme, du moins jusqu'à ce moment où il est trop tard. Je suis navré pour Bernard, mais je ne puis agir autrement. Je rédige un bref testament. Je fais mes bagages. Je récupère le passeport de Jacques Berlière au fond d'un tiroir. J'avais ouvert au Crédit Lyonnais un deuxième compte à mon nom d'emprunt pour effacer toute trace de Fabrice Monclar au cas où j'aurais besoin de ne plus l'être. Taxi. À Roissy, je prends de l'argent dans un distributeur. Je m'informe sur les prochains vols. La destination du premier avion du matin est New York. La seconde est Dakar. Va pour Dakar. Je réserve une place. Je passerai la nuit sur un banc de l'aéroport après avoir accompli une dernière formalité. J'appelle Edmonde Charles Roux, la présidente du jury. Elle tombe des nues.

— Vous vous retirez alors que vous êtes sûr de l'emporter? Je ne vous comprends pas, Fabrice.

— Moi, je me comprends, chère Edmonde.

Le lundi 8 novembre, à 6 heures 45, je m'envolais vers le Sénégal.

Fabrice s'est levé. Il est sorti. Dans la chambre, le visage caché dans ses mains, Julia pleure à chaudes larmes. Oulimata est transformée en statue de sel. La félonie de Fabrice est tellement énorme qu'il semble impensable que ce soit le même homme qui alphabétise des jeunes à Dakar et l'immonde individu qui dépouille Jacques Merovici de son œuvre. C'est pourtant ce qui s'est produit… on peut être un salaud pendant près de cinquante ans et se racheter en deux.

Dehors, Fabrice pense à Amasova et se demande ce qu'elle devient. Julia et Oulimata sont sorties en larmes. Plus tard, quand elle sera calmée, Julia lui dira : « C'est le seul de tes livres que j'ai aimé. Il fut le sujet de mon travail de fin d'études en rhétorique. Cet adolescent solitaire en révolte contre sa condition m'a émue et donné des envies d'ailleurs. J'ai partagé avec ferveur l'opinion de Dali lorsqu'il confie au héros, égaré dans son tableau, que la vie est une illusion d'optique. Des objets et des gens, on ne voit que l'ombre difforme, qui ne correspond pas à ce qu'elle prolonge. Découvrir la face cachée de ce qu'on nous montre fut à l'origine de mes études de journalisme ».

L'interview de Julia était terminée, son reportage pouvait commencer. Elle avait vécu l'une avec une intense émotion, elle allait poursuivre l'autre, la peur au ventre.

Ce soir-là, une petite lumière s'est allumée dans le cœur de Fabrice, qui de son lit contemple les étoiles. Tout ce qui s'est passé n'est pas uniquement l'effet de sa perversité et du hasard, mais d'une volonté qui n'est pas de ce monde et le poussait au large de lui-même. Toujours plus loin, jusqu'à l'ineffable, là où le sens des mots se dilue pour céder la place à l'être.

*

Lundi 5 février

Le lieutenant Mbenge des FSS passe en coup de vent.

— Plusieurs sources confirment la présence en ville de Diop, de Kirov et d'une vingtaine de mafiosi. Ils sont activement recherchés, mais je tenais à vous prévenir. Solar demande si vous souhaitez que nous vous évacuions?

Fabrice refuse parce qu'Oulimata refusera et que c'est elle qu'il faut sauver. Après son départ, le bon sens d'Abou s'exprime :

— Le colonel a raison. Vous devriez déjà être tous partis. Votre travail ici est terminé, papa.

Brusquement, il se fâche. Mêlant le français et le wolof, il déverse sur le crâne de Fabrice un tombereau d'injures et de reproches. En dépit de son intelligence, ce foutu Français n'a pas compris que Diop a été déstabilisé par leur opposition soudaine, et qu'il fallait profiter de ce moment de flottement pour prendre le large.

— Qu'est-ce que vous cherchez? Mourir en héros?

Fabrice ne sait que dire. Il a l'impression d'être dans une nasse et d'attendre la balle qui le tuera. Il regarde Abou qui s'éloigne. Ce gamin a mille fois raison, songe-t-il. Notre admiration excessive pour Oulimata et son obstination coûteront la vie à plusieurs personnes. Ce sera elle ou Diop. Et que peut-elle contre Diop?

Il est trop tard pour s'échapper. L'étau s'est déjà refermé. Ils ont eu maintes occasions de le faire, mais chaque fois ils se sont heurtés à l'intransigeance d'Oulimata. Même Abou, qui l'adore, en convient. En partant, il a fait état d'un rendez-vous avec le lieutenant Mbenge. Celui-ci aurait élaboré un plan.

Quelques heures plus tard, Abou revient vers Fabrice et s'excuse de s'être emporté. Puis, il a cette parole énigmatique:

— Il y en a toujours qui restent pour faire le sale boulot pendant que les autres franchissent la montagne. Si tu es d'accord, c'est ce que nous allons faire. Nous allons appliquer le plan du lieutenant. Un plan fragile et qui a de fortes chances d'échouer, mais je propose qu'on essaie quand même.

Puis Abou explique le plan à Fabrice. Diop sacrifiera autant d'hommes que ce sera nécessaire. Il sait que c'est sa dernière chance. Li Pen interdira tout autre tentative de s'emparer d'Oulimata. Diop en fera son deuil ou il perdra son titre de successeur comme Tête de dragon.

Fabrice rallume sa pipe. Il songe à Oulimata. Son silence intérieur dure un certain temps. Puis, en un éclair, il est frappé par les brusques changements d'humeur d'Oulimata et voit sa double face: d'un côté celle dont tout homme rêve, une jeune femme émouvante, tendre, courageuse; de l'autre une femme inflexible, en granit, d'une race presque perdue mais dont la force renversait les armées, sans jamais reculer. Une Oulimata à la carrure de ces femmes qui sont la force de l'humanité, de ces reines qui veulent le bien de leur peuple malgré lui. Elle avait assez pleuré. Elle allait monter au front.

La nuit est tombée. Ils sont dans la cuisine qui se trouve à l'angle nord-est du Centre. Ramata et Kitané ont rejoint leur famille. Ils ne sont plus que quatre. Peter, que Julia ne lâche plus d'une semelle, Oulimata et Fabrice. C'est là qu'ils ont rassemblé leurs armes. Ils ont conscience que Yallah vit ses dernières heures et que ce sera miracle s'ils réussissent à s'en extraire.

Fabrice pense à Louis-Marie dont il a appris le décès ce matin par Gautier. Un décès inopiné alors qu'il séjournait dans un monastère bouddhiste au Népal. Il a si souvent évoqué sa mort, maintenant il sait alors que lui-même est peut-être sur le point de savoir. S'il ne s'est pas trompé, son bonheur est à l'aune de son espérance. À tout hasard, il adresse une prière au Dieu de Louis-Marie et de Yolande : « Qu'Oulimata s'en sorte ! » Une réponse s'esquisse dans sa tête : « Elle s'en sortira puisque tu es à ses côtés. »

Ils connaissent le plan. Ils savent donc que la porte des fournisseurs permet de quitter le Centre. La tactique de leurs assaillants est visiblement de contrôler les cinq accès. Ils ont des consignes claires : pas de survivants, à l'exception d'Oulimata. Neuf heures : couvre-feu. On entre dans le royaume des ombres. À travers une petite fenêtre, Fabrice surveille la route. Un œil sur sa montre, il sait exactement à quel moment exploseront les mines enterrées il y a quelques jours autour du Centre par des hommes du génie déguisés en cantonniers. La porte est légèrement entrouverte. Ils auront deux minutes pour sortir, traverser la route et disparaître pour retrouver un peu plus loin une voiture qui les conduira à l'ambassade de France. C'est le plan Mbenge. Il est réalisable.

Mardi 6 février

2 heures 17. Brusquement, des explosions éclatent ainsi que des coups de feu. On entend crier des ordres. C'est à ce moment que le plan déraille. Oulimata s'est jetée sur la porte entrouverte quelques secondes avant le feu d'artifice. Elle court très vite, elle a pris dix mètres d'avance sur ses amis. L'effet de surprise passé, les hommes de Diop se lancent à sa poursuite. Trois d'en eux s'empare d'elle. Les autres font barrage pour permettre à leurs complices de jeter Oulimata dans une voiture qui prend la direction de la côte. Abou est comme fou. Avec ses comparses, il se ruent sur les salafistes dans une poursuite effrénée. Mbenge surgit, réalise la situation et lance un appel à Solar.

Un témoin a vu la voiture s'arrêter, trois hommes en descendre et emmener une femme dans un hors-bord qui a démarré aussitôt vers le sud.

Aux abords du Centre, la bataille fait rage un moment. Puis, sans doute informés de l'enlèvement d'Oulimata, mafiosi et salafistes s'enfuient ou se rendent. L'hélicoptère de Solar se pose dans la cour de Yallah.

Peter est réquisitionné pour soigner les nombreux blessés. Julia, épuisée, s'endort dans le dispensaire.

— Venez, dit Solar à Fabrice et Abou. Ils ont bien joué leur coup. Mais ils l'ont payé au prix fort. On y va !

Ils décollent. Ils survolent bientôt le hors-bord qui fonce sur l'eau en soulevant des gerbes d'écume.

— Que faisons-nous, colonel ?

— Patience et sang-froid, Fabrice. Toi aussi, Abou. Notre heure viendra. Toute tentative d'intervention mettrait la vie d'Oulimata en danger.

Abou sèche ses larmes. Solar a raison. Un homme qui pleure a les yeux brouillés, pense-t-il, et il faut les garder bien ouverts.

— Pourquoi a-t-elle fait cela?

— Pour sauver vos vies, répond Solar.

Un appel pour le colonel.

— Pouvez-vous répéter? 15 morts et 9 blessés de notre côté; 67 hommes de Diop, pas de blessés sauf un que vous maintenez en vie. C'est bien.

Fabrice, les mains sur le visage, est toujours anéanti. Pourquoi n'a-t-il pas quitté le pays, quand il était encore temps, emmenant Oulimata de gré ou de force? Abou geint à voix haute. Solar s'énerve.

— Nous n'avons pas pu empêcher l'enlèvement d'Oulimata puisqu'elle s'est livrée elle-même d'une manière tout à fait imprévisible!

En plus de Fabrice et d'Abou, ils sont six à bord. L'un d'entre eux interroge son PC sur les trajectoires possibles du hors-bord. Il s'adresse à Solar.

— J'opterais pour Banjul. La Guinée est trop éloignée.

— M'étonnerait, dit Solar qu'ils restent sur ce hors-bord. Pour avoir la moindre chance de succès, leur coup a été planifié avec soin, mais ils ne pouvaient prévoir la réaction d'Oulimata.

Fabrice songe que le moment est venu de marchander les confidences de Ndao auprès des FSS. Il fait signe à l'agent qui est assis à côté de Solar de lui céder sa place. L'autre le regarde avec étonnement, mais obtempère. Solar tourne la tête vers lui. Fabrice lui tend la lettre explosive sans la lâcher.

— Quatre conditions, colonel. Vous déployez toutes vos forces disponibles pour libérer Oulimata, vous nous laissez l'initiative à Abou et à moi si les circonstances le permettent, vous vous interdisez d'exploiter ce document avant que tout soit terminé et vous donnez à Julia la primeur médiatique de cette bombe.

Difficile de se rendre compte de la réaction de Solar, le visage dissimulé par son casque de pilote. Court silence. Cet homme intelligent comprend où est son intérêt. Il consent d'un bref signe de tête. Il prend connaissance du testament de Ndao. Il demeure impassible comme si ces révélations n'avaient pas de prise sur lui.

Ils ont déjà parcouru plus de cent cinquante kilomètres le long du rivage. Brusquement le hors-bord vire à droite vers une petite île en forme de cône et s'échoue dans le sable. Ils sont cinq à en sortir en courant et portant Oulimata comme un paquet. Ils s'engouffrent dans une petite construction. L'hélicoptère de Solar se pose à cent mètres. C'est Abou qui, le premier, entend le vrombissement. Les autres, incrédules, assistent au décollage vertical d'un F15. « Nom de Dieu de nom de Dieu, comment s'y sont-ils pris? » jure Solar, hors de lui. Un de ses hommes réplique: « Ils ont sans doute prévu depuis longtemps plusieurs bases de ce genre, idéalement situées, qui leur permettent de s'évanouir dans la nature. » Abou et Fabrice regardent, consternés, le F15 s'élever dans les airs et disparaître bientôt à leur vue. Une fois de plus, Diop a été le plus fort. Abou, qui s'était repris, pleure à chaudes larmes pendant que Solar donne des ordres dans son micro. Fabrice est complètement perdu, il reste un long moment les yeux figés vers le ciel vide.

L'hélico reprend sa route vers le sud. « Cette fois, c'est fini, nous ne reverrons plus Oulimata », songe-t-il. Solar lui fait signe de prendre place à ses côtés. Fabrice met un certain temps à comprendre Solar, qui répète à plusieurs reprises: « Il la tuera ». Solar jette un œil sur Fabrice puis lui montre l'écran radar. Trois points se rapprochent d'eux. Malgré le bruit du moteur et le casque, Fabrice finit par comprendre:

— Ce sont des Rafales. Ils volent à la vitesse de Mach 4. Nous n'allons pas tarder à les apercevoir. Tenez, les voilà.

Le temps de le dire, ils ont disparu à l'horizon. Ils sont furtifs eux aussi. Ils ont pour mission de localiser l'endroit où se posera l'avion de Diop. Abou s'est glissé entre Fabrice et Solar, qui laisse faire. Une dizaine de points apparaissent sur le radar, loin derrière eux.

L'aube se lève.

— Nous parlerons plus tard de ce texte qui va changer beaucoup de choses au Sénégal. D'ici peu, soixante-quinze hommes nous rejoindront avec du matériel. Ce sont eux que vous apercevez sur l'écran. Si c'est nécessaire, d'autres suivront.

Appel de sa base.

— Il se confirme qu'un avion furtif a atterri de l'autre côté de la frontière en Guinée-Bissau. Diop y a fait construire une villa fortifiée.

— Nous survolons Banjul. Nous allons nous poser à Kabrousse, à cinq kilomètres de la frontière. Les FSS y ont une base où nous trouverons du matériel lourd.

Deux heures passent. Ils arrivent à Kabrousse. Solar se pose. Une demi-heure plus tard, les huit hélicos les rejoignent. Les Rafales sont repartis. Ils reviendront si Solar les rappelle.

— Nous sommes à dix kilomètres du lieu de détention d'Oulimata. D'ici une heure, il sera encerclé à distance. Nous avons une force de frappe supérieure aux Guinéens. La Guinée-Bissau est un état où la mafia est gouvernementale, c'est la raison pour laquelle Li Pen s'y trouve certainement. C'est un problème pour nous. Pour éviter un affrontement, nous devons agir vite ; pour sauver Oulimata, nous devons patienter. Qu'en pensez-vous, Fabrice ?

— Je ne suis pas militaire, colonel, mais il est clair que nous devons attendre qu'il se passe quelque chose. Sommes-nous repérés ?

— Certainement. Voici ce que je pense. Diop va tenter sa dernière chance auprès d'Oulimata, à la limite, il fera du chantage : « Donne-toi à moi, tes amis auront la vie sauve ». À la rigueur, il la violera. Nous ne pourrons pas rester immobiles plus de trois jours avant de donner l'assaut, sinon nous risquons de ne plus la retrouver vivante.

*

Jeudi 8, vendredi 9 février

Une longue attente commence. Solar se refuse à investir la villa de Diop, située au bord de l'océan. On ne peut se fier aux réactions d'un détraqué, ni à celles de son bras droit, Boris Kirov, un sadique qui se vante d'avoir violé mille femmes et tué autant d'hommes. Il est certain que Diop sait qu'il est repéré, mais il ignore la présence, à quelques encablures de chez lui à peine, d'une force dissimulée dans une palmeraie, capable de le pulvériser quand elle le voudra. Mais elle ne le voudra que lorsqu'Oulimata sera libre.

La villa est entourée d'une muraille. À l'aide de jumelles très puissantes, on aperçoit des hommes en armes patrouillant dans le vaste domaine, empêchant quiconque de passer par la plage privée de Diop. Des nids de mitrailleuses protègent le bâtiment principal.

Vêtus comme des agriculteurs locaux, l'air de rien, Fabrice et Abou interrogent des enfants du personnel, qui se rendent à l'école voisine : « La belle jeune femme qui vit là est-elle l'épouse du propriétaire de cette maison? » C'est imprudent. Il suffit qu'un enfant parle pour que Diop ait la puce à l'oreille. Solar désapprouve, mais il a donné sa parole. Ils n'ont d'ailleurs rien appris si ce n'est qu'une jeune femme est bien présente dans la propriété. La question cruciale est de savoir quelles sont les limites de la patience de Diop. Quand l'amoureux bafoué décidera-t-il de se venger? Ce jour viendra d'autant plus vite que Li Pen ne tardera pas à siffler la fin de la récréation. La passion de son lieutenant lui a déjà coûté assez cher. Elle précarise leur présence au Sénégal et le contrôle du Port.

C'est ce qu'ils se disent pendant leur repas.

— J'ai peur, papa, dit Abou à Fabrice alors qu'ils se glissent dans leur sac de couchage respectif.

Fabrice aussi a peur. Il redoute particulièrement une initiative d'Abou. Il lui rappelle qu'en s'exposant inutilement, il expose en même temps la vie d'Oulimata.

*

Samedi 10 février

Un des guetteurs avertit Solar qu'un camion vient de quitter la villa avec plusieurs personnes à son bord. Le véhicule se rend à Noum, un village voisin, et revient vide une demi-heure plus tard. Vers 11 heures, ils voient Diop pour la première fois. Il est dans un 4X4 avec un chauffeur et deux gardes du corps. Des infiltrés commentent ses déplacements. À Noum, il entre dans la maison de celui qui doit être le maire. Il en ressort et se rend à la mosquée. Dix minutes plus tard, il repart. Solar ordonne le branle-bas de combat. Fabrice et Abou se rendent à Noum. Ils apprennent la terrible nouvelle de la bouche d'un enfant : une jeune femme a été prise en flagrant délit d'adultère. Elle a été condamnée à la lapidation par un tribunal composé de salafistes. La sentence sera exécutée le soir même avant le coucher du soleil. Il leur montre la maison où elle est enfermée sous la garde de plusieurs hommes armés. Fabrice et Abou s'éloignent et vont s'asseoir à l'écart. Fabrice est songeur. La lapidation n'existe plus qu'en Arabie Saoudite. Est-ce une mise en scène pour obliger Oulimata à céder ou une exécution motivée par son refus?

— C'est notre affaire, Papa. Je me méfie de ces militaires. Si Diop a décidé de faire lapider Ouli, il la tuera ou la fera tuer à la moindre tentative pour la libérer.

Fabrice écoute. C'est un autre Abou que celui qui exprimait son désespoir il y a une heure. Déterminé, froid, impitoyable. Ils retournent à Noum. Ils font un plan de la maison. Le point faible est à l'arrière, qui donne sur une plaine sablonneuse et montueuse. Il n'y a qu'une petite fenêtre étroite à travers laquelle Fabrice ne passerait pas, mais bien Oulimata et Abou. D'ailleurs, au moment de leur deuxième visite au village, les gardes plaisantent et palabrent avec les villageois. Le haut-parleur de l'imam local psalmodie des sourates. Ce soir, la lapidation d'une femme remplacera la télé.

— Il reste une inconnue, Abou.

— Laquelle?

— Solar. Nous ne pouvons pas intervenir sans l'avoir averti et sans avoir requis son aide. Sans lui, notre plan est voué à l'échec. Nous libérons Oulimata et nous allons où? On peut être certain que les combattants seront nombreux.

Quand Solar apprend qu'Oulimata sera exécutée ce soir et qu'il prend connaissance du plan d'Abou et de Fabrice, il acquiesce.

— Vous agissez. Nous vous couvrons, dit-il. Une dernière chose, Fabrice. Je vous suis reconnaissant de m'avoir remis la lettre de Ndao. Sachez cependant que, de toute façon, j'aurais mis le paquet pour sauver Oulimata.

Fabrice et Abou se déguisent, djellabas, turbans, sandales. Fabrice a décidé de ne plus penser. Il fonctionne en pilote automatique. 15 heures 05. Le plus difficile est de se déplacer avec un sac rempli de grenades et de veiller à ce que leur Kalachnikov soit invisible sous leur djellaba. Puis, ils y vont. Les hommes sont prévenus que le quitte ou double va se jouer dans des conditions extrêmes. Les pilotes des Apaches sont à leurs commandes. Deux blindés sont prêts à partir avec des mitrailleuses cachées sous la bâche arrière. Fabrice et Abou franchissent les kilomètres qui les séparent du village comme s'ils allaient participer à l'exécution ludique d'Oulimata. 17 heures 30. Dans une demi-heure, il fera noir. La foule masculine est nombreuse et joyeuse. Certains même chantent. Chacun, la pierre à la main, est là comme pour une partie de plaisir.

Abou et Fabrice se sont approchés des gardes qui se tiennent toujours devant la porte. Une rafale les étend raides morts. Le brouhaha est tel que leurs compagnons qui prennent le thé un peu plus loin n'entendent rien. Fabrice et Abou dégoupillent à toute allure une dizaine de grenades défensives, très destructrices, qu'ils balancent derrière eux en provoquant une panique générale. Pendant que Fabrice fait le tour, Abou s'introduit à l'intérieur de la maison. Il attrape Oulimata, pieds et poings liés, et la passe à Fabrice par la fenêtre. Il suit, reprend Oulimata dans ses bras. Ils se mettent à courir vers la palmeraie où se tiennent les hommes de Solar et les blindés qui ouvrent le feu sur les poursuivants. Abou se retourne. Son sang se glace, il pousse un hurlement. Une Jeep est à cent mètres. Kirov est au volant, Diop debout derrière, un fusil-mitrailleur à la main. Ils arrivent près des blindés. Fabrice et Abou passent entre les balles. Le jeune homme dépose Oulimata et tranche ses liens. Soudain, la Jeep de Diop est à dix mètres. Il est comme fou, il vise Oulimata. Fabrice se jette au-devant d'elle et reçoit la décharge en pleine poitrine. Profitant d'un instant de flottement, Oulimata se jette sur l'arme de Fabrice et abat Diop. Kirov veut intervenir. Un homme de Solar l'expédie en enfer. À ce moment, les Apaches, rappelés par

Solar, entrent en action et dispersent la meute déchaînée salafistes.

Bientôt un grand silence succède à la flambée de violence. Ils sont dans un des blindés en route vers les hélicos. Le médecin s'affaire auprès du corps, mais en vain, la balle a atteint le cœur. Un léger sourire flotte au coin des lèvres de Fabrice Monclar alias Jacques Berlière. Son visage s'est détendu. Il s'était racheté en refusant le Goncourt, voilà qu'il vient de se sanctifier en sauvant Oulimata. Abou et Oulimata pleurent. Ils serrent le corps de leur ami. Abou ne cesse de répéter : « Papa... papa ». Oulimata a cette parole étrange : « Merci, Fabrice, mon amour. Tu as connu ton agonie, te voilà ressuscité. » Solar est immobile. Brusquement, il se penche et embrasse Fabrice sur le front : « Ton plan était excellent, l'ami. » Ils regagnent le camp et reprennent immédiatement la direction de Dakar.

*

Jeudi 15 février 2007

Lors des funérailles de Fabrice, la cathédrale Notre Dame des Victoires est noire de monde. Le cardinal archevêque Martin Barr est un homme dont la sainteté et la sagesse font l'unanimité, tant chez les musulmans que chez les chrétiens. C'est dans un silence absolu qu'il donne la parole à Oulimata, comme si chacun des assistants était saisi de l'intérieur par la grâce. Inspirée, le visage serein, le verbe délié, elle ne dit que quelques mots : *Ami Fabrice, autrefois tu t'es retiré alors que tu étais sur le point de l'emporter dans l'iniquité, aujourd'hui tu te retires après l'avoir emporté au nom de la justice. Tu nous as appris qu'une rédemption est toujours possible et que le plus bel acte qu'on puisse poser est de donner sa vie pour ceux qu'on aime. C'est ce que tu as fait. Que le Dieu de tous les hommes et de toutes les femmes te reçoive dans son Paradis. Nous qui t'avons connu, nous garderons et proclamerons ton message. Que les hommes sans âme se méfient : il y a d'autres hommes plus forts, parce qu'à l'intérieur d'eux-mêmes brille une lumière, et ceux-là sont l'espérance de l'Humanité.*

Un rabbin murmura à l'oreille d'un imam, son voisin et ami : « Dieu était parmi nous aujourd'hui ».

*

Je viendrai ce soir à neuf heures... de Julia Grangier, devenue entre-temps Julia Neuhauss, parut la veille de Noël 2007 chez Brunel. Traduit en vingt langues, le récit porta un coup très dur tant à la mafia qu'aux salafistes. Ses révélations fracassantes sur la stratégie de la mafia étaient étayées par la lettre de Ndao et illustrées par le récit de l'arrestation des mafiosi du PAD par le FSS.

L'histoire, grande ou petite, montre que désespérer est toujours une erreur.

Mise en page Compo 66 – 66100 Perpignan
Achevé d'imprimer sur les presses
de Normandie Roto Impression s.a.s.
en février 2014
N° d'impression : 1400476
ISBN : 978-2-87402-164-0
Dépôt légal : D/8023/2014/2

Imprimé en France